Aşka Ç

TİMAŞ YAYINLARI ■ 594
ROMAN DİZİSİ ■ 81

TİMAŞ
BASIM TİCARET VE SANAYİ
ANONİM ŞİRKETİ

Bu Kitabın Serüveni :

Aşka Çıkış Yok adlı bu kitap,
Tim Tanıtım tarafından baskıya hazırlandı.
Kitabın kapak tasarımı *Kenan Özcan*'a ait.
Baskı ve cilt takibi *Ekrem Çalış* tarafından yapıldı
Kitabın kapak baskısı *Seçil Ofset*'te, iç baskısı *Çalış Ofset*'te,
cilt işlemleri ise *Sistem Mücellithanesi*'nde gerçekleştirildi.
1. baskı olarak 1999 Eylül ayında yayımlandı.
Kitabın Uluslararası Seri Numarası (ISBN) : 975-362-511-1

Yazışma Adresi: P. K. 50 Sirkeci / İstanbul
Merkez: Ankara Cad. No: 50 34440 Cağaloğlu / İstanbul
Tel: (0.212) 513 84 15 - 16 ; 510 65 46
Fax: (0.212) 512 40 00 - 664 77 97 - 451 11 76
Internet : www.timas.com.tr
e-mail : timas@ timas.com.tr

Aşka Çıkış Yok

DR. SEVİM ASIMGİL

TİMAŞ YAYINLARI
İstanbul
1999

Dr. Sevim Asımgil

Çocukluk yılları Avrupa'da geçmiş olan yazar, liseyi Bursa'da okudu. İstanbul Üniversitesi'nde yüksek öğrenimini tamamladı.

1988'de doktorluk mesleğini bırakan yazar, kendini tamamen eserlerine ve yurtiçi ve yurtdışında verdiği seri konferanslara adadı.

Muhtelif hocalardan 15 sene boyunca Arapça dersleri aldı.

Çeşitli gazete ve dergilerde makaleleri yayınlandı.

Dini İlimleri araştırmaya yönelik eserlerinin yanısıra, toplumda yozlaşan değer yargılarının yeniden hayata geçirilmesi yolunda çok sayıda roman da kaleme aldı.

Evli ve iki çocuk annesi olan yazar, iki lisan bilmektedir.

Yayınlanmış romanları şunlardır:

- Siyah Zambak ve Merve
- Sevda Geri Dön
- Dilârâ
- Meriç'in Yalnız Gelini
- Düğünümde Ağlama
- Diana
- Ayrılan Kalpler
- İsmail Ağa Sokağı ve Sevda Çiçeği

Mağdalena oval yüzünü gelişigüzel çevreleyen ve göğüslerinin üzerine kadar inen düz, parlak sarı saçlarını iki eliyle birden avuçladı, yukarı doğru kaldırarak örgü yaptı, tepesinde kıvırıp, parmaklarının arasına sıkıştırdığı tek tokasıyla onları orada tutturuverdi. Şimdi olduğundan daha uzun boylu bir görünüm almıştı. Ve palmiyeleri hatırlatan yeşil iri gözleri iyice meydana çıkmıştı.

İlkbahar mevsimi gireli birkaç gün olmuştu ama, ışınlar Haziran güneşi gibi yakıyordu dokunduğu yeri.

Mağdalena'nın ilkbahar denilince, ilk aklına gelen, iri gövdeli, uzun bacaklı leylekler olurdu.

Büyük bir sadakatle sürüler halinde erkenden gelip mevsimi müjdelerler, bir sene önce terkettikleri yuvalarına oturunca da keyiflenir, ard arda sıralarlardı kahkahaları. Vakit buldukça gagalarını neş'e ile şakırdatarak La Fontaine'den manzum masallar anlatırlardı birbirlerine yaz boyunca.

Çalışkan da olurlardı, ağır ağır, aheste aheste, hiç telaş etmeksizin iş görür, zararlı haşarattan temizlerlerdi tarlaları. Boşuna değildi, Almanya'da ve Danimarka'da halkın leyleği uğurlu sayması.

Atatürk Hava Limanı otobüsünde ayakta kalmış olarak terminale giderken Mağdalena'nın bakışları gökyüzüne kaydı, masmavi idi ve uzaklardan bir leylek sürüsü geçiyordu süzülerek, sevindi.

Evet sevindi, leylekler gelmişti...

Genç kızın düşlerinin mevsimiydi ilkbahar. İncecik bir hüzün kaplardı yüreğini göçmen kuşların geçip gittikleri diyarları düşünerek. Ya da kendine hâkim olamaz sürüklenirdi hayallerinin peşinden tâ Bahama adalarına kadar...

Her ilkbahar illa böyle olurdu, bir kıpırtı girerdi hücrelerine kendiliğinden.

Bir çiçek gibi yaprak yaprak açmak, kuşlar gibi uçmak, okyanusların gururlu dalgalarına karışarak gitmek isterdi güneşin doğduğu yere...

Gökkuşağının muhteşem renklerinde dans etmek gelirdi içinden...

Bekleme salonuna girmeden önce leylekleri görme ümidiyle başını kaldırıp bir daha bakti gökyüzüne. Fakat ufuk koyu gri renk bir çizgi çekmişti; bir masalda kaybolmuştu leylekler. Önemsemedi; ilk leylekleri uçarken görmüştü ya yeterliydi. Leylekleri ilk kez havada uçarken gören kimsenin o senesini gezilerle geçireceğine inanırdı o da herkes gibi.

Bu uygulamayı hiç yaşamamıştı ama olsundu; umudunu yitirmiyor, inatla sürdürüyordu beklentisini.

İlk bahar genç kıza bir de aşkı çağrıştırırdı. Kırlangıçların zeytin ağaçlarında horon teptiği güzel bir günde, laleler bahçelerde düğün yaparken, yakışıklı, kültürlü, kibâr bir erkek girsin isterdi hayatına, akasyaların beyaz şarkıları eşliğinde...

Genç yüreğine yüklenen ölümcül yalnızlık hissinden kurtulur, o zaman yaşama karşı bir şevk ve muhabbet doğardı içinde belki! Kırgınlığa, küslüğe, mutsuzluğa prangalı bir hayat canından bezdiriyordu insanı.

Kaderinin hep ona kötü birşeyler yapacakmış korkusunu da üzerinden söküp atardı belki!

Fakat, tabiî ki belki!

Yolcular, yürüyen bantın çevresinde toplanmış valizlerini araştırıyorlardı dikkatli gözlerle. Elindeki yelpazesini hiç aralıksız olarak yüzüne savuran yaşlı bir kadın, başını çevirip aynı dikkatli bakışlarla, pek dalgın olan Mağdalena'yı süzüyordu arada sırada.

Güneş ışınları altında şakır şakır bir deniz, beyaz köpüklü dalgaların sahili okşadığı yerde bir bungalov, bungalovun yanında iki palmiye ağacı arasında kurulmuş bir hamak ve hamakta bu genç kız uzanmış yatıyor olmalıydı... Böyle bir resim çekilse ne güzel bir fotoğraf olurdu kimbilir?

Veya bir ilkbahar sabahında, çalılar arasında uzayıp denize doğru giden bir toprak patikada koşarken çekilmeliydi resmi, rengarenk dağınık bir demet kır çiçeğini kucaklamış olarak...

Yaşlı kadın genç kıza yaklaştı:

— Özür dilerim dedi, sizi yolunuzdan alıkoyacağım fakat uzun sürmeyecek, birşey söylemek istiyorum.

Mağdalena, ayrıldıktan onbir sene sonra Türkiye'ye ilk defa gelmenin verdiği bir heyecanın pençesindeydi. Valizini almış gidiyorken:

— Evet, diyerek duraksadı canı sıkılarak.

— New York hava alanında bir kadın vardı yanınızda size benzeyen. Az ötenizde annenizdi yanılmıyorsam ve siz Amerika'lısınız. Pasaport kontrolünde Türkçe konuştunuz az önce. İlk defa rastlıyorum böylesine güzel Türkçe konuşan Amerikalıya.

— Sarı saçlı, yeşil gözlüyüm ve Ohio'da oturuyorum ama ben tam bir Amerikalı değilim, dedi genç kız tebessüm ederek. Annem Amerikalı babam David, Türktür.

— David mi?

— Ah! Pardon, dedi Mağdalena, yani Davud. Amerikalılar Davud'a David, derler.

— Peki, sizin isminizi sorabilir miyim?

— Amerika'da Mağdalena, Türkiye'de Zeynep.

Önüne çektiği bir yük arabasına ağır olan çantasını yerleştirirken yaşlı kadın:

— Türkiye'de olduğumuza göre size Zeynep demeliyim şu halde dedi.

İkisi yan yana çıkış kapısına doğru sürüyorlardı arabalarını.

— Benim pasaportumda müslüman olduğum yazılıdır fakat ben müslüman değilim, annem de değil, dedi genç kız resmi bir ses tonuyla. Arabasını durdurdu, babasını görmek ve ona el sallamak umuduyla kapı tarafına bakındı çabucak.

Cam bölmenin gerisinde büyük bir kalabalık dalgalanıyor, pek çok kadın, erkek ve çocuk yolcularını bekleşiyordu, ileri geri giderek sabırsızlıkla. Genç kız babasını göremeyince bakışlarını gerisin geri çekti, yaşlı kadına yöneltti.

— Ben öyle istediğimden dolayı babam bana Mağdalena der, Zeynep ismimi sadece babaannem kullanır, dedi.

— Benim ismim Ebru, Ebru Kırımlı. "Rönesans" dergisinin Genel Yayın Yönetmeniyim. Mağdalena, kabul ederseniz röportaj yapalım sizinle, resimlerinizi çekip yayınlayalım dergimizde.

Genç kız, Ebru Kırımlı'nın ilgisinden memnun kalmıştı, temiz bakımlı dişlerinin büyük bir kısmını meydana çıkaran bir gülüşle küçük bir kahkaha attı:

— Anne ve anneannem bunu duymuş olsalar çok sevinirler, babam ve babannemse kızarlar, ben teklifinizi şiddetle reddeceklerin yanına gidiyorum, dedi.

— Anneniz babanızı ikna edebilir, bir deneyelim, dedi Ebru Kırımlı kartını genç kıza uzatırken.

Mağdalena kartı aldı, pantolonunun cebine tıkıştırdı.

— Deneyemeyiz, annem ile babam onbir sene oldu ayrılalı.

Genç kız arabasının hızını arttırdı:

— By, by Ebru Hanım, dedi, yaşlı kadına duyurabilmek için yüksek sesle.

— By, by küçük hanım, ben yine de bekleyeceğim sizi. Arabasının sür'atini arttırarak önlerindeki insanları geçmeye çalışan Ebru Kırımlı'ya cevap vermedi genç kız, veremedi de, bir anda hatıralar üşüşmüştü kafasına.

İşte tam şu kapının sağ tarafındaki köşede vedalaşmışlardı babasıyla. Ne de zor olmuştu ama...

Babası ile annesinin boşanma meseleleri kat'ileşince babaannesi sormuştu:

— Zeynep yavrum, babanla mı kalmak istersin yoksa annenle beraber Amerika'ya gitmeyi mi tercih edersin?

Bu sözler küçük kalbine ucu sivri bir bıçak gibi saplanmış en büyük acısını yaşamıştı hayatının. "Annem ile gideceğim" demişti ağlayarak, yırtınırcasına bağırarak.

Babasını bir akşam görmeden yatmış olsa mızmızlanır, huysuzluk ederken, anlamıştı sürüp gidecek yetim günlere mahkûm edildiğini.

Küçük yaşta öğrenmişti çâresizliği oynamayı, kalbi ağlarken tebessüm edebilmeyi, zehir-zakkumu gözünü kırpmadan içmeyi. Kalbindeki tabutların kapakları kalkmış çocukluk anıları inliyordu. Genç kız kapıdan gayet dalgın çıktı, kulaklarında tepinerek ağlarken ayakkablarının çıkardığı sesler ve koyuverdiği hıçkırıklar çınlıyor, farbelalarla süslü, askılı, kırmızı puanlı beyaz keten elbisesi uçuşuyordu gözlerinin önünde.

O zamanlar on yaşında güzel bir çocuktu. Nereye gitse herkes onunla ilgilenirdi, kimisi saçlarını okşar, kimisi de "sen ne sevimli çocuksun" der haykanlıkla bakardı Mağdalena'ya.

Beğenilmek hoşuna gider, gülücükler yağdırırdı çevresine.

— Affedersiniz siz her halde Mağdalena'sınız?

Kendisine hitap eden hafif buğulu sesin sahibini görmek için genç kız yüzünü arkasına döndürdü.

Bu kez otuşbeş-kırk yaşları arasında gösteren, çok şık bir erkek bakıyordu ona, ancak hayranlıkla değil.

Genç adamın yüzü hiçbir duygu aksettirmiyordu, bir sfenks heykeli gibiydi. Elinde tuttuğu bir demet kırmızı gül de ona garip gizemli bir hava vermişti.

Genç kız, gözlerini kırpmadan ve genç adamın içinde küçük buz parçacıkları yüzen gri gözlerinden bakışlarını hiç ayırmadan ama inadına sevimli tebessüm etti zorla.

— Evet, Mağdalena'yım.

Nihayet onu tanıyan biri çıkmıştı, genç kız rahat bir nefes aldı belli etmeden.

— Ben, dedi genç adam, Metehan Berk, babanızın yeni umum müdürüyüm. Hava alanına gelmek için arabasına bineceği esnada Japonya'dan misafirleri geldi babanızın, yanlış anlaşılma olmuş randevu saatinde. Sizi alıp, Küçüksuya, babaannenizin yanına götürme vazifesini bana verdi.

Genç adam elindeki gül demetini uzattı:

— Buyrun, dedi bunlar sizin; İstanbul'a hoş geldiniz Mağdalena Aras.

Genç kız valizini yere bıraktı, zarif bir hareketle çiçek demetini alıp bağrına bastırdı, yüzünü güllere yaklaştırıp tekrar tekrar kokladı.

— Ne güzel kırmızı ve ne kadar taze, dalından az önce koparılmış sanki.

— Gülü seviyorsunuz galiba?

— Evet, severim, gül çiçeklerin sultanıdır. Babamın jestine memnun oldum.

— Şey... dedi Metehan çekingen bir ses tonuyla bir kenara çekilip, geldiğinizi haber verelim babanıza.

— Tabiî, diye cevap verdi genç kız sağından, solundan geçen dikkatsiz yolcuların sürtünmelerinden de kurtulmuş olurdu. Metehan hafif ve çevik bir hareketle genç kızın valizini aldı, boş olan köşeye doğru yürüdü.

Onu izlerken genç adamın evli olup olmadığı geçti Mağdalena'nın aklından.

Hiç telaş etmeden cep telefonunun tuşlarına basarken, Metehan Berk'in parmaklarını gözden geçirdi Mağdalena. Hafif tüylü uzun parmakların hiç birinde yüzük yoktu, boştu, genç adam evli değildi.

Pek de hayret etmedi soğuk gri gözlü adamın evli olmamasına.

Babası, aktif ve ciddi insanları severdi, bu özelliklerinden dolayı tercih etmiş ve işe almıştı onu muhakkak.

Metehan telefonu genç kıza uzattı:

— Buyrun babanız, dedi.

Mağdalena kalbi çarparak avuçladı aygıtı çabucak.

— Baba merhaba, dedi sevinçten bağırarak:

— Merhaba kızım, hoş geldin. Türkiye'de olduğuna inanamıyorum.

— Bunun için delillerim var baba, Atatürk Hava Limanı'ndayım, yanımda umum müdürün Metehan Berk, kucağımda senin güllerin.

Mağdalena gülleri göğsüne bastırdı, eğildi kokladı:

— Kokuları nefis baba, dedi.

— Nasıl güller kızım, hangi güllerden bahsediyorsun.

— Senin gönderdiğin kırmızı güllerden.

— Ben gül filan göndermedim, bilirsin öyle şeylerden hoşlanmam. Annen ile ayrılma sebeplerimizden biri de ona çiçek almamamdı unuttun mu? Sen küçüktün hatırlamayabilirsin, tabiî.

Hayır, babası yanılıyordu, onların çiçek kavgalarını hatırlıyordu Mağdalena.

Son evlilik yıl dönümlerinde annesi: "David, imkânsız yapamazsın bunu bana.

Birdday –doğum günü– de getirmedin, Noel'de getirmedin, evlenme yıl dönümümüzde de tek bir çiçek getirmiyorsun, bu gibi şeyleri sevdiğimi bildiğin halde! Seni defalarca ikaz ettim, söyledim de "bana çiçek getir" dedim, hiç aldırdığın yok. Bu benim kadınlık şerefime açıkça bir hakaret" diye feryat etmişti.

Babası çok sinirlenmiş, gök gürültüsü gibi gümbürdemişti:

— Bizim evliliğimizin neresi çiçeklik hanım!

— Ya! Demek bundan dolayı getirmiyorsun çiçek?

— Öyle de değil, değil diyorum sana! Beni zıvanadan çıkartma.

— Çıkartıyorum, haydi göster kendini.

— Boş ol, kadın def'ol!

Mağdalena masanın ayaklarından birinin dibine oturmuş, oradan seyretmişti anne-babasının iki kişilik harbini korkudan gözleri irileşerek, dudakları titreyerek, nutku tutularak. Bu onların son kavgaları olmuştu.

Genç kız göz kapaklarını indirdi, güzel gözlerini örttü, boğazını sıkan yumruyu yutkundu.

Olur olmaz yerde şu hatıralarının karşısına dikilmesi yok muydu? Kalbinin yanması! Kimbilir kaçıncı kez serseme dönmesi!

Zihninde acı bir anısı canlandığında diğerlerinin "beni de hatırla beni de" diyerek birbirlerini iteleyerek, çekiştirerek tartaklayarak öne çıkmaya çalışması! Beynini savaş alanına çevirmeleri!

— Baba, dedi anne ve babaların zannettiklerinden her zaman daha büyüktür çocukları.

Genç kız dudaklarını bu sözleri son derece yumuşak söylemek niyetiyle aralamıştı, ama zerre kadar muvaffak olamamıştı. Gönlü savaş meydanındaki cesetler arasında gezinirken yeşertememişti hecelerini, çiçeklendirememişti kelimelerini, bir su akışının serinliğini verememişti cümlesine. Kızının hecelerindeki soğukluğu, kelimelerindeki sertliği, cümlesindeki öfkeli serzenişi farketmişti baba; acı ile irkildi.

Karı-kocaların aile yuvalarına sıktıkları kurşunlar çocukların kalbinden geçiyor, onları yaralıyordu daima. Kurşunlar sonra geri tepiyor anne-babayı kahrediyor, vicdan azabına çengilliyordu ölümlerine dek.

Şu takır takır bir hakikattı, kızına en büyük kötülüğü kendisi yapmıştı, bunu hiç unutamıyordu.

İlk karısından boşandıktan sonra, sevdiği kadınla ikinci evliliğini yapması, üç sene ara ile iki oğlunun olması, işlerini daha da düzeltip Beykoz'da bir iplik fabrikası kurması, hiç, hiçbir şey dindirememişti kızına duyduğu hasreti... Sevgili kızı yuvasız bir kuştu pinekleyip duruyordu konduğu dallarda.

İbrahim peygamberi yakmak isteyen Nemrud, ondaki ateşin şiddetini bilse kıskanırdı mutlaka.

— Benim biricik kızım, dedi şefkat yüklü bir sesle, senin çok acı çekmene sebep oldum biliyorum fakat göreceksin geçecek hepsi. Akşam gelince görüşürüz, fakat şunu kafana yerleştirmekte acele et, senin çok mutlu olmanı istiyorum.

Mutluluktan bahsediyordu babası. Genç kızın ruhunun en karanlık ülkesiydi mutluluk. Mutluluk bir avuntu şarkısıydı, her dilde terennüm edilen, her ülkede söylenen, dudaklardan silinmeyen, kalplerden gitmeyen.

Genç kız, bakışlarını birbirine sarılan karı-kocaların, anne-babalarının ellerini öpen kızların, arabalara valiz yerleştirmekle meşgul delikanlıların, ortada sevinçle koşuşan çocukların üzerinde gezdirdi; hava alanının önü tıklım tıklım insandı. İçlerinden gelerek gülüyorlar, samimi olarak sevinçli ve gerçekten memnun görünüyorlardı hayatlarından.

Hasret iken kavuşanlar, çok güzel beceriyorlardı ne kadar süreceği belli olmayan bir mutluluğu yaşamayı, kaygılarını gerilere atmayı, kendilerine bahşedilen peşin saadeti geçmişin üzüntülerine tercih etmeyi.

Mutlu olmak için genç kızın da sebepleri vardı, az sonra babaannesini görecekti, birkaç saat sonra da babasını.

Hiç affetmediği babasını nasıl da seviyordu! Sevgisini acı hatıralarının üzerine salıvermemeli, aklı ile birleştirip, babasının gönlünü hoş etmeliydi:

— Sana bütün kalbimle inanıyorum, baba, dedi. "Ama yaralı kalbimle" dememek için gayret göstererek.

Babası ve babaannesiyle mutlu bir yaz tatili geçirmek niyetiyle gelmemiş miydi?

Bir de henüz görmediği üvey annesi ve üvey kardeşleriyle...

Mağdalena dönüp Metehan'a bakındı; genç kızın babasıyla yaptığı konuşmayı duymuş olmamak için ileriye doğru gitmiş, sırtını bir sütuna dayamış, elindeki küçük bir topu yere vurarak oynayan yedi-sekiz yaşlarında kumral saçlı bir kız çocuğunu seyrediyordu yüzünde engin bir hoşgörüyle ve şefkatle.

Anlaşılan şu Metehan göründüğü kadar soğuk bir adam değildi; gözlerini bir an olsun ayırmadığı kız çocuğu, cılız, patlak mavi gözlü, somurtkan bir çocuktu ama genç adam topu yere vurup zıplatmak harika bir marifetmiş gibi hayranlıkla izliyordu onun oyununu.

Genç kız şaşırarak olduğu yerde dikleşti, Metehan'ı pekâlâ sevebileceği geçiyordu aklından. Gönlünde öbek öbek çiçekler hep birden açmaya durmuştu inanılmaz bir pembelikle.

Kendine bakıldığını hisseden Metehan, birden başını çevirince ikisi göz göze geldiler. Genç erkeğin göz bebeklerinde şeyda bülbülün hülyaları, genç kızın yeşil bakışlarının derinliklerinde gülün nazı parladı bir anda şimşek hızıyla.

Evet, şimşek hızıyla...

Mağdalena başını öne eğdi yavaşça utanarak. Sonra telaşla telefonu genç adama iade etti, omuzunda asılı olan çantasının askısını düzeltti:

— Gidebiliriz, dedi. Makul bir söz bulup söylemeyi becerebilmenin hafifliğiyle.

Metehan genç kızın valizini sapından tuttu, yerden kaldırdı. Hiç konuşmadan beraberliklerinden duydukları tuhaf bir hazla yürüdüler caddenin kenarından.

Metehan'ın arabasını park etmiş olduğu yere geldiklerinde genç kız Ebru Kırımlı'yı gördü, çok yaşlı bir ihtiyarın elini öpüyordu saygıyla.

Yaşlı kadın Ebru Kırımlı'ya benziyordu, annesi olabilirdi. Bakışlarıyle onları takip ederken genç kız Metehan'ın yanındaki koltuğa geçip oturdu, çantasını omuzundan çıkarıp kucağına koydu. Kemerini bağladı. Metehan arabayı çalıştırmak için kontak anahtarını çeviriyordu, genç kız parmağıyle Ebru Kırımlı'yı işaret etti:

— Oradaki kadın, bir derginin Genel Yayın Yönetmeniymiş, benimle röportaj yapmak, resimlerimi çekip yayınlamak istedi dergisinde.

Genç adam, bir eli ile direksiyonu tutarken, diğer eliyle kemerini bağladı, ön camdan Mağdalena'nın gösterdiği kadına baktı:

— Boşuna yönetmen olmamış, dedi gayet ciddi, gözlerini kadından ayırmadan.

Kalbinde bir sevinç rüzgârı esti genç kızın, böyle söylediğine göre Metehan onu beğenmişti.

Caddeye çıkınca genç adam sordu:

— Uzun bir yolculuktu, nasıl geçti?

Mağdalena'nın uçakta yol arkadaşı, orta yaşlı, koca göbekli bir Hintli idi. İngilizce hiç bilmiyordu, isteklerini el kol hareketleri yaparak tarif etmişti hosteslere. Zamanının çoğunu uyuyarak geçirmiş, gözlerini açtığında da hiç ilgilenmemişti genç kızla.

Servis yapıldığında Mağdalena yemekleri ve içecekleriyle meşgul olmuş, pencereden bakınıp bulutları seyretmiş, bazen mecmua okumuş, arada sırada uyumuş, hiç anlamamıştı vaktin nasıl geçtiğini.

— Ben seyahati severim, dedi, yolculuk yapıyorum, bir yerlere gidiyorum ya, bir o kadar daha uçakta olsaydım sıkılmazdım.

— Gezmeyi ben de severim; iki günlük tatilimi dahi değerlendiririm. Mesafeleri hiç önemsemem, çok uzun olsa da zor gelmez bana.

Garip bir tarafım da vardır, her gittiğim yerden, oraya tekrar gelme kaydıyle geri dönerim. Her ayrılıkta bir hüzün saklıdır derler, illa yaşarım ben o hüznü.

Konuşacak konu sıkıntısı bulmaktan kurtarmıştı onları bu müşterek seyahat zevki.

Mağdalena tebessüm etti:

— Ben, dedi bir parka gitmeyi minik bir seyahat kabul edecek kadar gezme hobisi olan biriyimdir.

Arabalar yanlarından vızır vızır gelip gidiyor, onlar, Eminönü'nü, Beşiktaş'ı ancak 50 km. bir hızla geçiyorlardı. Gezintiye çıkmış gibiydiler.

— Gezmenin her zaman güzel bir yanı vardır, dedi Metehan vites değiştirirken.

Mağdalena'nın dikkati Metehan'da idi, sözlerini zevkle dinliyor, beğeni ile takip ediyordu arabayı kullanmasındaki becerikliliğini.

Bir virajı alıp düz caddeye çıktıklarında Mağdalena, genç adamdan sorular beklemeye başladı hayatı hakkında.

Yol uzasın da uzasın, onlar da konuşup dursun, tanısındı birbirlerini. Fakat bir on dakika geçtiği halde bir soru gelmeyince, tek bir kelam edilmeyince genç kız döndü, Metehan'ın profiline baktı merakla.

Sâkin, kapanık, daha konuşmayacağa benzeyen donuk bir profil... Gereğince söz etmiş, genç kızı kazasız belâsız yerine ulaştırmayı vazife edinmiş olmanın ciddiyeti ile sürüyordu arabayı. Yanılmış da olabilirdi; köprüye gelmiş, trafik yoğunlaşmıştı, dur, kalk, dur, kalk gidiyordu araba.

Köprüden geçerken genç kız sağına soluna bakındı; kıyılarında tamamen çiçeklenmiş ağaçları, tepelerde erkenden açmış papatyalarla destanımsı güzellikteydi boğaz ve çevresi. Metehan'a yapışmış aklını çekiştiriyor, nefis manzaraları zorla seyrediyordu. Kalbi soru bekliyordu bıkmadan, usanmadan fakat sabırsızca. Bir tek arabanın dahi geçmediği yerler oluyor, ama genç adamın durumu değişmiyor, konuşmuyordu.

Mağdalena nihayetinde anladı; konuşmayacaktı da.

Metehan, Davud Aras'ın umum müdürü, Mağdalena Davud Aras'ın kızıydı, kendiliğinden konulmuş resmi bir mesafe vardı aralarında. Sözleri ve davranışlarıyla genç adam, tanıştıklarından beri bu ölçüyü koruyordu titizlikle.

Genç kızın kafasında tilkiler ayaklanmış pek çok şey öğrenmek istiyordu Metehan hakkında, sorularla dolmuştu zihni.

— Siz nerelisiniz, dedi Mağdalena, pek birden bir sual olduğuna aldırmayarak.

— Ankaralı'yım.

— İstanbul'a geleli ne kadar oldu?

— Beş ay.

— Nerede kalıyorsunuz.

— Bekar bir ablam var onunla birlikte Beykoz'da oturuyoruz, fabrikaya yakın.

— Memnun musunuz işinizden?

— Evet.

— Babam ile aranız nasıl?

— İyi.

— Onun hakkında ne düşünüyorsunuz?

— Şakacı ve kadirşinas.

Metehan'ın sorulara cevabı çok kısa, bir veya iki kelimeyle. Nerdeyse "Evet" veya "Hayır" anlamında başını sallayacak sadece.

Genç kız, Metehan'ın kendisiyle konuşmak istemediğine karar verecek gibi oluyor, fakat genç adamın ses tonundaki yumuşaklık, samimi hava, sevecenlik, darmadağın ediyordu düşüncelerini.

Biraz çekiniyor olsa da sormadan edemedi:

— Babamın çapkın tarafı vardır farkettiniz mi?

— Hayır.

Metehan cevabını verip aceleyle kapatmıştı kalın dudaklarını. Besbelliydi soru tedirgin etmişti onu.

Yârenlik etmekten çok daha fazla, genç kız bu soruyu içinde hasıl olmaya başlayan sıkıntının dürtüsüyle de sormuştu. Koltuğunun arkasına sırtını iyice bastırarak yerleştirdi, bir destek almak istercesine.

Üvey annesi ve üvey kardeşlerini görecekti bugün.

Babasının annesinden ayrılmasında birinci derece rolü olan o kadını ve babasının sevgisini paylaşmak zorunda kaldığı o üvey kardeşlerini...

Henüz sadece resimlerinden tanıdığı kardeşlerini sevmiyor sayılmazdı, evet, bu çok iyiydi, ama...

Şu "ama", onları gerçekten sevmesine mâni olmuyor da değildi.

— Ben, ilk karısından olan kızıyım babamın, dedi huysuz bir tavırla, güzel dudaklarını kıvırarak.

Kafasının içinde üvey annesi ve erkek kardeşleriyle çeşitli karşılaşma sahneleri sergileniyor, bunlardan hiçbirini beğenmiyor, şaşkın bir oyuncu gibi hissediyordu kendini.

İki eliyle birden çantasını tuttu, büzüştü oturduğu yerde. Bir öksüz ve yetim gibi yalnızdı, bir garip kızdı dünyada. Bakışları sislendi, yalnızlığa sabretmekti kaderi, hiçbir şeye şaşırmamak.

— Biliyorum ve sizi anlıyorum, dedi Metehan.

Mağdalena yüzünü genç adama çevirdi, tamamıyle unutmuştu onu. Gür ve siyah kaşları çatılmış, geniş alnı gerilmiş, şakağında mosmor olmuş bir damar, üzüntüyü nabızlıyordu sessizce.

— Teşekkür ederim, dedi genç kız fısıltıyla.

Kahkahayla gülmekle, hıçkırarak ağlamak arasında bocalıyor, densiz bir hareket yapmamaya sarfediyordu tüm enerjisini. Ayarsız bir saata benziyordu, gidip geliyordu duyguları uç noktalar arasında, isimlendiremediği, kalbinin uçurumlarında bulup yüzeye çıkaramadığı sebeplerden dolayı.

— Hayat çok büyük bir maceradır Mağdalena, küçük ve büyük erozyonların olması normal.

Genç kızın vücudunu bir ürperti okşadı, kırık bir gönlün çağıltısıydı Metehan'ın sözleri.

Dertsiz olan yoktu, bunu bilmeyen kim vardı bu alemde? Arkalarından gelen arabadan kornaya basılıyordu üstüste.

— Peki, kardeşim diyerek genç adam sağa aldı arabayı. Genç bir delikanlı kırmızı arabasıyla bir deli rüzgâr gibi savruldu yanlarından gülerek.

— Arabaya bindiniz mi Mağdalena hatırınızda bulunsun, her araba sürücüsünü bir çılgın kabul edeceksiniz, kaza yapmamanın yegâne formülü, eşsiz formülü.

Genç kız tebessümle yetindi, pencereden dışarıya bakıp geçtikleri yerleri hatırlamaya çalışırken.

Yolların ve semtlerin hiç bir izi yoktu anılarında.

— Amerika'da nerede oturuyorsunuz Mağdalena?

Küçük bir diplomatik davranışla, konuyu değiştirme teşebbüsünün anlaşılmayacağını zannedebilir miydi Metehan?

Genç adam buna önem vermiyor da olabilirdi fakat...

— Ohio eyaletinde, dedi genç kız dostça.

— Yüksek öğrenim yapmayı düşünüyor musunuz?

— Bazen, Ohio Üniversitesi'nde İngiliz Edebiyatı okumayı tasarlarım.

Annem bir mağazaya kasiyer olarak girmiş çalışıyordu, nenem hastalanmıştı, ben mecbur oldum ona bakmaya. Son sınıfta okurken liseden ayrıldım. İki senedir ortalarda avare dolaşıyorum, diplomamı henüz almadım kısacası.

"Daha gençsiniz önünüzde uzun yıllar var, tahsilinize devam edebilirsiniz" mi diyecekti acaba genç adam, yoksa liseyi bitirip evde oturmasını mı tavsiye edecekti.

Genç kız tavşan gibi dikti kulaklarını. Ne yazık ki Metehan'ın fikrini öğrenemedi, cevap vermemişti genç adam.

Ana caddeden ayrılıp "Alemdar" sokağına sapmışlardı, bitmek üzereydi uzayıp gitmesini istediği yollar...

Belli belirsiz bir hüzün çöreklendi yüreğine, gözleri açık uykuya daldı. İnsan sıhhatli iken hasta oluyor, genç ihtiyarlıyor, yeni eskiyor, doğan ölüyor, sona ermeyen hiçbir şey yoktu dünyada. Bu acı gerçek, talan ediyordu hayatları.

Yol tükenmiş, babaannesinin iki katlı, bahçeli evinin önünde Metehan durdurmuştu arabayı.

Mağdalena, Amerika'da serpilip boy atıp, çocukluktan genç kızlığa geçerken bahçedeki küçük vişne fidanı büyümüş, kocaman ağaç olmuş dal budak salmıştı komşunun duvarına.

Yakıcı yaz güneşinden, vişne fidanının minik gölgesine sığınarak kurtulurdu Mağdalena, saatlerce orada oturur bebekleriyle oynardı.

Babaannesi bahçe işlerini sever bizzat meşgul olurdu. Duvar diplerini sümbüllerle doldurmuştu. Bahçe kapısında gireni sümbüller karşılıyordu sapları üzerinde titreşerek.

Metehan, valizi eline alıp kapıya varmış, zile basmak için genç kızın yanına gelmesini bekliyordu omuzları gergin bir duruşla.

Kapının önüne geldiğinde Mağdalena'nın her tarafı sümbül kokusuna bulanmıştı, saçları, yüzü, elleri, vücudu...

Sümbül teneffüs ediyordu soluk alıp verdikçe.

— Babaannem, bahçesini sümbül tarlasına çevirmiş, dedi genç kız, Metehan'ın kapının gölgesinde kurşun rengini almış gözlerine bakarak. Sonra hemen, uzun, sık düz ve gergin kirpiklerini kırpıştırarak aceleyle topladı bakışlarını. Korkmuştu gözlerinin onu ele vermesinden.

Metehan zile basmış ayrılmıştı. Mağdalena, Metehan'a aşık olduğu düşüncesini zihninden atmak için endişeyle kafasını salladı, ancak genç kız biliyordu ki o çoktan yerleşmişti kalbinin içine.

Bu bahar, hiç ummadığı bir çabuklukla getirmişti leylekler dileğini.

Türkiye'ye geldiği gün aşık olmak yazılmıştı kaderine hayatın garip bir cilvesi olarak.

Kapı açılmış, babaannesinin şişman vücudu kapının eşiğini doldurmuştu. Kırışık yanaklarından yaşlar iniyor, genç kızın başını iki eliyle tutmuş, bağrına basıyordu engin bir sevgiyle.

— Zeynep yavrum, hoş geldin. Çok şükür sana kavuşturana.

Genç kız kollarını babaannesinin beline doladı:

— Hoşbulduk, babaanneciğim.

Bahçe kapısının demir gıcırtısı gelince yaşlı kadın o tarafa çevirdi yüzünü:

— Metehan! diye seslendi geçip bir çay içseydiniz!

Genç adam kolunu kaldırıp bir kavis çizdi havada, başka bir zaman demeye getiriyordu.

Açılıp kapanan araba kapısı sesi geldi önce, birkaç dakika sonra da tekerlek vınlamaları. Yavaş yavaş sesler kayboldu, gitmişti Metehan.

— Kapıda kaldık Zeynep, ben ne yapacağımı şaşırdım sevincimden.

Genç kız da şaşkındı, aklı Metehan'ın arabasının arkasında koşuyordu vargücüyle.

Babaanne geri çekildi:

— Salona geçelim, dedi.

Genç kız valizini alıp, içeri girdi, kapıyı kapadı.

— Acaip bir mahlukmuşum gibi bakıyorsun bana babaanne.

— Doğru, valla çok doğru; ayaklarım tutmuyor, ellerim titriyor, kolay mı Zeynep onbir sene sonra gördüm seni.

— Gördüğüne değdi mi babaanne? dedi genç kız gülerek.

— Bir de soruyor musun, seni yaramaz seni, yıllardır yalvartıyorsun babanla beni, bir türlü karar veremiyordun gelmeye.

Genç kız altına bir sandalye çekip, oturdu.

— Nihayetinde Küçüksuda'yım işte.

— Buna da şükür tabiî. Onca direnmeden sonra hiç gelmeyeceğini düşünür olmuştum. Senin bu gelişin hayatımın bir ödülü bana.

Vişne ağacının bir dalı, cama değiyordu; yaprakları yemyeşil, taze ve iriydi çiçekleri.

— Nasıl buluyorsun beni babaanne, dedi genç kız.

— Küçüklüğünde güzel ve sevimli bir çocuktun, şimdi alımlı çalımlı bir genç kız olmuşsun.

Babaanne bir koltuğa oturmuştu dizlerini yayarak. Ellerini koltuğun yanlarına koydu.

— Utanmasam, gel kucağıma otur azıcık Zeynep diyeceğim.

— Boyum 1.70, kilom 60 babaanne bacaklarını ağrıtırım.

— Türkçen mükemmel Zeynep, telefonla konuşuyoruz ama seni karşımda daha bir bizden buldum.

— Arkadaşlarımın çoğu Türk, aramızda Türkçe konuşuruz. Sana anlatıyordum telefonda, inanmıyor muydun bana?

— Gözle görmek, duymaktan her zaman farklı tesir eder insana yavrum.

Babaanne, Zeyneb'in geleceği müjdesini oğlundan ilk defa aldığında nasıl sevindiğini, hiç gerekmediği halde bütün evin badana ve yağlı boyasını yenilettiğini, genç kızın çocukluğunda gelip kaldığı odanın eşyalarını değiştirdiğini anlatıyor, genç kız tebessüm ederek dinliyordu sevimli sevimli. Üvey annesi ve üvey kardeşlerinden hiç biri görünmüyordu ortalıkta, genç kız merak ediyor, soramıyordu çekindiğinden. Babaannesinde kuvvetli bir telepati gücü mü vardı, neydi, cevap veriyordu.

— Kızkardeşim, çocukları Volkan, Panur, Melda, ben, üvey annen ve üvey kardeşlerin hepimiz gelecektik seni karşılamaya, diretmişsin hiç kimseyi istememişsin hava alanına.

Baban Lunaparka götürdüğünde onca dönme dolap, çarpışan arabalar dururken sen "eşeğe binmek istiyorum" diye tutturumuşsun canlısına hem de.

Küçüklüğünde daha vardı garip huyların.

Genç kızın bakışları kurnazlıkla ışıldadı, başını öne eğerek tebessüm etti gizlice.

Babaannesi, Metehan'ı görünce daha beğendiğini, beğenmekte ne oluyordu, yıldırım hızıyle aşık olduğunu duysaydı, emindi, "bu kadarı çılgınlık" diye basardı feryadı.

Şapşalca birkaç defa gözlerini kapayıp açarak genç kız yüzünü pencereye doğru döndürdü.

Deli miydi, divane miydi? Neler de aklından geçiyordu durduk yerde.

— Bakıyorum, bakışların sık sık bahçeye kayıyor, kalbin hangi çiçeklerde kaldı Zeynep; sümbüllerde mi, zambaklarda mı, menekşelerde mi, yoksa çan çiçeklerinde mi?

Kalbi Metehan'da kalmıştı, aklı da ondaydı, çiçek mi düşündüğü vardı genç kızın.

Minik bir serçe sürüsü vişne ağacında oyun oynuyordu bir daldan diğerine sekerek. Güzel başlamıştı tatili.

Evet, güzel başlamıştı...

— Babaanne, dedi, odama çıkayım, üstümdekileri çıkarayım, bir duş alayım, cicili bicili giyineyim, aşağıya ineyim, yanına geleyim, konuşmaya kaldığımız yerden devam edelim ne dersin?

— Tabii yavrum, özellikle kimse bulunmadı evde, herkes senin rahat etmeni düşündü, akşama gelecek hepsi.

Baban telefon açtı misafirleri gitmiş, bir beş dakika uğrayı verecekti akşamdan önce, "olmaz" dedim.

Eşyalarını yerleştir, yat biraz uzan, mutfağa in bi'şeyler ye. Bahçeye çık gezin, hatıra tazele, koskoca ev emrine hazır.

Aile içi haberler dinlemek istiyorsan babaannenin kanalından öğrenebilirsin, dünyada olup bitenleri merak ediyorsan aç televizyonu, geç otur karşısına.

— Kendimi bir curcuna ortasında bulmaktan çok korkmuştum babaanne, bu karşılama iyime geldi.

Genç kız ayağa kalktı, kollarını kuş kanatları gibi yanlara açtı:

— Oley! dedi sevinçle.

Genç ve dinç vücudun, kuvvetli adımlar atarak merdivenleri tırmanışı babaanne gözleri yaşlarla dolarak izledi; torununun delikanı herşeyde gösteriyordu kendini.

Zeyneb'in gençliği ölü eşyaya aksetmiş, bir canlılık gelmişti eve, kapılar açılıp kapanıyor, merdivenden inilip çıkılıyor, mutfaktan sandalye gıcırtıları geliyordu.

Zil çalıpta babaannesi kapıyı açtığında genç kız televizyon seyrediyordu. Başını çevirince, Mağdalena, önce kendisine merakla bakan üvey kardeşlerini gördü, çekinerek yaklaşmışlardı ablalarının yanına. Şu uzun boylusu Emrah'tı, babasına benziyordu. Çilli, uzunca yüz, kemerli burun, ince dudaklar ve dışarı fırlak alın, tıpatıp babasıydı.

Diğer kardeşi Emre, bir hayli kısa boylu ve kiloluydu. Küçük çakır gözleri çekikti çok hafiften, genç bir Japon güreşçisini anımsatıyordu insana.

Genç kız nazik bir şekilde sırayla kardeşlerini yanaklarından öpmeyi henüz bitirmişti ki, babasının coşkulu kolları arasında buldu kendini.

— Aslan kızım benim diyordu ağzını yayarak ve pür neş'e. Genç kız babasının omuzunun üzerinden kayınvalidesinin elini öpen üvey annesine baktı, profilinde sevimli bir insanın gülümsemesinin yaygın izleri bulunuyordu. Daha sonra salonda yapılan müşterek konuşmalar esnasında genç kız bu hâlin onda geçici olmadığını gördü. Üvey annesi, insana küçük çıngırakların çıkarttığı çın, çın... çın... seslerini hatırlatan kahkahalar atıyordu sık sık. Düşünceleriyle oturup kalkmalarıyla, el kol hareketleriyle tebessümleriyle, konuşmasına paralel olarak yüzünde hasıl olan mimikleriyle yeni ipek bir danteli andırıyordu. Orta boyluydu ve câzip bir kadındı.

Gecenin ortasına doğru, teyzesi, beyi ve çocukları da gelince bir bayram alanına döndü ev.

Üvey kardeşleri Amerika'dan onlara getirdiği oyuncaklara dalmış, gülüşüyorlardı salonun uzak bir köşesinde.

Oyuncak tabancaları patlatıyor, çıkan seslerden inanılamayacak derecede zevk alıyorlardı. Emrah dokuz, Emre altı yaşındaydı. Ruh hekimleri çocuğu tanımada oyunun değerli bir araç olduğunu ortaya koymuşlardı. Oyunun kişilik gelişimini gösterdiği düşünülürse saldırgan bir tarafı olacaktı bu çocukların. Büyükler muhabbete dalmış, kimin aklına hangi konu gelirse ondan bahsediyordu.

Zeynep, anılarında kaldığından çok daha canı yakın bulmuştu Melda'yı. İki genç kız ortaklaşa yaptılar çay servisini. Zeynep büfenin üst gözünden kağıt peçeteleri çıkarırken Metehan'dan söz edildiğini farketti. Hareketlerini yavaşlattı, uyduruktan birşeylerle meşgul olarak konuşmaları dinledi.

Babası:

— Metehan, ufku geniş, disiplinli ve iyi niyetli bir eleman.
Teyzesinin kocası Osman:

— Eski müdürün son zamanlarda medyatik bir tip olmuştu görsel basında, diskoteklere dadanmıştı serseri!

Babası:

— Kendi işlerini başkalarına yüklüyor, küçücük hata yapan bir elemanı ise affetmiyordu, çok değişmişti huyları.

— Ona geleneksel argoda domuzlaştı denir Davud ağabey.
İki erkek bu sözlerin ardından kabaca kahkaha attılar. Teyzesi ve üvey annesi derhal gülüşerek eşlik ettiler kocalarına.

Annesi işte bunu becerememişti, içinden gelmese de, yalancıktan gülmeyi, ağlamak istemese de ağlamaklı görünmeyi. Zeynep çekmeceyi kapattı, gitti salonda oturanların önüne birer kağıt peçete koyup, mutfağa döndü.

Gençler mutfak masasının çevresinde toplanmış, çaylarını orada içiyor katılırcasına gülüyorlardı birbirlerinin şakalarına.

Zeynep dar siyah pantalon, bedenine sıkıca oturan açık pembe renk bulûz giymişti.

Tepesinde at kuyruğu yaptığı saçları bir ipek demeti gibi savruluyordu havada kafasını o yana bu yana aniden döndürdükçe.

Panur, meraklı gözlerle seyrediyordu Zeyneb'i, onun iki kültüre ve iki ülkeye âit olması ilgisini çekiyor, bayılıyordu arada sırada "okey" demesine. Ve esas isminin Mağdalena olmasına.

Bir dirseğini masaya dayadı, avucunun içine çenesini yerleştirip:

— İyi ki geldin Mağdalena dedi, bak gör Volkan, Melda, ben ve sen ne biçim eğleneceğiz bu yaz.

Aralarındaki dört yaş farkı az bulduğundan, Panur, Volkan'a ağabey demezdi. Melda'nın kendisinden üç yaş büyük olmasına daha da önem vermez ismiyle hitap ederdi ablasına. Volkan çay bardağını masaya bıraktı:

— Yavaş ol oğlum, Melda bizim gezilerimize katılmaz, terbiyeli kızdır, bu bir, ikincisi teyzem Zeyne'e Mağdalena dediğini duyarsa kızar.

— Biliyor musun garabet kokuyor konuşman, nesi varmış Mağdalena isminin, kulağa çok hoş geliyor dinle bak; Mağ..da..le..na. Nasıl?

— Bunu bana değil, teyzene sor canım.

Cesaret edebilirsen tabiî!

— Zeynep ismi çok daha güzel dedi Melda, ortadaki tabaktan eline bir kurabiye alırken.

— Hop, hop..! Ne oluyoruz dedi Panur koca yanaklarını şişirerek buna karar verecek olan Mağdalena'nın kendisidir bi'tanem.

Volkan kollarıyla masanın üstüne abandı:

— Melda, fikrini söyledi, ikiye biriz şiştin mi?

Kolunun birini kaldırıp Volkan, kız kardeşine uzattı. Melda gülerek hızla vurdu eliyle ağabeysinin eline.

Şiddetli bir ses çıktı:

— Şaa...k.

— Bir daha, dedi Volkan elini tekrar kaldırarak.

— Şaa...k

Panur:

— Yetti ama dedi cidden sinirlenerek.

Mağdalena, peşpeşe kahkahalar atarak gülüyordu üç kardeşin haline. Kendini tutamıyor, gözlerinden yaşlar geliyordu gülmekten.

Amerika'da ona herkes "Mağdalena" derdi, ayrıca bir de "Zeynep" isminin olduğunu bilen tek kişi yoktu.

Annesi koyu bir katolikti, bir müslüman ismini kabullenmemiş, Mağdalena ismini kullandırmıştı herkese.

Genç kız ismini sever ve beğenirdi, annesinin sülalesinde neneden toruna sürüp gelmişti Mağdalena ismi.

Fakat şimdi gülerken hiç önemli gelmiyordu, ona "Zeynep" veya "Mağdalena" denmesi.

— Aman çocuklar, dedi kulağındaki küçük altın küpelerle oynayarak, herbiriniz hangi ismi tercih ediyorsanız onu söylesin, lütfen döğüşmeyin yeter ki.

— Ben Zeynep diyeceğim, dedi Melda çabucak.

Volkan ba ir eliyle hafifçe masaya vurdu:

— Ben de!

Panur fikrini açıklamamış, kurabiye yemeye başlamıştı.

— Haydi pes et oğlum, dedi Volkan, bir elini dizine vurup tempo tuttu, seni bekliyoruz.

— Nasıl oldu da Melda ile aynı fikirde birleştiniz onu düşünüyordum, dedi Panur, keyfi yerine gelmişti.

— Kafanı fazla yorma çocuğum çatlar sonra.

Zeynep, masa üzerindeki küçük sepetten bir kağıt mendil çekti aldı, kirpiklerinin dibini kuruladı bastırarak.

— Siz, dedi birbirinize zerre miktarı benzemeyen üç kardeşsiniz.

Ağzına attığı bütün bir kurabiyeyi ezip süratle yuttu Panur:

— Zerre miktarı benziyoruz, dedi.

— Nasıl yani dedi Zeynep daha cevap gelmeden kendini gülmeye hazırlayarak.

— Kızım, aynı anne-babanın çocuklarıyız, sperma ile döl hücresi annemizin rahminde birleştiğinde hepimiz ayrı ayrı aynı zerreciktik.

Panur öyle birşey söylemişti ki Zeynep utandı gülmeye. Kalktı, boşalmış olan bardağına yeniden çay koydu.

— Haydi, Panur'cuğum, diye başlayarak Volkan konuyu değiştirdi, "Zeynep" deyiver de sizlere bir tur attırayım boğazda, mehtap var bu gece.

Panur muzip bir mübalağa ile açtı gözlerini:

— Nee..., bana rüşvet teklif ediyorsun öyle mi?

— Evet, hayatım.

Panur, omuzlarını gererek sordu:

— Ben rüşvet kabul edecek adambenziyor muyum?

— Yavrum, rüşvet yemesen nereden alacaktın bu kadar kiloyu? diye cevap verdi Volkan kardeşini kızdırmak maksadıyla. Melda boşalmış çay bardağını tabağıyle beraber alıp, masada bulunan boş tepsiye koydu.

— Siz ikiniz, dedi sululuğa başladınız, boş verin de gerçekten bir araba gezisi yapalım, hava çok güzel.

Teneffüste, sınıf sıralarına oturmuş gevezelik eden talebelere benziyorlardı. Bu sıcak atmosfer çok hoşuna gitmişti Zeyneb'in, yıllar olmuştu böylesine eğlenmeyeli.

— Volkan yanıldın dedi Zeynep hafif alayımsı bir sesle.

Neş'e üzerine neş'e parladı Volkan'ın kahverengi gözlerinde, çok keyiflenmişti Zeyneb'in ona sataşmasından. Uzun, kaslı ayaklarını öne doğru uzattı, gerdi.

— Nedenmiş hanımefendi? diye sordu ciddi olmaya çalışarak.

— Az önce Melda'nın gezilere katılmayacağını söylemiştin.

— Haa..., şu mesele, arada hepimizi şaşırtabileceğini söylemeyi unutmuşum demek kızım.

Panur bir yumruk attı kardeşinin omuzuna.

— Mosmor da oldun ama!

Melda sandalyesini gürültüyle geriye çekerek ayağı fırladı:

— Samimi söylüyorum, yeter artık sululuğunuz, dedi. Haydi kalkın gidelim.

Volkan:

— Panur da Zeynep desin hemen gidelim. Size birer külah vanilyalı dondurma da alıp vereceğim, parasını almayacağım, bedavadan dedi.

Panur'un siyah gözlerinde bir hayret büyüdü, ağabeysinin şakasının altında ciddi bir şeyler sezinliyor, düşünüyor, bulup çıkaramıyordu ısrarının sebebini.

Volkan'ın yüzünde ona yalvaran bir ifade hasıl olunca, merhameti kabardı.

— Zeynep, oğlum, dedi haydi gönlün olsun.

Volkan sevinçle doğruldu, ufak bir tekme attı sandalyesine.

— Gidiyoruz, ben alestayım, dedi.

— Çocuklar saatin kaç olduğundan haberiniz var mı?

Zeyneb'in üvey annesi mutfağa girmiş, yanlarına yaklaşıp durmuştu.

Volkan, kolunu kaldırıp, aceleyle baktı saatine:

— Saat 2.00 dedi. Tüüüh, on dakika da geçiyor, çok lâzımdı. Yattı bizim gezinti, komaya girdi.

Üvey anne güldü:

— Korkarım öyle Volkan dedi, siz Beylerbeyi'ne biz Erenköy'e herkes kendi evine. Annenle baban aşağı indiler sizi bekliyorlar arabada.

Üvey anne, kalın perdeyi ve tülü aralayarak, ışıklı bahçe yolunda gezdirdi elâ gözlerini.

— Emrah ile Emre de çıkmışlar, bahçe kapısının önünde duruyorlar, diye ilâve etti.

Volkan Panur'un kolunu tuttu:

— Sen ve ben gider bir güzel uyku çekeriz oğlum, dedi.

Melda'ya döndü:

— Biz uyurken sen de oturur ders çalışırsın emi küçük hanım, Üniversite imtihanlarına hazırlanırsın.

Melda çantasından başörtüsünü çıkarmış onu bağlıyordu başına, becerikli ve alışık el hareketleriyle.

— Siz uyurken ben yatsı namazını kılacağım, dedi, gayet mânidar.

— Bravo sana, dedi Panur ablasının yanından geçerken ona bir dirsek atarak. Sonra parmağıyle kapıyı işaret etti.

— *Marş ileri.*
Dönmez geri
Türkün askeri, diyerek kapıdan çıktı.

Şakalaşmalarının hızını alamamışlardı, bahçeye çıktıklarında da sürdürdüler birbirlerine takılmaları.

Bilhassa Volkan'ın gevezeliği çok üstündeydi, arabaları hareket ettiğinde kolunu pencereden çıkararak Zeyneb'e bir son şaka daha yapamadan edemedi.

— Hayırlı geceler ve ben yakışıklı ile dolu rüyalar, dedi.

Misafirlerin hepsini uğurladıktan sonra, babaanne-torun bir müddet hiç konuşmadan yürüdüler yanyana.

Evin alt katında hiçbir ışık yanmıyordu, kapıcıları ve karısı yatmıştı.

Komşu binalarda hiçbir ses yok, çıt yok!

Mehtap bir aşk perisi gibi kurumlu ve alımlı gökyüzünde...

Sessiz bir keman sesi var ortalıkta, tüm çiçekler onu dinliyor...

Gece güzel mi güzel, gündüzün inadına, yıldızlar takınmış başına...

Hayır, gece bir hayal değil, ama gerçek te değil...

Bir gizem o, elle tutulamayan, gözle görülebilen...

Zeyneb'in kalbi coşkun bir nehir gibi, bir sihri yaşayarak akıp gidiyor karanlıklara...

Uzanıp yatsa çimenlere, içeri girmese.

Arzusu dudaklarından taşıyor harflere bürünerek.

— Babaanne, şu bizim çardakta uyumak geliyor içimden.

— Gençlikte insanın kanında delilikten bir şube bulunurmuş, ondan dolayı genç erkeklere delikanlı denmiş.

Zeynep konuştuğuna konuşacağına pişman oluyor.

Sevgili babaannesinin sözleri ölümcül bir darbe gecenin büyüsüne.

Ah! hiç romantik değil... Ona biraz Balzac'tan okutmalı...

— Ben, biraz öyle miyim yani babaanne, diyor kırılgan bir sesle.

— Alıngan olmaktan insan her zaman kaçınmalıdır yavrum. Alınganlık hoş görüsüzlük belirtisidir.

Volkan'ın gümbürtülü konuşmasını, Panur'un hiç fasılasız gülüşlerini hatırladım da öyle söyledim.

Sen ve Melda da az değildiniz! Gençlik işte! Sizin kahkahalarla güldüklerinize biz yaşlıların tebessüm edesi gelmez.

Eve girince, babaanne kilitte takılı anahtarı çevirdi, kapının zincirini taktı tedbir olarak.

Yaşlı kadın bileklerine kalın demir zincirler bağlanmış gibi sürüyordu ayaklarını bej renk kalın tüylü halılar üzerinde. Bahçe kapısı ile ev arasındaki yolda gidip gelmek yormuştu onu. Seksen kiloluk vücudunu birden bıraktı kanepeye.

— İhtiyarlık zor, dedi nefes nefese.

Sen, Melda ve gelin hizmet ettiniz, çay servisi yaptınız, meyve ikram ettiniz, tabakları bardakları yıkayıp yerlerine koydunuz, ben ise hep oturdum. Oturduğum yerde yoruldum, hiçbir şey yapmadan.

Babaannenin kırışık, pörsük dudaklarında solgun bir gülüş belirdi:

— Ayy..., aman, off..., demesini çok iyi beceriyorum ama Zeynep ayakta durmuş, saçlarının bağını çözüyor, yatmak istediğinin sinyallerini veriyordu babaannesine.

— Üvey annen hümanist bir kadın; herkesle sıcak ilişkiler kurabiliyor, sana çok iyi davrandı, bu kadarını ummazdım, aferin Ayla'ya.

Birbirinize uyum sağlamakta zorlanmayacaksınız, pek sevindim.

Aranızda sadece dört yaş fark var.

Konuşmanın uzamasını istemediğinden hiç cevap vermedi Zeynep, saçlarını omuzlarına yaymakla meşgul göründü.

Yatmak istiyordu genç kız.

Daha doğrusu odasına çekilmek yalnız kalmak istiyordu. Gece muhteşem, sessiz ve dingin...

Uykusu hiç yok, kendini zorlasa da uyuyamayacak. Uyumak niyetinde değil zaten.

Yatağına sırt üstü uzanmakta aklı fikri. Milimetrelik kareler içinde tekrar yaşamayı düşünüyor günün başlangıcından şu ana dek geçen zamanı.

Metehan'ı hayal edecek, onun Mağdalena diyen sıcak sesi çınlayacak kulaklarında.

— Babaanne, dedi, yatmaya gidebilir miyim?

— Tabii yavrum. Yaşlı kadın duvar saatine dikti bakışlarını. Saate bak üç olmuş diye devam etti. Zaman çok merhametlidir nice acıları örter, kavgaları yutar, ölüleri gömer, savaşlara son verir fakat çok ta zalimdir, mutlulukları hiç yaşanmamış gibi yapar, insanın en güzel anlarını bir avuç hayal ediverir.

Göçtü gitti neş'eli saatlerimiz.

Zeynep eğildi, yaşlı kadını sevgiyle öptü alnından:

— Tatlı uykular sana, dedi, babaannesini susturmanın tek yolu buydu.

Tahmin ettiği gibi öpücüğe ve güzel sözlere sevinmişti babaannesi.

— Sana da yavrum, git yat artık diye cevap verdi, torununa gönülden müsaade ederek.

Kırmızı jarse bluz ve aynı renkte keten pantolon giyinmişti Zeynep.

Melda ile Volkan Kadıköy'de çarşıya çıkmış, kendilerine birer çift yazlık ayakkabı almışlar, Zeyneb'e uğramışlardı.

Oturma odasına geçerlerken Melda:

— Giysilerinin rengi sana çok yakışmış Zeynep, dedi. Kırmızı kışkırtıcı bir renktir, albenisi olan kıyafetleri seviyorsun galiba.

— Çok ta değil, bunların kumaşı annemin hediyesi bana. Hiçbir aksesuar koydurtmadım bluzuma dikkati çekmemek için.

Volkan ellerini pantolonunun ceblerine koymuş geziniyordu odada:

— Hiç dikkati çekmiyorsun, merak etme, her tarafın bağırıyor sadece. Altın sarısı uzun saçlar, yaprak yeşili gözler, gelincik kırmızısı bluz ve pantalon.

Göz süzme, kikirdeme, kırıtma hiç yok fakat!

Melda, başörtüsünü çıkarmış, katlamış oturduğu sandalyenin arkasına yerleştiriyordu.

— Ne biçim konuşuyorsun ağabey? dedi.

Volkan ile aralarında bir yaş fark vardı, bazen ismini söyler, bazen de ağabey derdi bayramlık bir hitap olarak.

— Beğenmedinse dinleme kızım. Ben de senin Anadolu erenlerinden biriymişsin gibi yaptığın konuşmalardan hoşlanmıyorum, metazori dinliyorum na'payım, na'payım nezaketsizlik olmasın diye.

— Alıngan bir insan olsam, dedi Melda sözlerini çeşit çeşit mânâlara çeker, kırılırdım. Endişelenme sakın, nem kapmam hemencecik.

— İyi ki söyledin, az daha hastalanıyordum seni incittim korkusundan.

— Lütfen başlamayın çocuklar, dedi Zeynep, neş'eli şeylerden konuşalım, bugün bir sıkıntı var içimde.

Volkan geldi, Zeynep ile Melda'nın önünde durdu:

— İyi öyleyse, davranın sizi koruya götüreyim barim; dedi.

Arka tarafından bir kadın gülüşü gelince Volkan dönüp salona doğru baktı açık bölmeden.

Yaşlı bir kadın oturuyordu koltukların birinde.

— Teyzemin misafiri varmış gelmezsiniz diye devam etti sıkıntıyla. Ardından bir elinin parmaklarını ağzının üzerine koydu ve sırıtarak fısıldadı:

— Evreka-buldum-çocuklar! Arşimet çatlasın kıskançlığından. Teyzem, sabahleyin bana telefon etmiş, elbiselik kumaşını terzisine bırakmamı rica etmişti, onu götürmeye gideceğimizi söyleriz. Koruya gitmeden önce uğrar terziye elbiseliği veririz. Bir taşla iki kuş birden vuracağız, zekâ dediğin benimki gibi olur. Operasyonu hemen uygulamamız gerekiyor, akşama bir saat var, yarım saat dolanır döneriz.

Kızların ikisinden de bir cevap gelmeyince Volkan sordu:

— Eee..., söyleyin bakalım, geliyor musunuz, gelmiyor musunuz?

— Ben ikindiyi kılmadım ağabey geç kalırım, namazımı kaçırırım, dedi Melda.

— Kızsam olmaz, kırılsam olmaz ne diyeyim ben şimdi sana kızım, söyleyecek bir söz bulamıyorum.

— Ben buluyorum.

— Konuş durma, o dâhi kafandan neler çıkacak görelim.

— Sen de kalk kıl, Allahu Teâlâ Hazretleri namazı yalnız bana emretmedi.

Volkan kalın, tüyleri dağınık kaşlarını çattı, kardeşini süzdü birkaç saniye ciddi ciddi.

Melda gülerek sordu:

— Ne oluyorsun, neden öyle bakıyorsun bana?

— Seninle evlenecek erkeğin feci talihsizliğini düşünüyordum.

Çantasından çıkardığı bir tarakla Melda kısa kesilmiş siyah kıvırcık saçlarını tarayıp düzeltiyordu, tarağı elinde tuttu:

— Beynini boş şeylere çalıştırma, hiç öyle birşey olmayacak. Volkan, tepesinden ayak ucuna kadar kız kardeşini istihzayla süzdü:

— Çok emin görünüyorsun kendinden.

Melda, çantasını açıp tarağı içine attı:

— Namaz kılmayan bedbahtlardan biriyle evlenmeyi düşünmüyorum ağabeyciğim.

— ...

Sivri bir cevap beklemişti genç kız kardeşinden ancak bir karşılık gelmemişti, duymamış ya da denileni anlamamış gibi bakıyordu. Zepnep emindi Volkan'ın sözlerini işittiğinden, onu konuşturmak amacıyla:

— En ufak bir bozguna uğramada sen zemberek gibi kurulursun, dedi tebessüm ederek, neden sustun kaldın?

Volkan, ellerini cebinden çıkardı, pencereye doğru yürüdü, arkası kızlara dönük olarak orada durdu:

— Özür dilerim.

— Bu söz, senin en az kullandığın kelimelerden, niçin özür diliyorsun anlayamadım Volkan.

Öyle bir özür dileyişin var ki sanki benden dilemiyorsun.

— Doğru, yine öyle. Allah'tan özür diledim.

Bu cevap bereketli nisan yağmurlarından bir damla gibi düştü Melda'nın yüreğine. Ağabeysinin hiç şaka etmeden, açık-seçik, samimiyetle konuştuğu anları yakalamak zor birşeydi. Kardeşinin itirafı çok duygulandırdı genç kızı.

— Çok sıcak bakıyorsun namaz kılmaya kılıver ağabey, dedi.

— Çok kolaydı!

— Kılarsan zor gelmeyecek inan ki.

Volkan, gri renk gömleğinin üst cebinden arabasının anahtarını çıkardı, kızların yanına gelip şıngırdattı:

— Ben teyzemin elbiselik kumaşını terziye götüreyim, dedi.

Kardeşi zırhına bürünmüştü, Melda tek kelime ile olsun üstelemedi onu namaz kılması için. Davet, imandan sonra en faziletli ameldi İslâm'da, çünkü bu insanları doğru yola sevketmeyi sağlıyordu. Fakat davet bilincini her zaman diri tutan müslümanın çok ince bir duyarlığa sahip olması gerekiyordu.

Zeynep babaannesinin yatak odasına gitmiş, kumaşı almış gelmişti. Kumaşı Volkan'a verirken:

— Melda'yı almaya biraz geç gel lütfen, dedi.

Bir ay olmuştu Zeynep İstanbul'a geleli fakat buralardan hiç kopmamış gibi bir his duyuyordu, babaannesinin candan sevgisinden, Melda'nın yakın ilgisinden dolayı.

Çok memnundu Melda'nın sevgiyi ve şefkati ön planda tutan arkadaşlığından.

Annesi babaannesinin kardeşi olduğu için, Handan teyzeden hazzetmezdi, kocasının hiç bir akrabasından hazzetmezdi o. Çok nadir görüşürdü onlarla.

Bundan sebep, Melda ile sağlam, köklü bir arkadaşlığa fırsat bulamamışlar, candan gönülden bağlanamamışlardı birbirlerine küçük çocukluk çağlarında.

Onu, hafızasında kalan koyu siyah gözlerinden, ucu hafifçe havaya kalkık düzgün burnundan tanımıştı. Cildinin bir hayli koyu esmerliği silinmiş gitmişti hayalinden tamamen.

— Sen esmer, ben sarışın Melda, dedi Zeynep, bu zıtlık hoşuna gittiğinden.

Melda neşelendi, gözleri iki küçük güneş gibi parladı:

— "Erkekler sarışanları beğenir, esmerleri tercih eder" mi doğru, "Erkekler esmerleri beğenir sarışınları tercih eder" mi doğru acaba Zeynep dedi.

Baş rollerinde Marlyn Monroe ile oynadıkları çok eski meşhur bir filmin, adını hatırlayarak Melda çok yerinde bir şaka yapıyordu.

Metehan ablasıyla kaldığını söylemiş, bir erkek kardeşten söz etmemişti. Metehan'ın bir erkek kardeşi olsaydı genç kız:

— Sarışın kız ile esmer kız, iki erkek kardeş ile evlenirler, deyiverecekti. Şakadan da olsa elti olamıyordu Melda ile. Kalbi, arkadaşının bilgili, hünerli, seçkin, iyi bir erkekle evlenmesini temenni etti.

— Sarışını tercih eden bir erkek seni tanıyınca farkı atlayacaktır, dedi.

Zeynep, arkadaşının dini eğitim gördüğünden haberdardı. İslâmi bir yaşayışı tercih ettiğini Amerika'da bulunduğu zamanlar öğrenmişti. Onun hararetli bir Nurcu olduğunu da biliyordu. Yaptıkları telefon konuşmalarında babaannesi aile haberlerini daima duyurur, en ince teferruatına kadar anlatırdı ona.

Melda'nın dindarlığı çok seviyeliydi, yüceydi, saygı uyandırıyordu insanda.

Bir katolik rahibesiyle kat'iyyen mukayese edilemezdi. Melda dünya ni'metleriyle de lezzetleniyordu helâlinden ve aşırıya kaçmaksızın.

Şaka ediyor, gülüyor, geziyor, çeşitli faaliyetlere katılıyordu.

Melda ile birlikte olmak doyumsuz zevkti.

Arkadaşlık ilişkisini, menfaat ilişkisinden kesin ayırıyordu. Her zaman samimiydi, riyâkârlığı alaşağı etmişti. Onu sırıtırken hiç görmemişti, hafifçe devamlı tebessüm ediyordu. Hayret etse de inanılmaz fakat gerçek birşeydi, arada sırada sinirlense de tebessümü kaybolmuyordu yüzünde. Sevimlilikle karşılıyordu en densiz soruları.

Zeyneb'in gönlünde gıdım gıdım değil, bir nehir coşkunluğuyla akıyordu arkadaşına beğeni.

Daha en ufak bir lâubaliliğini görmemişti, candan alakalanmayı hiç esirgemezdi.

Baha biçilmez bir inci tanesi,
Bembeyaz bir zambak,
Yeni açmış taze bir gül,
Bir İmam-Hatipliydi O.

Tomurcuk iken yavaş yavaş gelişimini tamamlamış, belli bir boyuta ulaşınca, renk, koku ve şekil cümbüşüyle çıkıvermişti meydana...

Melda kıbleye doğru seccadesini yaymış namaza durmuştu. Zeyneb'in göremediği hangi cennet mekânda namazını kılıyor, hangi kutsal iklimin havasını teneffüs ediyordu ki, insan melek olmuş, veya bir melek insan olmuş gibi bir vecde bürünmüştü Melda? Genç kızın göz kapakları merakla açılıp kapanıyordu.

Müslüman olması için hiç baskı yapmıyordu Zeyneb'e, ne düşündüğünü de sormuyordu:

Melda namazını bitirmiş, selâm vermiş, arkadaşına bakıyordu, yüzünde secdeye varmanın nuru ışıldayarak.

— Aramızda uçurumlar yok Melda, dedi konuşmasının pek ortadan bir cümle olduğunu hiç mühimsemeden.

— Hayır, yok, diye cevapladı genç kız, hecelerini birbirine şefkatle ulayarak. Melda, seccadesinden kalkmadan konuşmasını sürdürdü.

— Hiçbirimiz salt iyi veya salt kötü olarak dünyaya gelmedik, herkesin insani zaafları vardır.

Kötü, fena, günah olanları aşıp, iyi, güzel, sevap olan şeylere ulaşmayı amaç edinirsek kurtuluşa ereriz inşallah. Melda susunca, hislenerek, sesinin tonunu birden yükselten misafir kadının konuşması duyuldu odada.

O da diyordu ki:

— Ah! Ah! Zenginlik, fakirlik, hastalıklar, kederler, saadet ve neş'e gelişigüzel mi serpilmiştir insan hayatlarına? Asla, kat'iyyen öyle sananlar yanılıyor, aldanıyor, bizler imtihan ediliyoruz. Dünya hayatı çok kısa, başlangıcı kundağın sıcaklığı, sonu kefenin soğukluğu.

Sonsuz zaman evvelleri ile sonsuz zaman sonraları arasında bir dilimcik ömür.

— Bu kadının cümleleri çok düzgün, dedi Zeynep, zannederim babaannemin öğretmen arkadaşlarından, ben odamdayken gelmiş. Ne ikram edelim onlara süt mü? Kahve mi?

Melda seccadesini topladı, tesbihi üstüne bıraktı.

— İkisinden de ikram edelim, jestimizden umarım hoşlanırlar. Melda kahve yaptı, iki yeşil cam fincanlara doldurdu. Kakoalı sütü Zeynep hazırladı. Ayrı gümüş tepsiler içinde getirip sehpanın üzerine bıraktılar.

Nalan Hanım, torununu ve yeğenini arkadaşına tanıttı. Misafirin öğretmenlikle bir ilgisi yoktu, mahalle komşularından Nurgül Hanımdı.

— Buyrun dedi Zeynep size süpriz yaptık hangisinden arzu ediyorsanız onu alın, isterseniz kahve isterseniz kakoalı süt.

İki yaşlı kadın öksürükle karışık gülüştüler. Nurgül Hanım, cılız, ince uzun parmaklarını uzattı:

— Çok yaşayın kızlar, dedi akşam üzeri kahve içmeyi pek severim ben.

— Sütü de ben içeyim komşucuğum, dedi Nalan Hanım uykumu kaçırtır kahve benim.

Beyaz porselen bardağa, kakoalı süt pek de yakışmış, sağ olun kızlar, teşekkür ederiz.

Nurgül Hanım kahvesinden bir yudum aldı, fincanı tabağına bırakıp elinde tuttu.

— Dünyadan konuşuyorduk, dedi. Dünyada fakir mahzundur, zengini fitne bekler. Sıhhatli, hasta, genç, ihtiyar olur. Helâlinde israf edip etmediğinin hesabı haramında azab vardır. Onun sevgisi, ölüm ve kabirde hurdahaş etmek herkesi. Dünya hayatı ölümden bir ses. Allah'ın dininde kardeşleriz, gel gör ki dünya işlerinde birbirimize nasihatler ederiz de ahiret işleri hususunda öğütten kaçınırız. Nalan Hanım arka arkaya yudumlayarak sütünü bitirip sordu:

— Hakikaten öyle Nurgül Hanım, neden acaba?

— İman azlığından ileri geliyor komşum. Dünyanınkine inanıldığı gibi âhiretin hayrına ve şerrine inanılsaydı muhakkak farklı olurdu durum.

Dünyalık bir şeyimizden mahrum kalsak üzüntüsü yüzümüzde beliriyor, lisanımızla bunu hemen ifade ediyoruz.

Çoğu kimse dinin pek çok emirlerini terketmiştir, buna rağmen bir üzüntü duymaz.

Nurgül Hanım bir müftü kızıydı, on senedir, banka memurluğundan tekaüd olan kocası ile sokağın sonundaki tek katlı müstakil evde oturuyordu.

Senede bir, bazen de iki def'a mahalle komşularını ziyaret eder, yarım saat veya bir saat kadar kalıp din merkezli konuşmalar yapardı.

Her gelişinde Nalan Hanım ona sinirlenir, kendini kapana kısılmış hissederdi. Bu kez sinirlenmemişti.

Melda'nın getirip verdiği Fethullah Gülen Hocaefendi'nin kitaplarını okumuş, İslâm'ı tanımaya başlamıştı. Ne büyük hata etmişti daha önce okumamakla.

— Bugünkü yaşam biçimini haklı gösteren mantıklı veya mantıksız açıklamaların hepsinden uzaklaşırsak belki uyanırız gaflet uykusundan. Kişi inandığı gibi yaşamıyorsa, yaşadığı gibi inanmaya başlar, dedi düşünceli ve endişeli gözlerle. Nalan Hanım konuşurken, Nurgül Hanım ılıklaşmış kahvesini içip bitirmişti. Boş fincanı ve tabağını sehpaya bıraktı.

— Hakk bilinip tâbi olunmadıkça bâtıl bilinip ondan sakınılmadıkça insanoğlu Nuh'un Gemisine binemeyecek komşum!

Zeynep divanda oturuyor, çayını yudumluyordu. Eyyüp peygamberin sabrı gerektiği geçiyordu aklından bu kadını dinlemeye, fena halde sıkılmıştı. Ayağının birini diğerinin üstüne atmış, gittikçe sür'atlendirerek sallıyordu yukarı aşağı.

— Afiyet olsun, kahve güzel miydi Nurgül Hanım teyze?

— Güzel miydi söz mü, çok güzeldi kızım, çok teşekkür ederim.

Küçük etsiz yüzde, iki mavi boncuğa benzeyen soluk gözler algılamıştı, yeşil gözlerin derinliklerindeki sıkıntıyı. Ellerini birbirine ovuşturdu Nurgül Hanım:

— Güzeli konuştuk, güzelden içtik, güzelce de ayrılalım, dedi enerjisi kesilmiş konuşmasına son vermiş bir tavırla. Konuşmasındaki yavaşlığın zıttına çok çevikti hareketleri, aradan iki dakika geçmeden hırkasını sırtına geçirmiş, kapıya varmıştı.

Kapıdan çıkacağı sırada Nalan Hanım, yolunu kesti birden misafirinin:

— Bir dakiki komşum, dedi "Melda ile Zeynep bundan böyle en azından ayda bir katılsınlar sizin derslerinize". Torunun dini yönden şaşkınlığını bildiğinden her hafta diyememişti, onun kabul etmeyebileceğini düşünerek.

Hemen yanında duran yeğeninin saçlarını okşadı.

— Melda'da sizin gibi bir Nurcu, Nurgül Hanım teyzesi, dedi.

Gözleri birbirinin bakışını misafir ederken, selvilerin serinliği esti Melda ile Nurgül Hanımın arasında.

Beyaz ve mor zambakların kokusunu teneffüs ettiler...

Aynı bahçeden çiçekler topluyorlardı...

Aynı aşk öyküydü dillerinde...

Aynı sevda, şarkı söylüyordu damarlarında...

Aynı pınardan içiyorlardı kana kana...

— Bu haber en güzeli oldu dedi misafir hanım pür neş'e.

İlkbahar mevsimine girildiğinden beri havalar güzel gitmiş, güneşli günler geçirmişti İstanbullular.

Fakat bir önceki gün öğle vakti şimşekler çakmaya başlamıştı birdenbire. Gökyüzünü sis kaplamış, yağmur başlamıştı çisil çisil... Gece boyu devam etmişti yağış.

Yağmur damlalarının sesinden Zeynep uzun müddet uyuyamamış, çok geç vakit dalabilmişti. Sabahleyin kuş şakımalarıyle uyanmıştı.

Akşam perdeyi kapatmayı unutmuştu, pencereden gür bir aydınlık giriyordu odaya.

Zeynep yatağın içinde oturdu, neş'e ile gerindi sağa sola doğru.

Yumuşak huylu bir aydı Mayıs; onda şiddetli soğuklar olmazdı, sıcaktan da kavrulmazdı insan. Hiç kimseyi üşütmeyecek ve de bunaltmayacak bir mayıs günü başlamıştı güzel mi güzel.

Bu gün öğleden sonra fabrikaya gidecek, çarşıya çıkıp alışveriş yapacaktı babasıyla. Metehan'ı görebilecek miydi? Bilmiyordu... İki kez babaannesiyle, bir kez yalnız olarak, üç kez de Volkan ile gitmişti fabrikaya geldiğinden beri.

Son gidişinde merdiven başında karşılaşmışlar, selâmlaşmışlar, Volkan'ın Metehan'ı tekeline almasından birbirlerine hatır sormadan başka kelâm geçememişti aralarında. Fakat konuşamamaları onları gizemli bir derinliğe çekmiş gözgöze geldikçe bakışları söyleşmiş, aynı hasreti nefeslemiş, son cemre de düşmüştü yüreklerine.

Metehan, aklında kaldığından daha da uzun boylu gelmişti ona. Kahverengi takım elbiseleri içinde çok yakışıklıydı genç adam.

Onun becerikli ve çalışkan olduğunu söylemişti babası. Metehan'ın yaşını babasının sekreterinden öğrenmişti; genç adamla aralarında onüç yaş fark vardı, Zeyneb'e çok uygun geliyordu bu yaş.

Hayatına daima saçlarının arasına birkaç tel beyaz saç düşmüş bir erkeğin girmesini istemişti, şaşılacak bir şeydi rastlantının bu kadarı.

Mağrur ve ketum olmasının genç kız açısından ne önemi vardı? Hiç... Tercih sebebi dahi olabilirdi ciddi görünümü.

Babasının en dikkati çeken özelliği sıcak ilişkilere hemen girebilmesi, insanlarla çabucak kırk yıllık dostmuş gibi olabilmesiydi. Ama, bu yeterli gelememişti annesini mutlu etmeye. Metehan, hayalindeki erkeğin en zirve model simgesiydi; aradığını bulmak buna denirdi.

Hayat, insanı bir anda ümitsizlik girdaplarına tıkıp, orada senelerce acımasızca hapsedebildiği gibi, ekstradan zafer zevinci de tattırıveriyordu, en çılgın bir umudu gerçekleştirerek. Metehan ile ilişkisi nasıl gelişecekti? Bunu bilemiyordu; ağır akan bir nehir gibi zamanın içinde gizliydi serüveni. Heyecanlıydı fakat acele etmiyordu genç kız, sadece bekliyordu, sabırsızlık göstermeden bekliyordu...

Hayatına girivermişti genç adam beyaz atıyla. Ona talih mi gülmüştü yoksa bu tesadüfü aşan başka bir şey miydi, bir kaç dakika kafasını bunu bulmaya çalıştırdıysa da bir sonuca varamadı.

Geceliğiyle aşağıya indiğinde, kalınca bir kitabın, bir sahifesini okuyordu babaannesi. Önündeki sehpada, temizlenmiş, yıkanmış bir tabak çilek vardı.

— Öpücük ister misin babaanneciğim, dedi, ona doğru bir bahar gibi eserek.

Nalan Hanım kitabını kapattı, ustalıkla, karşısındaki koltuğun üzerine attı.

— Sorulur mu bu yavrum?

Zeynep eğildi iki yanağından öptü yaşlı kadını şapırtılı bir ses çıkartarak.

— Aşınmaması için, öpücük yerini değiştiriyorum babaanne, dedi, sıraya koydum, bir alnından öpüyorum, bir yanaklarından.

— Aşınır mı hiç canıma can katıyor öpücüklerin. Babana da böyle sözler söylesen ne sevinir zavallı, soğuk davranıyorsun ona.

Koca kız olmana rağmen babana hâlâ kızgın mısın?

— Kızgın değil, kırgınım.

— Onca zaman geçti aradan hiçbir şey değişmedi mi?

— Hayır, hiçbir şey değişmedi babaanne!

— "Allah afsız kul kusursuz olmaz" denir, hepimizin zaafları vardır, insanız, sağlıklı düşünmüyorsun.

— Olabilir babaanne!

Nalan Hanım torununu kolundan tutup çekti, divanda yanındaki boş yere oturttu.

— Sen biraz çeceronlaşmışsın, gel şöyle dizimin dibine otur, konuşalım seninle azıcık.

— Çokça da konuşsak birşey farketmez.

— Annenle babanın boşanmaları ruhsal travma oluşturmuş sende. Geldiğinden beri baban seni evine götürmeyi, orada misafir etmeyi arzuluyor, gitmiyorsun. Ayla üç kez geldi seni almaya, eften püften bahaneler ileri sürdün her seferinde.

— Ayla, beni kat'iyyen sevemez babaanne, ben üvey kızıyım onun. Üvey kardeşlerime gelince, yüzlerine dikkatle bakarsan sezinleyeceksin, duyguları mütereddid beni hakiki bir abla gibi kabullenmekte. Red de edemiyorlar tamamen. Bütün bunları görmezlikten gelip, üç kişiyle tek başıma oyuna girememem, kalbim kaldırmıyor.

— Şu kalbini geri plâna at lütfen, mantığınla hareket et.

Üvey annen ve kardeşlerinle samimi olarak tanış yavrum, öğren onlarla birlikte yaşamayı. "Bir çocuğun anne-babasının ayrılması illâ bir felâkettir" diye birşey yok. Böyle birşey dünyanın sonu değil.

Geçirdiğin olay anılarında sadece bir düş kırıklığı olarak kalsın. Benim kaç günlük ömrüm kaldı şunun şurasında.

— Seni kaybetmek, benim hayatta tutunduğum tek dalın kırılması demek babaanneciğim, dedi Zeynep ağlamaklı bir sesle. Ölümünden bahsetme bana, dayanamıyorum.

— Ne edelim, günün birinde ölümüm gerçekleşecek yavrum, hazırlıklı olmalıyız hayatın acı taraflarına.

— Senin ölümün dışında hayatın ızdıraplarını göğüsleyecek olgunluğa erdim ben çektiklerimle babaanne.

Nalan Hanımın kalbi çaresizlikle inledi; torununun kinini nasıl giderecekti? Bir kaya parçası gibiydi yüreği babasına karşı yontamıyordu bir türlü. Kendi yaşamından örnekler vermeye girişti.

— Mezuniyetimden sonra, okulda talebelere ilk def'a ders vermeye başladığımda bir harf hatasına, bir virgül eksikliğine tahammülü olmayan, prensiplere sıkı sıkıya bağlı bir öğretmendim.

Evlenince inişli, çıkışlı bir iç serüveninin tam merkezinde buldum kendimi. Deden sevmeyi ve affetmeyi bilmiyordu. Bunun zorluğunu yaşadım yeni gelinliğim süresince.

Tüm dikkatime rağmen hatalarım oluyordu, beri kalamıyordum kusur işlemekten.

Meğer kim hata ve kusur yapmıyordu ki?

Aşırı yeis ve intikam duygularının hayatı dumura uğrattığını gördüm. Katı kurallar her zaman geçerli olmuyordu, sivri çıkışlar birşey kazandırmıyordu insana.

Zeynep geceliğinin yakasını çekiştirdi huzursuzlanarak:

— Beni abartılı mı buluyorsun babaanne?

— Birazcık. Ben huylarımı değiştirdim, sen de kendinle mücadeleye girmeli, ağlarken gülmeyi, gülerken ağlamayı öğrenmelisin.

Yoğunda yaşamış olsak olayları mazide bırakmaya mecburuz, devamlı arkasına bakan tökezler yavrum.

— Dale Carnegie'i mi okudun babaanne?

— Gerek yok buna yavrum, aklı başında olan her insan gayret ederek üzüntülerinin yüzde ellesini bertaraf edebilir. Oturma odasıyla mutfak arasındaki kapı açıktı sonuna kadar, yemek masası görünüyordu.

Babaannesi kahvaltılıkları çıkarmış, masaya koymuştu. Aygazın altı da çok kısık bir ateşle yanıyordu, çaydanlık üzerindeydi. Suyun fokurtusu duyuldu odada ikisi birden suskun kalınca. Her sabah, babaannesi erkenden kalkıyor, masayı çeşitli yiyeceklerle donatıyor, sonra da oturup Zeyneb'in uyanıp aşağıya inmesini bekliyordu.

Hayatındaki bu yegâne sıcak beraberliğe bir gölge düşmesinden çok çekiniyordu Zeynep, kendisini müdafaaa etme lüzumunu hissetti. İçgüdüleri canlanmış dürtüklüyor, konuşması için çimdik atıyorlardı ona.

— Boşanma kararı almalarına dek, annem ile babamın ayrılabilecekleri bir kerecik olsun aklımdan geçmemişti babaanne, dedi ısırıcı bir sesle.

— Çünkü çocuk aklıma göre ben vardım dünyalarında. Şu halde annem, babamdan birkaç gün sonra solup kuruyacak bir demet çiçek almasa da olurdu. Ya da babam, bir kutu parfüm getirmeyiversindi.

Çok acırdım okulda anne-babası boşanmış çocuklara, onları yuvalarından atılmış kuş yavrularına benzetirdim. Bir gün ben de onların akıbetine uğradım, ruhsal ve bedensel gelişmemin en hassas aşamasında dışlandım, mutluluk olanaklarım cayır cayır alındı elimden.

Anne-babam bunu yapmayabilirlerdi bana.

— Senin anne-baban süper insanlar değildi ki yavrum, süper anne, süper baba olsunda nefsi arzularından fedâkarlıkta bulunsunlardı.

— Trajediler, insan hayatlarında daima daha çarpıcı olmuştur babaanne, bunlardan bir tanesini ben yaşadım çocuk yaşımda!

— Yavrum, altın renkli saçlarla süslü kafanın içine şunu çok iyi yerleştirmelisin, hiç kimsenin hayatının tümü mutlu geçmez, ama "mutlu anları" olabilir. Altın bir formüldür bu söylediğim.

— Annem Amerika'ya gidişimizin senesinde, babama inat evlendi, bana yabancı bir adamla. Sevmediğim New York'ta oturdum onlarla. Burada kendi babam, bana yabancı bir kadınla evli ona anne demek mecburiyetindeyim.

İstanbul'daki ve New York'taki üvey kardeşlerim kendi aralarında çok muhabbetliler, benim önüme atılansa sevgi kırıntıları. Bu trajedime gülerek mi bakayım babaanne?

— Neden olmasın? Nerde tırak, orda bırakacaksın. İnsan gidebileceği yere kadar yürüyebilir, ötesini zorlamamalıdır.

— Hâkimlerin buyruğu üzere verilen zehiri Sokrates'in irkilmeden, tiksinmeden son damlasına kadar içmesi gibi mi? babaanne?

— İyi hatırladın; "zehiri biraz daha geç içmekle sanırım kazanacağım hiçbir şey yok; böylece hayata bağlanmakla, artık bir şey kalmadığı halde onu korumak ve esirgemekle, kendi kendime gülünç oluyorum..." demiş Sokrates.

Bir çıkış olmayınca, hiç çaresiz kalınca mecburuz kaderimizi kabullenmeye.

— Kabullenmesen ne yazar babaanne?

Beyninin içinde ateş saçan gözlerle ayağa kalkmış şeytanı, genç kızı tedirgin ediyordu, şiddetle kafasını salladı.

— Ne yapıyorsun öyle kızım? diye sordu babaanne şaşırarak.

— Kötü düşünceleri atıyorum kafamdan, konuşup seni daha fazla üzmemeliyim, huzursuz oluyorum.

Anne-babamın hatasını unutmayı çok denedim, ne edeyim ki beceremedim.

— Fena halde takmışsın bunu kafana. Yalnız senin annebaban ayrılmadı, binlerce çocuk var bu durumu yaşayan. Çocukların bir kısmı tamamen annesiz-babasız büyüyor.

Mesela ben Zeynep. Annem kardeşimin doğumu esnasında vefat ettiğinde altı yaşındaydım, sekiz yaşıma girdiğimde de, babam kalp krizi geçirdi ve öldü.

Zavallı Handan annesini hiç görmedi, babasından iki yaşında yetim kaldı. Halamızın yanında kaldık, gıkımız çıkmadı onun da benim de.

— Bu sorun tamamiyle başka benimkinden, anne ve babanızın bir suçu yok sizin olayınızda.

Nalan Hanımın yüzüne yılgın bir ifade yayıldı, gözlerinde ümitsizlik yalazlandı.

Zeynep, babaannesinin asık suratını farketti, bir suçlu gibi büzüştü, ayaklarını yerden çekip, dizlerini göğsüne dayadı. Kendini iyice kınadı, cebinden bozuk para çıkarıyordu sanki, isyan tüten cümleleri arka arkaya savuruyordu ağzından. Pişmanlıkla kıvrandı yüreği, söz gümüşse sükût altındı, niçin hiç cevap vermeden duramıyordu?

Konuşuyor, yıllarca bastırılmış gönül sırlarını dışarıya fırlatıyordu lavlar halinde, uyanmış bir yanardağ gibi püskürtüyordu onları.

Konuyu değiştirmeli başka yöne kanalize etmeliydi konuşmayı.

— Az önce dedemin insanı bağışlama bilmediğinden söz ettin, dedi o da babama mı benzer, aniden mi parlardı?

— Deden her zaman parlardı. Kapı çalındığında biraz geç kalsam açmaya gitmekte, "Nerdesin be kadın" diye bağırırdı. Annem, bana hamileyken Kerime Nadir'in "Hıçkırık" isimli romanını okumuş, çok etkilenmiş, iki kızım olursa birinin ismini Nalan, diğerinin ismini "Handan" koyacağım demiş.

Kaderin cilvesi olarak romandaki gibi Nalan ağladı, Handan güldü. Zavallı anneciğimin kemikleri sızlamıştır mezarda benden dolayı.

— Dedem ile evliliğinizin sağlıklı gitmediğini mi söylüyorsun?

— Evet, evliliğim benim buhranlı dönemimdir. Deden ile evlilik kurtla danstı.

Veterinerdi, âciz, çaresiz, hasta hayvanlarla uğraşıyor diye onu çok merhametli biri zannetmiştim.

— Değil miydi?

— Kat'iyyen.

Onun acımasızlığını bilen çoktu ailesinde, çekindiklerinden bunu onun yüzüne haykıran yoktu. Baktığı hayvanlardan huy kapmıştı; köpek gibi saldırgan, horoz gibi gururlu, eşek gibi vurdum duymazdı.

Ben görmedim fakat asistanlığı zamanında deve de tedavi etmişti belki, ben bilmiyorum çok kinciydi. Deve kini ile meşhur bir hayvandır.

— Ölünceye kadar dedemle yaşamışsın, yanılmıyorsam yirmi sene sürmüş beraberliğiniz, nasıl dayandın onca yıl?

— Ben aynalar gibi kırılgandım, önce bu huyumu bıraktım.

Zorlanarak da olsa kurtardım kendimi dünyanın trajik bir sâkini olmaktan.

Boş zamanlarımda çok müzik dinlerdim, mutluluğa ulaşırdım şarkılarla.

— Hiç mi iyi tarafı yoktu.

— Vardı, cömertti, verdiği paranın hesabını sormazdı, her istediğini alırdım babana.

Genç kız anlıyordu, babası küçük yaştan alışmıştı her dilediğini hemencecik elde etmeye. Mağazasına sekreter olarak giren Ayla'yı sevince, birçok geceleri uykusuz geçse de sonunda yıkmıştı yuvasını.

Nalan Hanım dalmıştı hatıralarına:

— Deden öleli yirmi iki sene oldu sesinin çatlak uğultusu kulaklarımdadır hâlâ.

— Senin mazinin sahifelerinde dedem, ateşten harflerle kazılı bulunuyordur babaanne!

— Tam da öyle sayılmaz!

Benim rolüm çok zordu aile tiyatrosunda. Sadece kendim için değil, oğlum için de gardiyanlık yapıyordum mecburi. Çocuğum anne-baba ayrılığının stresini yaşamasın diye direndim evliliğime.

Nalan Hanım gaf yaptığını farkederek derhal makasladı konuşmasını, fakat geç kalmıştı.

— Seni kutlarım babaanneciğim, diyordu torunu.

Yaşlı kadın kolunu uzattı genç kızı omuzlarından sarıp kendine doğru çekti, başını onun başına dayadı yavaşça. Haklıydı, çok haklıydı torunu... Ne yazık ki o, çaresizdi. Ne edebilirdi? Oğlu kalbi, torunu yüreğiydi... Ama onu hoşnud eden birşey vardı. Zeyneb'in sırtını okşadı:

— Melda'nın arkadaşlığını seviyorsun, bundan çok memnunum, dedi.

— Melda, sıcak, yürekli ve derinlikli nasıl sevmem.

— Söyleye söyleye, sonunda ikna etti Abant'a gitmeye seni. Orada gece-gündüz birarada olacaksınız.

— Bu beni sevindirir babaanne, Melda'nın arkadaşlığından sıkılmam.

— Ne kadar kalmayı düşünüyorsun?

— Bir hafta.

— Çok az yavrum, telaşa değmeyecek.

— Az mı?

— Evet yavrum, on güne tamamla bari.

— Olmaz.

— Peki, paşa gönlün bilir.

Metehan'ın adının hiç anılmayacağı bir mekanda bir hafta kalacaktı, sıkıntılar basıyordu Zeyneb'i düşündükçe.

Babası geldiği zamanlar, Metehan'dan bahsederdi söz arasında.

Babaannesi fabrikaya telefon açtığında mutlaka olmasını istediği işlerde Metehan'a mesaj bırakırdı oğlu orada bulunmadığında. Az da olsa genç adamdan haberler sızıyordu ona fasılasız bir şekilde. Metehan'dan haber alma yönünden mahrumiyet bölgesiydi Abant. Teyzesi ve çocukları yalvar yakar olmuşlar da "Peki" demişti Abant'a misafirliğe gitmeye.

Nalan Hanım, Zeyneb'in omuzundan elini çekti, biraz öne eğildi, bakışları yerde, güldü:

— Çok meraklandığım bazı geceler uykumu kaçıran bir mesele var, ancak sormaya cesaret edemiyorum, seni incitmek korkusundan dedi.

Cevabını öğrenseydim, öyle gitseydin iyi olurdu benim açımdan. Yaşlı kadın tabaktan bir çilek alıp ağzına attı.

— Çilekler taze ve lezzetli çıktı, meyve almayı çok iyi beceriyor baban.

— Babaanne bana birşey soracaktın?

— Hatırlıyorum, kafamda, hiç unutur muyum? Aramızı açabilir sormaktan vazgeçtim.

— Sor haydi babaanne beni merakta bırakma! Kızmayacağım yemin ederim.

— Müslüman gibi mi Hıristiyan gibi mi yemin edeceksin?

— Bilmem.

— Böyle bir yemin geçerli olmaz.

— Lütfen babaanne sor, kahvaltı edeceğiz, çaydınlıkta su filan kalmamıştır.

Nalan Hanım biraz daha eğdi başını, nerdeyse iki büklüm oldu vücudu:

— Amerika'da hiç özel erkek arkadaşın var mıydı yavrum, doğru söyle bana dedi, çok sıkılarak.

Genç kız şapşallaştı, hayretten gülleler çakıldı gözlerine arka arkaya.

Hiç mi, hiç beklememişti böyle bir suali, yüzü kızardı, her bir kıl bidinden ter çıktı utancından. Sitem oklarını gönderdi, başını kaldırmış, ondan sabırsızlıkla cevap bekleyen babaannesinin endişeli yüzüne.

— Hayır, dedi fısıldayarak, bağırmaktan beter bir serzenişle. Çılgın bir müjde, bir çığ gibi düştü Nalan Hanımın canevine, damarlarına taze kan yayıldı sevincinden.

Son nefesinde ahirete iman ile giden bir insan heyecanıyle haykırdı:

— Yavrum benim, bir tanem, iffetinle, namusunla bir müslüman kızı olarak yaşadın demek bugüne kadar.

Babaannenin sesinde dalga dalga yükselmişti zafer sevinci.

Acı olaylar yaşamı kemiriyor, insanı pasivize ediyor, neş'e de hareketlendiriyordu.

Genç kızı memnun etti; yaşlı bir yorgun savaşçının pörsümüş gönlünde sevinç rüzgârları estirmek.

Annesi geldi hatırına; o ise genç bir yorgun savaşçısıydı. İkinci eşiyle olan evliliği de çok düzgün gitmiyordu, inatçılığından ve kıskançlığından sebep.

Zeyneb'in vücuduna bir ağrı girdi, hücreleri sızladı kederinden.

— Babaanne, dedi çaydanlıktan tuhaf sesler geliyor, sen bakıver, anneme telefon etmek geldi içimden daha yatmamıştır o şimdi. Odasına çıktı, yatağına oturup komidinin üzerinden telefonu kucağına aldı tuşlara bastı.

İlk çalışta telefon açılmıştı güzel bir tesadüf olarak. Annesi sesleniyordu:

— Alo!..

— Anne, benim.

— Mağdalena, sevgilim sen misin?

— Evet, anneciğim fakat lütfen bana Zeynep de.

— Çıldırdın mı kızım, müslüman peygamberin kızlarından birinin adı Zeynep, biliyorsun.

— Biliyorum, bir de peygamberin eşlerinden birinin ismi.

— Nee!.. Bunu duymamıştım. Müslüman peygamberin hem kızına hem de eşine takılan bir ismi sen kimin aklıyle kabullenir de benden Zeynep dememi istersin.

— Peki anne, dedi genç kız bıkkın bir sesle dilediğini söyle.

— Tabiî ki ben Mağdalena diyeceğim ama herkeste Mağdalena demeli, sen bir Hıristiyansın. Maria Mağdalena bir azizemizin ismi.

— Hayır, anne ben ne Hıristiyanım ne de Müslüman.

— Mağdalena neler saçmalıyorsun.

— Hakikatleri saçmalıyorum anne.

Amerika'da iken Amerikalı, Türkiye'de bulunduğumda Türküm okey, aldırdığım yok buna. Fakat her yerde ya tamamen hıristiyan olacağım veya da hakiki bir müslüman, buna çok aldırır oldum anne. Bir kaosun içindeyim.

— Sen katolik bir hıristiyansın sevgilim.

Genç kız kısacık bir tereddütten sonra:

— İstifa dilekçesini vermeye hazırlanıyor kalbim anne! deyiverdi sözlerine kendi de hayret ederek.

İyi ki de annesinin Türkçesi biraz zayıftı, bu cümlenin manasını anlayamayacak, asabı bozulamayacaktı.

Ama hayır, annesi kızının hoş olmayan birşeyler ima ettiğini sezmişti:

— Sen, diye tekrarladı kızının kafasına çivi çakar gibi Katolik Hıristiyan bir Amerikalısın.

— Damarlarımda Amerikan ve Katolik Hıristiyan kanı dolaşsa da kalbim galiba Türk ve İslâm'a ait anne!

Sofia duraksadı, cevap vermedi hemen, veremedi, hayat onu çarmıha germişti, hiç kıpırtısız kaldı duyduğu dehşetten. Üstelese işitmek istemediği şeyler duyabilirdi, aşağıdan aldı:

— Sen aslında gerçekçi, realistsindir. Türkiye'de olmanın ve babaannenin yanında bulunmanın etkisi altındasın, dedi. Kafanı kullanmalı kendini kurtarmalısın o havadan. Annem rahatsızlanmış, üvey kız kardeşlerim Londra'ya tatile gitmişler diyerek, dön gel Amerika'ya.

— Katakulli çevirmeye gerek yok anne! Kimse baskı yapmıyor bana.

— Ne zaman geleceksin peki?

— Henüz karar vermedim, belli değil.

— Liseyi tamamlayıp üniversiteye başlayacağını söylemiştin, belli değil olur mu?

— Oluyor işte!

— Meraklandım şimdi, oralarda kalırsın korkusu sardı beni, döneceğini söyle, rahatlıyayım; kesin cevap ver.

— Veremem anne!

— Şu halde tahminen gelebileceğin zamanı söyle.

— İmkansız anne, hiç düşünmedim henüz Amerika'ya dönmeyi, nasıl olur da bir zaman tahmininde bulunurum, dedi genç kız sesine yumuşaklık vermeye özen göstererek.

— Türkiye'de kalmayı mı plânlıyorsun?

— Bir ihtimal.

— İmkansız seni oralarda bırakmam diye avaz avaz bağırdı Sofia buyurgan bir sertlikle.

Zeynep annesini teselli etme ihtiyacını duydu, onu sevindirmek için telefon ediyordu, kızdırmak için değil.

— Bir ihtimal anneciğim sadece ihtimal, dedi. Abant'a Handan teyzelere gezmeye gidiyorum. Annesinin kendisini hiç merak etmemesini tenbih ederek konuşmayı kesti, son olarak:

— By, By mama, dedi Zeynep sıcacık bir ifadeyle.

— By, by, darling.

Annesinin sinirleri yatışmıştı. Genç kız telefonu kapattı yerine koydu. Nihayetinde annesini de sevindirmişti.

Zeynep ne iyi etmişti teyzesinin ve çocuklarının davetini kabul etmekle.

Ana caddeden "Abant" yazılı levhanın bulunduğu yola sapmalarıyla beraber başlamıştı göz alıcı manzaralar.

Önce Bolu'ya gitmişler, Melda'yı amcasına bırakmışlardı. O beş gün orada kalacaktı.

Programlarında değişiklik olmuştu, Melda bir rahim ameliyatı geçiren yengesine hastahanede refekat edecek, sonra gelecekti.

Volkan arabayı normal bir hızla kullandığı için, Zeynep arka koltukta, camdan, rahatça seyrediyordu etrafı.

Kocaman ağaçlar, birkaç haneli köyler geride kalıyor, mesafe katettikçe yol devamlı uzayıp gidiyor, hiç bitmeyecek gibisine geliyordu insanın.

Arada sırada, sağdan veya sol taraftan köpekler koşuşuyordu arabaya doğru.

— Bu yol üzerinde, dedi Zeynep köpek bol, bir kısmı saldırgan, bazıları da yalnız kuyruklarını sallıyor.

Volkan, açık penceresinden acele bakındı dışarıya; iki kara köpek bir tepede yanyana durmuş gelip geçen arabaları seyrediyordu.

— Köpeklerin kuyruklarını kıpır kıpır hareket ettirmeleri mutluluklarındandır, onlar keyifleri yerinde olan köpeklerdir.

— Kedilerde kuyruk sallar.

— Kedilerin kuyruk sallamaları aynı anlama gelmez; onların kuyruk sallamaları bir şeylerin ters gitmesindendir.

Zeyneb'in penceresi kapalıydı, kulağını cama dayadı:

— Şimdi de bir tavuk gıdgıdaklıyor dedi herkesi yerinden fırlatacak bir şiddetle.

— Yumurta yapmıştır, o marifetini bildiriyor. Evimizde kümes var, her gün duyacaksın orada gıdgıdaklamaları. Abant dağlarının kuzey yamaçlarına yaklaştıklarında Volkan parmağıyla göle ve otellere nazır bir evi işaret ederek:

— İşte misafir kalacağın ev Zeynep, dedi.

Ev üç katlıydı, dış yapımında süsleme olarak tahta çok kullanılmış olduğundan şirin bir bülbül kafesini andırıyordu uzaktan yeşilliklerin ortasında.

— Abant'a gelişin ilk bahar rapsodisine rastladı, beğeneceksin buraları.

Nostaljik bir seçenek olan faytonlar otellerin önünde müşteri bekliyorlardı.

Genç kız pencerenin düğmesine bastı, cam aşağı inince kafasını dışarı uzattı.

— Önce ve hemen şu cicili bicili faytonlara binmek isterim Volkan.

Delikanlı neş'eyle cevap verdi başını ve sırtını arkasına yaslayarak:

— Burada hemen olmasını arzu edeceğin öyle çok şey bulacaksın ki!

Abant gölü derindir, insanları cezbeder, hiç farkettirmeden umutları dibe çeker, her dalgıç eline başka şey geçirir kaderine göre. Nice yeni evliler balayına bu otellere gelirler, nice aşıkların gözyaşlarına kabirdir göl kıyısı.

Ihlamur ağaçlarının altında şiirler yazılmıştır, mehtaba bakarak şarkılar söylemiştir gençler sazların arasında.

Volkan'ı dinlerken Zeyneb'in gözleri göldeki yaprakları geniş ve yuvarlak, beyaz renkli çiçeklere takılıp kaldı. Suyun yüzüne kocaman daireler şeklinde yayılmışlardı.

Genç kız çiçekleri tanıdı, nilüfer çiçekleriydi onlar...

— Nilüferlerin, mavi ve pembe renkte olanları var Volkan, dedi. Haklısın, dayanılmaz bir arzu uyandı içimde nilüferleri yakından görmeye karşı.

Volkan, arabayı etrafa dal budak salmış bir kayın ağacının altına çekip, stop ettirdi.

— Göl, iki-üç metre ötende Zeynep selam çakabilirsin nilüferlere.

Eski Mısırlı'lar nilüfer çiçeğini kutsal bir bitki sayarlarmış biliyor musun?

Nilüferler, Abant'ın en sadık çiçekleri, bazıları gündüz açıyor gece kapıyor, bazılarıysa gece açıyor gündüz kapıyor.

Gölde her dem açmış nilüfer bulunur.

— Nilüfer ismi müzikli hecelerden müteşekkil bir kelime.

— Tüm çiçeklerin isimleri öyle. Mesela güzel kokusuyla tanınan çiçeklerden birinin ismi Mimoza. Kulağa çok hoş gelen bir başka çiçek ismi Sardunya.

— Yok, hayır, o ismi sevmedim Volkan, Sardalye denir gibi, kutular dolusu tuzlu balık hatırlattı bana.

Volkan irice, beyaz temiz dişlerinin büyük bir kısmını meydana çıkarın bir kahkaha attı:

— Ooo!.. Kızım, benzetmeler yapmaya kalkarsak şapşallaşırız çokluğundan.

Sardunya, Sardalye, Sardinya.

— Sardinya neydi hatırlıyamadım.

— Akdeniz'in, Sicilya'dan sonra ikinci büyük adası.

Daha ne benzetmeler var; mesela bir tane daha eşek ve petek. Bunlar ses uyumu birbirine çok yakın iki kelime.

Petek dediğimizde bal ile beraber, anırarak bağıran o uzun kulaklı eşekleri mi hatırlayacağız.

Genç kız öne doğru uzanarak, yandan Volkan'ın yüzünü taradı bakışlarıyle, muziplik yapmış küçük bir çocuk gibi tebessüm ediyordu. Volkan ile Zeynep özel bir ilk okula beraber başlamışlar, üçüncü sınıfa kadar aynı okulda okumuşlardı.

Her teneffüs başında parmak uçlarıyla barışırlar, bitiminde parmak uçlarıyla darılarak ayrılıp giderlerdi sınıflarına. Yıllar sonra, bir göl kıyısında şakalaşıyorlardı, biri delikanlı diğeri bir genç kız olarak.

— Petek, eşek, elek, etek, dedi Zeynep okul bahçesinde şakalaşıyorlarmış havasıyla.

İki genç insan bir müddet daha benzer kelimeler bulup eğlendiler, sonra Volkan arabayı çalıştırdı:

— Gidelim, dedi annem bizi bekliyordur merakla. Haftaya pazartesi döneceğiz bir sürü uzun gün var önümüzde. Keşfetmediğin hiçbir köşe kalmayacak, âşık olacaksın Abant'a.

— Siz yaz mevsiminin dışında da çok sık geliyorsunuz buraya galiba.

— Abant, her zaman görkemlidir, mevsimine aldırmadan gidilecek ender yerlerden biridir. Dört mevsimi mutlaka yaşarız Abant'ta.

Kış mevsimi geldi mi göl, incecik, bembeyaz kardan örtüsünü çeker üstüne, uykuya dalar günlerce.

Sürekli hız değiştiren rüzgârların çıkardığı kavgaları dinleriz, dayak yiyen ağaçların inlemelerini, dalların bağrışmalarını.

Sonbahar gecelerinde binlerce yıldızın ışınlarıyle ısınırız, balkonlarda mehtap seyrederken.

— Çok romantikleşmişsin Volkan.

— Her vakit böyle olmam.

— Bunu kendime bir iltifat kabul ediyorum, dedi Zeynep şakacı bir gülüşle.

Hafif bir tepeyi çıkıyorlardı, iyice yaklaşmışlardı eve, yakından çok daha güzeldi.

— Eviniz ahşaptan inşa edilmiş bir orman yapıtı Volkan, doğayla çok uyum sağlamış.

Delikanlı vites değiştirirken:

— Elektrik, televizyon, radyo, telefon, bilgisayar hariç tabii dedi. Elektrik yerine bir lambanın mahzun ışıklarını tercih ederdim şahsen. Çok harika olurdu, gündüzleri güneş ışınlarıyla ısınsaydık, geceleri ay ve yıldızlar aydınlatsaydı evimizi, ateş yakmayıp yerden biten bitkilerle gıdalansaydık, suyumuzu avuçlayarak içseydik pınarlardan.

— Düş kurmaya para almıyorlar değil mi Volkan?

— Hazreti Âdem ve Hz. Havva böyle bir hayat yaşadı Zeynep, cennetten yer yüzüne indirildiklerinde.

— Olabilir, itiraz etmiyorum, fakat senin hayalci bir yanın var.

— Mayın tarlamın üstüne bastın, öyle ki hayal ve gerçekleri karıştırırım bazen. Gerçekleşme ihtimali gördüğüm hayalimin ardına düşerim, bırakmam peşini. Severim büyük mücadeleler vererek muzaffer olmanın şerefini.

Fazla şakacı olmak vekârı gideriyordu, o insan komiklik yapmasıyla tanınıyordu.

Volkan'ın romantik bir yönünün bulunduğunu ilk defa farkediyordu genç kız. Üstüne üstlük o da oturup hayal kuruyordu demek...

Çocukluk arkadaşının romantikliğini ve hayalperestliğini Zeynep garipsedi, ama hoşuna gitti, bu haliyle gözüne ve gönlüne sempatik göründü Volkan.

Volkan, arabayı mümkün olduğunca duvara yakın park etmeye çalışırken Zeynep çevresine bakındı. Az ilerideki bir alanda bir sürü çocuk gördü, ilk baharın neş'esine kapılmış kaygısızca dolaşan piliçlere benziyorlardı. Mini miniydiler çoğu.

— Şu çocuklar kim?

Volkan arabayı stop ettirmişti, ayağını pedalden çekti; kollarını aşağıya indirdi direksiyondan. Çocukları şöyle bir süzdü gülerek:

— Bizim bahçıvanın oğulları ve kızları. Gördüğün gibi küçük bir ordu oluşturuyorlar, dördü erkek üç kız çocuğu.

— Bu adam nasıl geçindiriyor çocuklarını.

— İşi kolay Zeynep, meyvelerini doğrudan ağaçlardan koparıyor, sebze ihtiyaçlarını bahçeden temin ediyor, hububatını babası gönderiyor köylerinden, su da kuyudan. Herşey bedava. Arabadan çıkmışlardı. Genç kızın ayakları uyuştuğundan kekeleyerek yürüyordu Volkan'ın yanında.

Volkan arabasının anahtarını havaya fırlattı, kasten şıngırdatarak avuçladı.

— Bedava olan başka şeyler de var, dedi manalı bir şekilde.

Zeynep anladı, az önce "Düş kurmaya para almıyorlar" demişti ya, onu hatırlatıyordu Volkan.

— Yani Volkan dedi genç kız afallayarak, bir âlemsin, taşı gediğine illa koyacaksın.

Handan Hanım arabanın sesini duymuştu, kapıyı açmış, eşikte bekliyordu gençlerin gelmesini.

Önce Zeynep, hemen arkasından oğlu bahçe kapısından içeri girince şen gönlü bir Rumeli türküsünü anımsadı:

"Biz iki nişanlıyız
İkimiz de bir boydayız"

Kendini azıcık koyverse, Handan Hanım gençleri türküyü sesle söyleyerek karşılayacak. Pek yakıştırmıştı onları birbirlerine. Kafasını neş'eyle sağa sola salladı:

— Aman efendim, kimler geldi, hoş gelmişler, dedi.

Zeyneb'i elinden tuttu, salona sürükledi. Genç kızın ayaklarının uyuşması tamamen geçmemişti derhal çöktü kanepeye.

Oturduğu yerden bütün odaların içini görebiliyordu kapıları açık olduğundan. Mutfak hariç her yer lamine parke döşeliydi ve eşyalar kır evine yaraşır bir biçimde sadeydi.

— Beğendin mi evi Zeynep? diye sordu Handan Hanım.

— Hem nasıl beğenmek, insanın gözünü rahatlatıcı renkler tercih etmişsin dekorasyonda.

Kuru çiçek aranjmanların inanılmaz.

Handan Hanım oniki kişilik masanın etrafındaki tahta sandalyelerden birini çekti oturdu:

— Teşekkür ederim, dedi yüksek sesle gülerek.

Burada evi olanların çoğu hafta sonunu Abant'ta geçirir, dünya dağdasından usananlara güzel bir sığınak. İlkbahar gelince rengarenk çiçekler açar, çeşitli kelebekler dolaşır bitkilerin arasında, bal arıları üşüşür çamlara.

Bütün renklerin balesi başlar doğada, hangimiz sevmeyiz böyle bir yeri?

— Teyze kaç sene oldu bu evi yaptıralı?

— Beş sene doldu, beş senedir Abant'ın müdavimlerindeniz. Volkan yemek odasına geçmişti, tabak şıngırtıları patlıyordu arka arkaya.

Handan Hanım seslendi:

— Volkan na'pıyorsun orda?

— Size erik ve elma yıkıyorum anne, tabaklara koyup getireceğim, diye cevap verdi delikanlı annesine.

— Haydi getir oğlum mâni olan mı var? dedi teyze hanım tabak gürültüsünü bastıran bir kahkahayla beraber.

— Bu hamaratlığın benim kaç tabağımın kırılmasına sebep olacak, onu bekliyorum sabırsızlıkla diye ekledi.

Handan teyze, çok uzun boylu, cılız denecek derecede zayıf bir kadındı. Yüzünden eksilmeyen tebessüm eşliğinde anlatıyordu, üçüncü katta, Melda'nın odasını hazırlamıştı Zeyneb'e. Melda gelince Panur ve Volkan'ın ikinci kattaki yatak odalarında kalırdı. Volkan alt katta, oturma odasındaki kanepede yatacaktı.

Belirli bir saat koymamışlardı, açlık hisseden mutfağa girip oradaki küçük masada kahvaltısını edebiliyordu.

En üst kattaki balkon çok ferahtı, oradaki salıncağa oturup manzara seyretmesini öneriyordu.

Genç kız Handan teyzesini dinlerken, Volkan'ın getirip, kanepenin boş kısmına koyduğu tabaktaki eriklerin, elmaların hepsini yedi bitirdi.

Handan teyze ilgili veya değil bir mevzudan diğerine kolaylıkla atlıyor, modadan bahsediyor, dedikoducu arkadaşlarından bıktığını anlatıyor, bir türlü susmuyordu, susmak istemiyordu. Volkan, Zeyneb'in valizini arabadan almış gelmiş, çıkarmıştı yukarıya.

Bir yerden duş sesi gelmeye başlamıştı, Volkan banyoya girmiş olabilirdi onlar çene çalarken.

Handan teyzesi konuşmasını kesse, Zeynep, kendisine ayrılan odaya çıkacak, o da banyo yapacak, üzerindeki kıyafeti değiştirecekti. Yolda gelirken terlemişti, eteği, blûzu, kırış kırıştı, çok dar olduğundan yapışmış kalmıştı vücuduna. Bunları düşündüğünden genç kız teyzesinin son cümlelerini anlayamadı. Kafasını silkeledi, zorlanarak bakışlarını muhatabının solgun, kansız, silik dudaklarına dikti, içinden artık susmasını temenni ederek.

— Volkan, öfkesini, nefretini, şakasını dolu dolu yaşayan bir çocuktur Zeynep, bir gün sevecek olursa vay haline, diyordu teyzesi.

Sıkıntıyla kıpırdandı genç kız, sabahın sekizinden beri Volkan ile beraberdi, yalnız kalmak için çırpındığı şu anda bir de onun hiç alâkalanmadığı huylarını dinlemek çekilmiyordu. Aksilik bu ya telefon da çalmıyordu, komşulardan bastonuna dayanarak yaşlı bir nene de gelmiyordu oturmaya. Bu güzel havada bahçıvan aşka gelip pekâlâ açabilirdi teypinin sesini, bangır bangır inletebilirdi yeri-göğü. Henüz yuvalarına dönmemişlerdi, kuş sesleri de yoktu. Çocuklar hâlâ oyunda olmalıydı bahçeden en ufak bir gürültü gelmiyor, tam bir sessizlik hüküm sürüyordu... Mekân inadına müsait, inadına zaman bol, Handan teyze inadına konuşmaya doymuyordu. Ve sorusu da genç kızın inadınaydı.

— Zeynep, Amerika'da özel erkek arkadaşın oldu mu? diyordu. Tanrım! Neleri de merak ediyordu Handan teyzesi?

Yine mi aynı soruya, yine mi bu soruyu cevap verecekti!

Bir haykırış koptu genç kızın yüreğinde.

Handan teyze umulmadık anlarda umulmadık kahkahalar çatlatmakla kalmıyor, umulmadık soru da soruyor, gafil avlıyordu insanı.

— Ama teyze, dedi Zeynep öfkeyle kişneyerek, bu böyle pat diye sorulmaz ki! Ayrıca neden merak ediyorsun?

— Bir nedeni yok canım!

— Buna memnun oldum, cevap vermemem seni incitmeyecek. Anlaşılmam açısından şunun bilinmesinde yarar görüyorum, ben hiçbir duygumu sokağa düşürmedim, sokağa düşürülecek duygum da yok!

— Bunun öyle olduğundan herkes emin yavrum, fazla hassasiyet gösteriyorsun bu konuya.

Mevzu açılmışken ben nasihat edeyim, evlenme çağındasın, sevdiğin erkekle birleştir hayatını.

— Bu zamanla ilgili değil Handan teyze, sevmekle ilgili.

— Doğru, di mi ya, seveceğin erkekle karşılaşman gerek. Halk arasında yerleşmiş terimlerin bir kısmını, bilhassa şaka yaparken kullanmayı seviyordu teyze hanım. Zeynep şaka yollu:

— Şöö..yle bir eriklerini, elmalarını yesen teyze, dedi henüz bir tanesine dokunmadın, erikler tatlı, elmalar hoş kokulu.

Handan Hanım eline bir erik aldı:

— Bunlar bizim eriklerden, dedi. Eriği parmaklarının arasında tutmaya devam ederek yüzünü Zeyneb'e çevirdi:

— Sen odana çık eşyalarını yerleştir hayatım, dedi. Ben kalkayım yemeğime bakayım, sonra da bahçeye ineriz, meyve ağaçlarımızı görürsün.

Hiç ummadığı bir anda azad olmuştu genç kız, sevinçle kalktı kanapeden, keklik gibi sekidi merdivenlere doğru. Odası geniş, yatak takımı pembe renkteydi. Valizini açtı eşyalarını çıkardı, her birini münasip yerlere koydu.

Aydınlık zarafetle, sessizce çekilmiş, alaca karanlık sahiplenmişti odayı.

Bahçeye inmekte geç kalmışlardı. Genç kız tülü iyice yanlara çekti, camın ortasında durup dışarıya gönderdi bakışlarını, ta ötelere, gök yüzünün Abant'a teğet geçtiği yere...

Güneş büyük bir kırmızı gül parlayışıyla, kızıl, sarı, pembe, ışınlar saçıyordu ufukta...

Abant'ta güneş batıyordu...

Abant'ta akşam oluyordu...

Herşeyin üzerine siyah bir buğu inmiş, uzun boylu ağaçlar, çalılıklar, kır çiçekleri, küçük birer Mısır piramidine benzeyen tepeler, birer karaltı olmuş...

Anbe an yoğunlaşan karanlıklar, bir devin ağzı, aniden yutuveriyor Abant'ı...

Tek bir yıldız görünmüyor, hava değişmiş, gök yüzü yağmur yağdırmayı düşünüyor...

Kara bir tiyatro perdesi inmiş doğanın üstüne...

Uzaktan ateş böceklerine benzeyen otel ışıkları olmasa, insan kendini derin bir mağaranın dibinde sanacak.

Açık kapıdan bir serinlik gelip dolanıyor genç kızın bacaklarına, kollarına.

Geçip gittiği her yere yağmur müjdesi bırakan hoş bir rüzgâr çıkmış balkona çağırıyor Zeyneb'i.

Gece bir sır yaşıyor, yağmur yüklü bulutlar göz yaşı damlaları döküyor yaprakların üzerine, aşk şiirleri söylüyor fısıltıyla.

Zeynep ayakta dikilmiş, elleri yanlarında, onları dinliyor, bakışları karanlıkta parlayan bir çift gri gözde.

Abant'a hareket etmeden önce fabrikaya uğramışlardı. Zeynep babasının odasına vardığında Metehan'ı görmüştü elinde bir yığın evrakla kapıdan çıkıyordu.

— Merhaba Zeynep, nasılsınız? demişti her zamanki gibi resmi bir tavırla senli-benli olmadan.

Fakat elem yüklü gözleri yalanlamıştı onu, genç adamın bakışları sevdalıydı.

Metehan'ın gözlerinde her seferinde gördüğü hüzün genç kızın canevini ateşe veriyordu; ürperiyor, kalbi çarpıyor, lisanı tutuluyor, konuşmasını şaşırıyordu.

Ökseye yakalanmış bir kuş gibi, genç adamın derdini bilememenin, bir yardımda bulunamamanın mahzunluğuyla bakardı Metehan'a. Neydi Metehan'ın sıkıntısı? Söylemediği derdi? Kalbi kırılmış insan halinin sebebi? Yoksa Zepnep sadece kuruntu mu? ediyordu. Kaderi onu bilinmezliklerle dolu bir adama âşık etmişti. Metehan'a Abant'a misafirliğe gideceğini söylemişti. Yanından ayrılırken "İyi eğlenceler" demişti genç adam.

Abant'ta kaldığı sürece hiç çıkmadı Metehan'ın temennisi genç kızın aklından. Teyze hanım ve Volkan onu akşamlara kadar gezdiriyorlardı etrafta.

Gölün çevresinde çeşitli büyüklükte çam, kayın, göknar ağaçları yetişmişti. Keyifli oluyordu onların arasında gezinmek, boyu bir metreyi geçen yabâni otların insanın üzerine sürünmesi. Kestane ağaçlarının altında gölgeleniyor, sıkılınca kır çiçekleri topluyor, mantar çeşitlerini inceliyorlardı bir biolog gibi.

Saatlerce yürüyüş yapmaları teyze hanımı yormuyor, bana mısın demiyordu girintili çıkıntılı, yamuk taş döşeli patikalar. Hafif bir kahvaltı yapıp sabah yürüyüşüne çıktıklarında Zeynep teyzesine:

— Bedenen güçsüz görünüyorsun fakat iç enerjin çok yüksek senin, dedi.

— Kendime bakıyorum yavrum, gereken gıdamı alıyorum, en önemlisi hayata karşı iyimser zannımı diri tutuyorum, iyi insan olarak yaşamaya çalışıyorum dünyada.

Zeynep mavi, teyze hanım siyah renkte pantolon giyinmişlerdi, rahat adım atıyorlar, hendekleri kolayca atlıyorlardı. Düzlüğe çıktıklarındaysa aheste aheste yürüyorlardı otlara basarak.

Kuşlar uyanmış, ağaçların tepelerinden süzülerek ovaya yayılıyorlardı sürülerle.

Birkaç saksağan dere boyuna konmuş su içiyordu erkenden. Teyze Hanım, dereye yakın bir çam ağacının dibine oturdu, ayaklarını öne, suya doğru uzattı.

— Para sesini severim, fakat hiçbir zaman su şırıltısına tercih etmem Zeynep.

Genç kız başka bir çam ağacının altına çömelmiş, eline aldığı iki kozalağı birbirine çarpıyor, eğleniyordu.

— Yaprak hışırtısı da tabiatın bir başka güzel yanı teyze.

— Melda ile de uyuşuruz, fakat seninle daha bir ruh ikizi gibiyiz doğa sevgisi bakımından, başka hususlarda birşey diyemeyeceğim. Seni biraz dalgın ve düşünceli buluyorum, sanki azıcık üzüntülüsün! Anneni mi özlüyorsun?

Zeynep teyzesine, sual sorarak cevap verdi:

— Annesinden ayrılıp, hasret çekmiyen evlat olur mu teyze?

— Halk arasında boşuna anakuzusu demezler.

Teyze Hanım, ağaçtan kucağına düşen küçük sarı renk bir böceği iki parmağının ucuyla tutup attı:

— Sende değişik bir hal var Zeynep, çok uzaklarda olan birini bekler gibisin.

Gelecekle ilgili bir takım hüylaların vardır muhakkak, tahayyül ettiğin hayatı yaşamaya çalışman hakkındır, fakat bu seni bedbin etmemeli. Gül, eğlen, neşelen.

Kendini mahrum etme mevcut dünya nimetlerinden.

Genç kız çam ağacının köküne yaslandı, gülerek sordu?

— Yemek ve uyku saatlerimiz hariç gezmediğimiz zaman oldu mu teyze?

— Evet ama, belli etmediğini zannettiğin kederim seninle gelerek, o ayrılmaz bir parçan olmuş senin.

Ben sıkıntıya hiç gelemem, üzüntülü insanın rengi solar, yüzü kırışır, kaşları çatıktır, bakışları yılgındır, hareketleri huzursuzdur, kelimeler ağzından zorlukla çıkar.

İnsanoğlu biraz nankördür, gözlerinin önünde cereyan eden güzellikleri görmez, uzaklarda ve mümkün olmayan şeyleri arar.

Hiç öyle yapmadım ben sahip olduklarımla yetinmesini bildim.

— Senin evliliğin iyi gitmiş, teyze, dedi Zeynep.

— Ben fedâkarlıklar yaptığımdan iyi gitti.

Hakkını arayan ve hakkını savunmasını bilen güçlüdür fakat, evlilikte yürümez bu. Hak aramıyorum, hakkımı hiç savunmuyorum da valla, kendimi evliliğin tabi akışına bıraktım, bir rahat ettim ama.

Kapı dışarı ediveriyorum üzüntüye sebep olacak pek çok şeyi; hayatımı cehenneme çeviremem.

— Arkadaşlarınla yaptığın böyle konuşmalar onların yaşama şevkini fitilliyordur.

— Öö..yledir canım, dostlarım bana rûhi bir yeise kapılmış olarak gelir, şen-şakrak ayrılırlar evimden.

Geçirdiğimiz günler rüya gibi oluyor, yarınlara ait düşüncelerimiz ancak hayaldir, şu halde azamî istifade edelim yaşadığımız saatlerden.

Ömer Hayyam "... toprak altında yatacağız: şarapsız, sazsız sözsüz.. ve.. sonsuz!", der. Yeni kasetler aldık pek güzel dinleteyim sana onları yemekten sonra, bol bol çay içerek sazlı, sözlü bir akşam geçirelim.

Teyze hanımın kocası kuyumcuydu, Kadıköy'de dükkânı vardı. Panur lise birde okuldan ayrılmış babasının dükkânında çalışmaya başlamıştı, baba-oğul iyi idare ediyorlardı işlerini. Zeyneb'in Abant'a gelişini Osman eniştenin ve Panur'un olmadığı haftaya denk getirmişlerdi. Osman enişte hakkında kimseden bir şikâyet işitmemişti genç kız.

— Osman eniştemin kanaatimce rolü olmuştur teyze dedi Zeynep. Senin, kendin ve çevren ile barışık yaşamayı becerebilmende. Teyze hanım omuzlarını oynattı ve sevimli sevimli güldü:

— Eh işte! Osman idare edilebilir erkektir.

Zeynep kozalakları bıraktı birkaç taş aldı, avucuna koydu, elini sallayarak şıngırdattı:

— Büyük bir olay da yaşamadınız kanımca teyze.

Teyze hanım parmaklarının ikisiyle yere vurdu, ardından tuttu kulağını çekiştirdi:

— Tü, tüü..., çok şükür, bir kaza, bir ölüm, tedavisi çaresiz bir hastalık görmedik.

Volkan'ın çift dikişli tahsil hayatına canımın sıkıldığı oluyorsa da elbet birşeyler yapacak günün birinde deyip rahatlatıyorum kendimi.

— Bizim yaşımızdakilerin en güçlü ve en doğal isteklerinden biri arkadaşlar edinmek teyze. Arkadaşlıkların kişilik gelişmesine katkısı oluyor, birinin yaşantısı, bir diğerine yansıyabiliyor. Dikkatli olmalıyız arkadaş seçimlerimizde.

— Bizim Melda yaşadı bunun en güzel örneğini. İlk okulu bitirdiğinde, komşularımızdan birinin kiralık evini Nurcu cemaatından birileri tuttu. Onların kızlarıyle bizim bahçede oynuyor, tatil arkadaşlığı yapıyorlardı.

Melda ondan çok tesirlendi, arkadaşlıkları okulda da devama dönüştü inanır mısın? Kızın ismi Berra idi, kaydını İmam-Hatib'e yaptırmıştı, Melda da aynı yere gitti.

Berra ile Risale-i Nur derslerine katıldı, toplantılara devam etti, netice biz müslümanlara özgü değerlerden taviz vermeyen biri oldu çıktı.

— Melda bana, Berra isminde bir arkadaşı olduğundan hiç söz etmedi.

— Üç sene önce İstanbul'dan taşındılar, İzmir'e gittiler.

— Volkan'ın arkadaşları kimler teyze?

— Onun arkadaşları flört peşinde koşan, bir mevsimlik şarkılardan hoşlanan en büyük zevkleri disko geceleri olan kimseler, mazilerinden koparılmış gençler.

Hepsinin aklı-fikri, değişik yerler görmeye, farklı atmosferler solumaya, çılgın eğlence ve renkli geceler aramaya takılmış. Bronzlaşmış bir tene sahip olabilmek için Volkan geçtiğimiz yaz Bodrum'a gitti özel olarak, yirmi gün kaldı.

— İki kardeş, iki ayrı zıt kutuplarda, farklı yaşam sürüyorlar, bundan rahatsız olmuyor musunuz teyze?

— Toleranslı olmak lazım gençlere, objektif olmaya çalışıyorum çocuklarıma.

Nüktedanlığı, girdiği çevrelerde ilgi odağı haline getirir Volkan'ı, bundan dolayı biraz şımarıktır, diğer taraftan bireysel dürtüleri kuvvetlidir.

Allah'ın günleri çok, bir zaman gelecek bıkacaktır yaşadığı hayattan.

İçkiye, kumara, başka diğer kötü alışkanlıklara dadanmayacağı fikrindeyim, âsidir ama ahlâksız değildir.

Panur fırsat bulduğunda özgürce davranmakta Volkan'ı sollar, ama ben değişeceğini, durulacağını umuyorum.

— Abant'a gelince uslu çocuk oluyorlardır teyze.

— Doğru valla, hepsi dizlerimin dibinde oturuyorlar.

Aktivite bol, öz yok şimdiki gençlikte. Yeni yetme genç erkekler ve kızlar gözlerine siyah gözlüklerini takıyor, arabalarına kuruluyor, ellerinde birer Coca Cola, hava yapacağım diye başlıyorlar boğaz yollarında artistik hareketlere. Volkan veya Panur'un birgün kaza yapmalarından korkuyorum.

— Melda'dan yana rahattır gönlün.

— Evet, diyemeyeceğim, bazı hususlarda dinlemiyor beni. Pek çok şeyden kendini mahrum bırakıyor, sonra pişman olacak.

Ben yaşamın süslenme ve eğlence kısmını severim, Melda bana benzemedi, bir nişan veya düğün oldu mu zorla götürüyoruz, sıkıntıyla dönüyor.

Kızcağız orta bir yaşamı tutturamıyor.

Teyzesinin Melda hakkında söylediği sözler hayrete düşürmüştü Zeyneb'i:

— Orta hareket ederek ona örnek olacak bir kimse yoktur çevresinde teyze, dedi.

— Amma da kelâm ettin Zeynep'ciğim ben ne oluyorum burada, bostan korkuluğu mu?

— Teyze, siz namaz kılmıyor, oruç tutmuyor, örtünmüyor, bir sürü şeyi, doğrusu hiçbir şeyi yapmıyorsunuz İslâm'ın ferdden istediklerinden.

Teyze hanım bu ithama alınmıştı, kırıldığını belli etti:

— Aşkolsun sana beni bir tutuyorsun imansızlarla.

— Babaannem de siz de teyze müslümansınız ama pratikte hiçbir uygulamanızı görmedim ben.

İslâm'da orta hareket etmek, müslümanlığı kabul edip onu yaşamamak mı oluyor?

Annem her pazar kiliseye gider muhakkak orada, vaiz dinler, dua eder. Siz camiye gitmiyorsunuz.

— İslâm'da kadının ibadeti evindedir canım.

Teyze hanım, sözleriyle kendini tenakuza sokuyor, sorgulayınca mantık açısından tatminsiz cevaplar veriyor, çelişkiler içinde kalıyordu.

Saçma-sapan konuşmaya niçin devam etsindi Zeynep, hiç gereksizdi, konuyu değiştirme düşüncesiyle:

— Bitkiler, gök yüzünü, toprağı, suyu ve enerjiyi birleştiriyorlar, büyülü bir âlem, dedi.

Güneş yükselmişti, ışınlardan oklar göndererek fethediyordu oturdukları gölge yeri kansız savaşına hiç ara vermeden. Dizlerinin üzerine bıraktığı elleri kıpkırmızı olmuştu Teyze hanımın. Kolunun parmak uçlarından, dirseğine kadar olan kısmını inceleyerek:

— Hemencecik kızardım, dedi. Çok çabuk yakar güneş beni. Şu güneş ne muazzam enerji kaynağı, Allah dünyamızı güneşe, aralarında bir metre kalacak şekilde yerleştirmiş bulunsaymış yer yüzünde hiç bir canlı yaşayamayacakmış. Teyze hanım bir elini ağacın gövdesine dayayarak yerinden doğruldu, tebessüm etti:

— Sıcaktan ter içinde kaldım diye devam etti, güneş ispatlamaya kalktı benim sözlerimi. Işınlar beynimi fokurdatmadan kaçalım eve.

Geldikleri yoldan geri dönerlerken teyze hanım, genç kızın koluna girdi.

— Bütün cisimlerin temel bileşim öğeleri; ateş, hava, su ve toprak Zeynep dedi genç kızın ağaçlar hakkındaki sözlerine cevap olarak.

— Biliyorum Handan teyze, Amerika'da lisedeyken okuduk, maden, bitki ve canlıların hepsi, ateş, hava, su ve toprağın karışımından meydana gelmiştir.

Teyze Hanım, genç kızın koluna kuvvetlice asıldı:

— Ama en güzel mahlûk, en son yaratılan insan.

Mesela sen Zeynep güzel bir kızsın.

Buğdaylar, kıskanıyordur senin saçlarının tabii parlak sarılığını, yapraklar, gözünün yeşilini, güller yanaklarındaki her dem taze pembeliği.

Yere doğru sarkmış bir ağaç dalından korunurken Zeynep:

— İltifatına teşekkür ederim teyze, dedi.

Çam kokusu ve güneş ışınları tatlı bir rehavet vermişti onlara ikisi de ayaklarını sürüyerek yürüdüler toprak yolda; havaya kalkan tozlara aldırmadan.

Kapı açıktı, oturma odasında kimse yoktu, mutfaktan tıkırtılar geliyordu.

Volkan mutfağa geçmiş, fakat televizyonu kapatmamıştı. Handan Hanım, bakışlarını ekrana dikti, birkaç dakika programı takip etti.

— Volkan, diye seslendi, "Küçük Hanımefendi" isimli eski bir Türk filmi başlıyor kapatıyorum televizyonu.

Volkan mutfaktan çıktı, annesinin ve Zeyneb'in üzerinde gezdirdi bakışlarını, gözlerini kısarak dedi ki:

— Ben hiçbir filmi ıskalamam bırak açık kalsın anne, kahvaltımı bitirdim, geliyorum. Kaç saattir yürüyüşteydiniz, yorulmuşsunuzdur, dinlenirken siz ikiniz filim seyretmez misiniz?

Handan Hanım sehpaya yığılmış, gazete ve dergileri eline aldı:

— Balkon gölge biz oraya çıkıp gazete okuyacağız, dergilere bakacağız, dedi.

Volkan televizyonun karşısına geçip otururken onlar balkona çıktılar.

Handan Hanım elindekileri salıncağa bıraktı, döndü balkon kapısını kapattı, oğlu ile aralarına sed çekti. Yayılarak oturdu salıncağa, kollarında farkettiği tozları silkeledi.

— Volkan, dedi sönmüş bir yanardağ şu günlerde, en itâatkâr dönemini yaşıyor hayatının.

Davet etmediğimiz yürüyüşlerimize katılmıyor yüzsüzlük edip, bizi evde bekliyor kedi sadakatıyla.

Hafif bir esinti sokak tarafından ileri geri giderek park etmeye çalışan bir arabanın sesini getiriyordu balkona.

Handan Hanım kim olduğunu anlamak için çeşitli hareketler yaparak, sağa-sola eğildi, arabayı görmeye çalıştı ağaçların arasından.

— Aaa!.. Zeynep, vallahi, billahi bu kaynımın arabası, Melda'yı getirmiştir. Sesini yükselterek oğlunu çağırdı:

— Balkona çık Volkan, bir süpriz, gelen var!

— Kim geldi anne?

— Süprize soru mu olurmuş, bekle gör oğlum.

İki gün sonra beklediğinden, kızının erken gelişi sevindirmişti anneyi.

Zeynep'te memnun kalmıştı, Melda'nın tasarlanan günden önce gelmesine, sevinçle kucaklaştı arkadaşıyle.

Akşam yemeğini birlikte hazırladılar, sofrayı birlikte topladılar. İki yakın akraba kızı, yakın dostlar, beraber iş görürken, kişisel bütünlüklerinin zevkini bölüştü ruhları.

Güzel bir dayanışma içinde günler geçtikçe netleşti, biçimlendi, yoğunlaştı arkadaşlıkları.

Sabah yürüyüşlerine ikisi çıkmaya başladı, kuşları kıskandıracak cıvıltılar çıkararak.

Modanın abartılı yanlarını tenkid ettiler. Sevdikleri ve sevmedikleri derslerden söz ettiler. Dinin insanlar için gerekli olup olmadığının analizini yaptılar. Konuşacak bir sürü konu buldular aralarında. Pazar sabahı yaptıkları yürüyüşten eve döndüklerinde Volkan televizyon seyrediyordu. Melda sordu:

— Evde oldun mu saatlerce televizyon seyrediyorsun, sersemlemiyor musun Volkan?

— Sersemlemiyorum.

— Balkona çıkalım, sohbet edelim ne dersin?

— Çok sevimli bir teklif! Kesinkes bana öğüt vereceksindir politikacıların ağzını bir karış açık bırakacak bir maharetle. Volkan, kumandayı eline aldı, televizyonun sesini kıstı, Zeyneb'e döndü:

— Bu kız var ya, beraber olduğumuz da full-time hocalık yapıyor bana, inan şaka etmiyorum.

Zeyneb'in gülerek bakışları iki kardeşin arasında gitti geldi:

— Şaka ettiğini sanmadım, endişelenmene gerek yok.

— Sana kocaman bir bravo!

Melda açık bir kız ile arkadaşlık ediyorsa ona tesettür emrini uygulatmayı düşünüyor demektir, bir erkek ile ilgileniyorsa ona namaz kıldırmayı amaç edinmiştir.

Ya işte böyle!

— Balkona çıkıp otursak, namazı mı anlatacak sana? diye sordu Zeynep tebessüm ederek.

— Evet! Ne yapar eder namaz kılmam gerektiğini hatırlatır bana bir cümleyle. Bugünler de fovorisi ben zavallıyım.

Ah! benim acı kaderim, talihsiz başım! Panur ile uğraştı bir netice alamayınca bana ümit bağladı. Bağlamaz olaydı! Kardeş olduğumuzdan, bir Nurcu ile aynı evi paylaşmak mecburiteyindeyim. Çaresizlikten katlanıyorum bu felâkete!

Bir Nurcu ile uzun müddet yaşamadan anlayamazsın beni kızım.

Zeynep arkasındaki duvara yaslandı, kollarını göğsünde çaprazladı:

— Devamlı duyuyorum Nurcu, Nurcular gibi sözleri, ne demek oluyor? Nurcu kelimesinin anlamı ne?

Düğmesine basarak Volkan, çabucak televizyonu kapattı, yapmacıktan kaşlarını çattı:

— Allahaşkına Zeynep na'pıyorsun, şaşırdın mı? Sorunu hemen geri al. Bunun cevabı özel bir konferans dinlememizdir en azından yarım saat.

Büyük bir salonda oturup, yarı uyur, yarı uyanık olarak bir adamı bir milyon metre uzaktan dinleyemem ben, patlarım. Melda, oturmak için kardeşinin önündeki boş sandalyeye doğru yürüdü.

Volkan, iki kolunu birden kaldırıp kız kardeşine uzattı:

— Lütfen kızım, bir metreyi muhafaza et aramızda ve bana milim bulaşma, hafaganlar basmasın sabahın 10.00'da.

Zeyneb'in sualini cevapsız mı bırakayım ağabeyciğim.

— Yoo!.. Siz teke tek konuşun. Mutfağa geçeyim, ben çay demleyeyim muhabbetinize:

— Olmaz, dedi Melda, senin çayını beğenmiyoruz, biraz konuşalım, mutfağa gider sana biz yaparız çay.

Kardeşinin şaka ettiğini bilmesine rağmen genç kız gitti, köşedeki koltuğa oturdu. Dizlerini birbirine yaklaştırırken ağzını araladı:

— "Nurculuk" diye başladı konuşmaya, çok uzun bir zamandan beri Türkiye'nin gündeminden hiç inmeyen bir meseledir. Zamanında İslâmi gelişmelerde büyük emeği olan Nurcuların lideri Bediüzzaman Said Nursi Hazretlerinin "Risale-i Nur" adında bir eseri vardır. "Sözler", "Mektûbat", "Lema'lar", "Şualar" diye isimlendirilmiş kısımlardan müteşekkil ve 130 parça halinde bütünleşen kesbî olmaktan çok vehbî bir ilimle kaleme alınmış bir eserdir.

— "Bediüzzaman" kelimesi ne mânâya geliyor?

— Çağın güzelliği demek, Zeynep.

— Çok müthiş bir anlamı varmış, yirminci asrın güzelliği öyle mi?

Melda, sevinerek hafifçe ellerini çırptı:

— Harika birşey söyledin Zeynep, dedi, sanki Nurcusun.

Volkan ayağa kalktı, sandalyesine tersten oturdu, çenesini arkalığa dayadı, gözünün ucuyla bir süzdü Zeyneb'i.

— Melda'ya, meşhur Madonna'nın bir şarkısının ismini sorsan, yarım saat sonra cevap alırsın, "Risale-i Nur"dan okuyup açıklama istesen tıkır tıkır anlatır sana her bölümünden, hiç kekelemeden, teklemeden.

Bir Said-i Nursi hayranı neylersin!

— Hazret de ağabey.

Volkan başını dikleştirdi:

— Peki kızım, Said-i Nursi Hazretleri.

Sevgi, şefkat ve minnet kattı genç kız ağabeysine gönderdiği bakışlarına:

— Umarım, dedi bir gün bu saygının mükâfatını görürsün ağabey.

Duvara bir omuzunu dayalı bırakarak, Zeynep bütün vücudu ile arkadaşına yöneldi yarım bir dönüşle.

— "Risale-i Nur"dan ezberinde varsa bir şeyler oku, dinleyelim, dedi.

Sevincinden, Melda'nın yüzüne bir pembelik yayıldı, dini bir sorumluluk hissetti omuzlarında, vücudu titredi bu anı değerlendirememe korkusundan, sonra heyecanı kendiliğinden çözüldü dilinde, Yüce Allah'ın azametini terennüm etmeye açıldı dudakları.

— *"Tabiat bir san'at-ı ilâhiyedir, sâni olamaz.*
Bir kitab-ı Rabbanidir, kâtip olamaz.
Bir defterdir, defterdar olamaz.
Bir kanundur, kudret olamaz.

okuduğum "Risale-i Nur Külliyatı"ndan bir dörtlük.

Zeynep'ten bir ses çıkmadı. O bu dörtlüğü Amerika'daki Nurculardan birinden duymuştu açıklamalarıyle beraber, dalmış gitmişti genç kız mânâ alemine. Bir yerlerden su şırıltıları geliyor, yaprakları hışırdatıyordu yorulmak bilmeyen bir rüzgâr...

Bülbüller ötüyordu akasya ağaçlarında...

Lâleler, sümbüller, nergisler açıyordu bahçelerde...

Deryalar, dağlar, ovalar katederek, masmavi gök yüzünde turnalar göç ediyordu bir yerlere.

Altın sarısı papatyalar boy atıyordu yemyeşil çayırlarda... Bir kuzu meliyor, bir at kişniyor, bir yıldız kayıyordu gecenin karanlıklarında...

Kurumlanarak kuğular süzülüyordu göllerde bir baştan diğerine. Tanrı'nın bağrında herşey muhteşem ve herşey pırıl pırıldı...

Kavranılmaz büyüklükte gizemli bir yücelik gizliydi doğada. Kâinat yaratanı tanımaya yeterli bir geniş meydandı... Aşık ediyordu insanı Tanrıya. Maşukun ardına düşürüyordu aşıkları...

Zeynep şiirin mânâsını arkadaşının duygulu sesinden tamamen anlamış çok etkilenmişti. Hissiyatı altüst olmuştu; bir kilisede çanlar çalıyor, yanık bir ses ezan okuyordu bir caminin minaresinde.

Genç kızın Allah'a olan derin inancı parlamıştı ruhunda. Çok sevdiği Tanrı'ya hangi dinde bağlanacaktı gerçek mânâda; Müslümanlıkta mı Hıristiyanlıkta mı?

— Beğendin mi Zeynep?

Melda'nın sorusu doğrudan kendisineydi ve cevap bekliyordu arkadaşı, bir şiir okuyup alkış uman bir çocuk safiyetiyle.

— Evet, çok beğendim, dedi, genç kız, ayakları titriyordu, yere çömdü dizlerini kırarak.

Niçin heyecanlanmıştı böylesine, bir anlam veremiyordu!

— Bana sık sık uğramaya devam etmelisin Melda, seni çok yakından tanımalıyım.

Volkan parmaklarını kahverengi saçlarının arasından geçirirken kaşlarını kaldırarak sordu:

— Onun nasıl bir kimse olduğunu bilmiyor musun? Hayret bi kızsın sen de yani.

Kalbi "Kutsal Vâdiler Diyarı" olan bir kızdır Melda.

Melda için söylenebilecek çok doğru bir söz etmişti Volkan, Zeyneb memnun kaldı:

— Aferin Volkan sana, dedi.

— Kızım, çamurdan çıkmış eşeğe aferin denir, berbat ettin herşeyi. Volkan gülüyordu. Zepnep gülmedi, Melda ile akraba olmalarının zevkini çıkarıyordu, arkadaşlıklarından sebep keyifleniyordu şu an. Samimi bir müslüman, gerçek bir dindardı, Melda. Dünyevi hayatın sonuçlarının kıyamet gününde belirleneceğine inanıyordu. İyi amellerde bulunanlar sonsuz mutluluğa erdirilerek ödüllendirilecek, günahkârlarsa cezalandırılacaktı.

Zevkçi düşüncenin çıkmaz sokaklarına sapmıyor, İslâm'ın çizdiği doğru yoldan çıkmak isteyen marjinal gruplara katılmıyordu.

Onun gönlü rengarenk bir çiçek bahçesi, kalbi pürüzsüz kristaldendi, el ediyordu Volkan'a, el ediyordu Zeyneb'e, onları cennetlere çağırıyordu, yangından evlâdını kurtarmak için çırpınan bir annenin şefkatiyle.

— Başka şiir biliyor musun Melda ezbere? diye sordu Zeynep.

— Abdülmecid Nursi'nin, kardeşi ve üstadı olan Bediüzzaman'ın vefatından sonra yazdığı şiir beni çok duygulandırır size onu okuyayım:

"Ey mezarcı! o makamda bize de kaz bir kabir.
Olalım nazik Said'in komşusu leyl-ü nehar.
Ey mezarcı! Göm bizi de Said'in kabrine
Fırkatine dayanamaz Nurcu olanlar, kabrine katılsın zerratımız
Âlem-i berzah'ta kezâ sarılsın birbiriyle ruhlar ilâ yevm-il cezâ
Dâr-ı dünyada Said'i bizden ettinse cüdâ,
Dâr-ı âhırda birlikte haşreyle ey Hüdâ!"

Volkan, kendisini sandalyeden geri çekti, ayağa kalktı, iki elleriyle eğilerek dizlerine vurdu.

— Kızım bu ne melodram! Zeynep tek kelimesini anlamamıştır, Lâ havle ve lâ kuvvete.

— Ne diyorsun Volkan, dedi Zeynep, asıl senin dediğini de anlamadım, Arapça mı konuşuyorsun.

— Evet.

— Sen Arapça mı biliyorsun?

— Ne Arapça bilmesi kızım, müslümanların sabır duasıdır bu. Annem kızdığında Lâ havle çeker ondan öğrendim ben de. Volkan bir ayağını sandalyeye dayadı:

— Şu işe bak öbür dünyada da kurtulamayacağız Nurculardan. Melda'nın Said-i Nursi Hazretlerine bağlılığı bu âleme has kalmıyor, âhirette de onunla birlikte olmayı arzu ediyor.

— Son derece ehl-i takva, örnek ve mübarek bir zat olan Said-i Nursi Hazretlerinin keşke de âhirette yakınında bulunabilsek ağabey.

— Said-i Nursi Hazretlerine ait bir şey anlatsam dinler misin?

— Part time hocalığa itiraz etmiyoruz, konuş dedi Volkan.

— İngiliz Avam Kamarası'nda, müstemlekeler nazırı William Edward Gladstone, Kur'an-ı Kerim'i göstererek: "Bu Kur'an müslümanların elinde bulundukça biz onlara hâkim olamayız. Kur'an-ı ortadan kaldırmayı becermeli, müslümanları, ondan soğutmalıyız" demiş.

Said Nursi Hazretleri bu sözleri duyunca şöyle cevap vermiş: "Kur'an-ın sönmez ve söndürülmez manevi bir güneş olduğunu ben dünyaya göstereceğim ve ispat edeceğim.

Zeyneb'in ayaklarını ağırtmıştı çömelmek, genç kız doğruldu boş koltuklardan birine doğru yürürken sordu:

— Gösterebildi mi Kur'an'ın büyüklüğünü dünyaya?

— Bugün Londra'da pek çok Nurcu bulunuyor. William Edward Gladstone'nin memleketinde Kur'an-ı Kerim'in veciz açıklamaları yapılıyor, Risale-i Nur dersleri veriliyor.

Küçümseyen bir bakış attı Volkan kardeşine:

— Nerden uyduruyorsun bunları kızım?

— Nurgül Hanım teyze, kocasıyla Londra'ya gittiğinde bizzat görmüş o söyledi bir dersinde.

İslâmiyetle ilgili bir mevzu hafif alınmaya kalkılırsa Melda hiç tahammül edemez, gladyatör kesilir, sallardı kılıcını:

— Fethullah Gülen Hocaefendinin yönlendirmeleriyle beş kıt'aya altın bir ağ attı Nurcular dedi, Türkiye içinde ve Türkiye dışında eğitim müesseseleri açtılar.

Buralarda dünya barışına katkıda bulunabilecek çalışmalar yapılıyor, "vur patlasın çal oynasın" bir hayat yaşadığından bunlardan habersizsin ağabey!

— "Maalesef" kelimesini ilâve etmiyor musun sözlerine?

— Madem ki istiyorsun, seni reddetmeyeyim; maalesef bilmiyorsun; Fethullah Gülen Hocaefendi'nin başlattığı kültür seferberliğinin hızla değişen dünyamızda merhale katetmelerin rekorunu kırdığını. İlk kez şâhid oluyordu Zeynep, arkadaşının içerlemiş bir sesle kızgın konuşmasına.

Volkan'ın gözbebekleri iki kor parçası olmuştu kıpkızıl; dudakları titriyordu sinirinden, müthiş elektriklenmişti hava.

Zeynep, şaşırtan, ikisini birden kendine baktıran bir şiddetle avuçlarını birbirine vurdu birkaç defa.

— İsterim, isterim, dedi!

— Neyi, dedi Melda, arkadaşının davranışını yadırgayarak.

— "Risale-i Nur Külliyatı"nı.

— Olur, dedi Melda ben sana temin ederim.

— Fethullah Gülen Hocaefendi'nin yazdığı kitapların hepsinden birer tane getirmişsin babaanneme, kitaplıkta gördüm.

İstanbul'a döneyim başlayacağım okumaya onları. Melda'nın öfkesi yatışmıştı:

— Fethullah Gülen Hocaefendi, tevazu simgesi, ruh mimarıdır. Sürekli itidal, hoşgörü, şefkat, sevgi, insanlarla iyi geçinme telkin eder, boykot, terör, anarşiden uzak kalır. Fethullah Gülen Hocaefendi'nin kitaplarından okuduklarım, ebedi bir şafak oluyor kalbimin ufuklarında, hafızamda altın ışık kaynakları gibi kalıyor, karanlıklarımı aydınlatıyorlar. Zeynep, ayak ayak üstüne attı, elini dizine koydu:

— İyice anladık, sen Nurculuktan, Nurculardan memnunsun, dedi.

Volkan, sandalyeden ayağını çekmiş odanın ortasında dikiliyordu, yüzü bir maske gibi tüm mânâlara kapalı.

— Sen, diye genç kız nazik bir ses tonuyla Volkan'a hitap etti, kız kardeşinden farklı bir dünyanın insanısın.

— Altı sene öncesine kadar, birbirimizi motive eden, birbirimize destek veren iki kardeştik, sonra yavaş yavaş ayrıldı yollarımız, dedi üzüntüyle Volkan.

Melda çenesini tuttu, gözlerinde hüzün gezinirken tebessüm etti:

— Farklılaşan yaşam biçimlerimiz ağabeyciğim, önümüzde uzanan yollar aynı.

Genç kız, bu kez arkadaşına döndü:

— Bütün insanların tek bir yaşam tarzı var, fakat bunu bilen az Zeynep. Said Nursi Hazretleri: "Ey sefahat ve dalaletle bozulmuş ve İsevî dininden uzaklaşmış Avrupa" der. Avrupa, Hıristiyan da değildir. Amerika, Avrupa'nın ablası biliyorsundur?

— Biliyorum.

Alnına düşen bir tutam saçı Zeynep, dibinden tutup geriye itti:

— Anlattıklarının hepsi makul şeyler Melda diye devam etti, sözlerin parlak küçük gümüş bilyeler gibi düştü gönlüme.

Volkan arkasını dönmüş gidiyordu, durdu:

— Gümüş zamanla kararır kızım, altın bilyeler gibi düşmeli sözler kalbe, dedi.

Yüzünü çevirmediğinden, gülerek şaka mı yapıyor, ciddi mi konuşuyor ayırd edemedi kızlar.

Melda ne anlam versindi ağabeysinin sözlerine düşündü, kaldı; Zeyneb'e müslüman olmakta karar kılmasını ima etmiş gibiydi. Belki de kendisi için bir temenni de bulunmuştu.

Söz konusu Volkan olunca bir neticeye varılır mıydı hiç! Boşverdi genç kız, hatırına, ağabeysine verdikleri söz geldi:

— Çay içmeyecek misin? diye sordu.

Volkan döndü, müstehzi bir gülüş savurdu kardeşinin yüzüne.

— Hani nerde çay? dedi.

— Sen şöyle bir on dakika istirahat buyur bahçede, hayal ettiğinden daha mükemmel bir çay getireceğiz ağabeyciğim diye cevap verdi Melda sür'atle ayağa kalkarak. Abant'ta geçirdiği son gündü Zeyneb'in, çok geç vakte kadar eğlendiler bahçede. Gülmekten takatları kesilmişti odalarına çekildiklerinde.

Ayrılacağı zaman Zeynep teyzesinin elini ve yanaklarını öptü:

— Çok mutlu oldum burada, dedi nasıl teşekkür edileceğini bilememek benim hâlim olsa gerek.

— Evimiz "open house", Zeynep'ciğim, sıkıldın mı haber et gelip seni alalım.

Tekrar teşekkür ederek Zeynep arabaya girdi. Melda, Volkan'ın yanına oturmuştu.

Genç kız Volkan'ın yerinde Metehan'ı hayal etti, o zaman Melda arkaya, kendisi öne geçecekti.

Tanrım, dedi içinden ben en olmadık yerlerde de hep çılgınlık mı düşüneceğim.

Çok neşeli, çok şakrak bir günüydü İstanbul'un; pencerelerden dışarıya şen şarkılar taşıyor, köşe başlarında küçük demetler halinde, mor, pembe, sarı renkli menekşeler satıyordu genç çingene kızları.

Parklarda çocukların yaz çığlıkları, bulut halinde yükseliyordu gökyüzüne.

Cami avlularına atılan iri, olgun buğday tanelerinin arasında güvercinler kuyruklarını sallayarak dolaşıyorlardı hiç pervasız...

Panur babasından izin almış o gün Abant'a gideceklerinden erkenden gelmişti eve.

Islık çalarak anahtarıyle kapıyı açtı, ıslık çalarak girdi oturma odasına.

— Merhaba Televole.

Volkan koltuğa kurulmuş gazete okuyordu. Pencereden, Panur'u gelirken görmüştü başını kaldırmadı, fakat kardeşine mukabele etti:

— Merhaba koçum.

Nalan Hanım kitap dolabının alt gözü önünde diz üstü durmuş, dergileri karıştırıyordu. İki tanesini seçti aldı, doğruldu. Yeğenleri gittikçe şımarıklaşıyor, biraz daha fazla yansıtıyorlardı, an'anelerinden kopmuş, bağımsız, sorumsuz bir mes'uliyet yüklenmemeye kararlı çağın serseri ruhunu.

— Doğru dürüst selamlaşsanız olmaz mı, çocuklar dedi.

— Teyze hoş geldin, seni görmemiştim, diye cevap verdi Panur. Ağabeysine yaklaşırken sordu:

— Enes aradı mı beni Volkan?

— Enes de kim deli?

Nalan Hanım dergilerini göğsüne bastırdı, başını salladı sıkıntıyla:

— Torunlarım ve yeğenlerim, hayatıma renk ve soluk katıyordu, artık öyle değil, dedi.

Teyze hanımın somurtkan suratı, insanın neşesini buduyordu.

— N'oldu, n'oldu teyze dedi Panur na'ptık şimdik?

— Konuşmalarınız salakça!

Volkan gazeteyi aşağı indirdi:

— İnsana anında güdümlü mermi göndermekte üstüne yok teyze kızdın mı?

— Külhanvârî konuşmak, sizce büyük marifet!

Panur gazeteyi çekti aldı kardeşinin elinden, sahifeleri çevirirken:

— Biz Volkan ile matrak geçiyoruz teyze, dedi.

Nalan Hanım, çantasının fermuarını çekip, kırıştırmamaya dikkat ederek iki dergiyi içine koydu.

Kız kardeşi çok evcimen bir kadındı, ancak iyi bir anne olduğu anlamına gelmiyordu bu!

Hayvanları tarlaya salıverir gibi çocuklarını bırakıveriyordu kendi hallerine.

Lüks düşkünlüğünü, serseriliği, ahmaklığı televizyondan ve diskotek arkadaşlarından öğreniyorlardı oğulları.

Spor haberlerinin başlıklarını gözden geçirirken Panur ağız alışkanlığıyla konuştu:

— Sen gezmekten hazzetmesin, uzun zamandır bize uğradığın yoktu, bugün ki şerefi neye borçluyuz sayın teyzeciğim?

— Kelimeleri süslemesini de biliyorsunuz.

— Di mi ama ya!

Lâubaliliğin bu derecesi çok fazlaydı, sinirinden titrediğini hissetti teyze hanım.

Eğitimdeki aksaklıklardan, gerek psikolojik, gerekse hârici bazı olumsuz sebeplerden dolayı, doğruyu, iyiyi ve güzeli ayırd edemeden yaşıyordu gençler.

Mânen karanlık bir dünyada görmeyen gözlerle dolaşıp duruyorlardı şaşkın şaşkın.

Niçin yaratıldıklarından, neden yaşayıp öleceklerinden ve ne olacaklarından habersiz.

Dünya hayatı, şükredilmesi gereken bir nimet, yerine getirilmesi icab eden bir risalet, devamlı kalıcı ve daha güzel bir yaşama hazırlık yeriydi.

Ebedi yaşayacağımız hakiki yurdumuz, başlangıcı olup, sonu bulunmayan ahiretti.

Peygamber Efendimizin emrettiği, Rabbimizin emrettiğiydi, mutlak otorite yalnız Allah'a aitti, emreden ve yasaklayan, helâl ve haram eden, teklif eden ve mecburi kılan O'ydu. Aşağı yukarı bir saat bu minval üzere sohbet etmişlerdi Melda ile.

Konuşmalarının nihayetinde:

— Nasıl olur da İslâm hayata geçirilmez teyze? demişti yeğeni.

Bir arkadaşına gitmek için Melda yanından kalktığı zaman kendisini bir korku sarmış halde kalmışsa da, hatırlatmalardan mes'ud olmuştu.

Üvey annesi gelmiş, ikna etmeyi becermiş, Zeyneb'i alıp götürmüştü bir arkadaşına. Nalan Hanım onların beraber gitmelerine sevinmiş, o da bütün bir yaz müddeti kısmet olup bir türlü görüşemediği kardeşini sevindirmişti ziyaretine gelerek.

Melda ve kızkardeşiyle güzel bir öğle yemeği yemiş, hasret gidermişti.

Günlerden Cumartesiydi, kardeşinin kocası gelecek, akşama doğru hepsi toplanıp Abant'a gideceklerdi. Yeterince kalmıştı gitmeye karar verdi.

Volkan ve Panur, Emir Kusturica'nın yeni filmi "Kara Kedi Ak Kedi"yi konuşuyorlardı. Filim, müziğin hayatlarının her anına eşlik ettiği, çingenelerin renkli, gerçekle fantastiğin karıştığı dünyalarında geçiyordu. Fakat onların çingene seyretmeye niyetleri yoktu. Puerto Rico'nun altın çocuğu Ricky Martin'in uzun zamandır beklenen İngilizce albümü büyük yankılarla tüm dünya da aynı anda Türkiye'de piyasaya sürülmüştü. Sevenlerine bağışlıyordu Panur almayacaktı albümü. Çok yavan geliyordu iki delikanlının sözleri Nalan Hanıma Melda'yı dinledikten sonra.

Yeğenleri dolap beygiri veya değirmen eşeği gibi benliklerinin etrafında dönüyorlar, nefislerine tapıyorlardı.

— İşiniz gücünüz saçmalık, demekten alamadı kendini Nalan Hanım.

— Evet, dedi Panur saçmalık olsun diye konuşuyoruz. Biz saçmalık olsun için "ha... hayt" diye güleriz de teyze!

Yaşlı kadın kardeşinin evinden koşar adımlarla çıktı. Arabasına bindiğinde asab bozukluğuyla soluyordu. Dayak yemişten beter etmişti onu yeğenlerinin hal ve davranışları. Sinir olmuştu konuşmalarına.

İslâm yüce bir dindi. İnsanı Allah terbiye etmişti, ne mükemmeldi O'nun terbiyesi.

Müslümanlık kutsal ve saygındı. Bu kutsallık, saygınlık ve onu seve seve kabullenmek, derhal uygulamayı, tembellik ve hilekârlık yapmadan, kaçmak için bahaneler aramadan, bütün durumlarda dinleyip itaat etmeyi, emir ve yasakları gözetmeyi gerektiriyordu.

Yaşlı kadın direksiyonu avuçladı iki eliyle birden:

— En büyük kartaroz, dolap beygiri önce sensin Nalan, diye mırıldandı, aylardır düşünüyorsun, namaza başlayamadın henüz.

Ağustos güneşi, tenlere bronz bir renk vermiş, meyveleri olgunlaştırmış, buğdayları tarlalarda yere sermişti sıcaktan.

Serçe sürüleri yaz şarkıları şakıyarak uçuşuyordu bir ağaçtan diğerine, kaygısızca dolaşıyorlardı yaprak aralarında. Dalların en tepelerindeki leziz meyveleri gagalıyor, hep öyle bolluk içinde geçecek sanıyorlardı hayatları. Pencerenin önüne oturmuş, dışarıya bakınan Zeyneb'in beyninde, kaynaklardan fışkıran suların çağıltısı yankılandı. Özlem duydu, Niagara çavlanının coşkun sularını seyretmeye, bol şırıltılı sesini dinlemeye.

İki tarafı zakkum ve limon çiçekleriyle süslü dar ve uzun bir toprak yol geldi gözünün önüne.

Filimlerden anımsadığı, evlerinin balkonlarından küçük begonviller sarkan dar bir Lizbon sokağına kondu hayalleri. Ağaçlar arasında bisikletle dolaşmak, nehir kıyısında uzanan dikenli otlarla dolu bir patikada amaçsız bir yürüyüş, sâkin bir ırmakta kanoyla gezinti yapmak; güzel olurdu...

Zeyneb'in seyahat sevgisi hobiydi. Çok sık arzu ederdi, günlük yaşantıdan koparak bulunduğu yerden uzaklaşmayı, herşeyi terkederek çekip gitmeyi görmediği, adını bilmediği ülkelere...

Bir fırsatını yakaladığında şimdiki gibi bir koltuğa oturur, başını arkasına dayayıp gözlerini yumar, düşsel bir yolculuğa çıkardı, Alaska'dan, Avusturalya'ya...

Sanki sıcacık ve şefkatli eller dokunuyordu iki omuzuna. Metehan'ın elleri bunlar...

Hayallerini onaylıyormuş gibi parmak uçlarından sevgi neşrediyordu genç kızın vücuduna.

Yaşamı ile ilgili hiçbir tasarımından ayrılmaz olmuştu Metehan. Zeyneb'i incitmemeye özen gösteren haliyle hep yanındaydı. Yaşamak veya yaşamamak değil, âşık olup olmamak önemliydi bu dünyada.

Aşk güzeldi, çok güzeldi, pek güzeldi...

Bahçe kapısı gıcırdayınca kimin geldiğini merak etti, göz kapaklarını kaldırdı, hülyalı gözleriyle bakındı. Birşey göremeyince eğilip pencereye yaklaştırdı yüzünü.

Önce Volkan'ın irice başını ve geniş omuzlarını gördü, biraz daha eğilince de uzun bacaklarını.

Volkan, Zeyneb'in pencereden bakındığını farketmişti, elini kaldırıp salladı ve seslendi:

— Ramazan Bayramında, Ekim ayına rastlıyor, on günlüğüne tatile çıkıyorum, Kenya'ya gidiyorum.

— Kenya mı?

Kenya da neresiydi? Genç kız hafızasını yokladı, bir kara kıt'a, yığın yığın kara insanlar ve eski yırtık bir orta Afrika haritası, resmi geçit yaptı zihninde, ayaklarını sürüyerek Volkan'a kapıyı açmaya giderken.

Kanepeye oturunca Volkan, sordu:

— Nasıl, ne diyorsun?

— Neye ne diyorum Volkan?

— Kenya'ya gitmeme kızım, nesi var anlaşılmayacak?

Günün birinde Kenya'ya gitmeyi hiç düşünmemişti Zeynep yabancıydı bu fikre.

Volkan'ın hayallerini doğrayıp, kırpıntılarını önüne atmayı doğru bulmadığından cevap vermedi, suskun kaldı.

— Bu gezi meselesinin kimin başının altından çıktığını da söyleyeyim bârim; doktor Adil'in, sizin fabrikanın doktoru. Metehan onun tertiplediği gezi gurubuna katılıyor, ben de ona yamalanıyorum.

Genç kız bir karış açtı ağzını, neler diyordu bu şapşal oğlan!

Metehan gelecek, Zeyneb'i babasından isteyecek, önce nişanlanacaklar, ardından evlenecekler ikisi beraber balayına çıkacaklardı. Hem Kenya'ya değildi, Avrupa şehirlerinden birine gideceklerdi, belki Lizbon olurdu.

Belkisi yoktu, evet, Lizbon'a gideceklerdi...

İhanete uğramış gibi genç kızın gözleri büyüdü, öfke kabardı her hücresinde:

— Kiminle gidecem dedin?

— Sen insanı sinir edersin Valla. Ne demek kiminle, Metehan ile söyledim ya!

Amcam ise Madrid'e gidiyor ailesiyle onlara da katılabilirdim. Kenya gezisi enteresan geliyor bana. Kenya, Kene, al sana bir ses uyumu daha. Fakat bizim kene ile alakamız yok. Kenya ile var.

Bir arkadaşa gidiyordum, yolum bu tarafa düştü, kapının önünden geçerken sana bildirmek arzusu geldi içimden. Her ne hikmetse! Kıskandınsa sen de gel.

Zeynep nefesini tuttu, ne demeye getiriyordu bu sözüyle Volkan acaba?

Benim Metehan ile gitmemi kıskanıyorsan mânâsında söylemiş olabilir miydi?

— Bana bir imada mı bulunuyorsun? diye sordu, sesinin tonunda hiçbir duygu aksettirmemeye çalışarak.

— Ne iması kızım, nerden çıkarıyorsun böyle şeyleri.

Söylemek istediğim birşeyi açık konuşurum, dolambaçlı laflardan hoşlanmam, bu benim ikinci özelliğimdir.

— Birinci özelliğin neymiş?

— İyiliklerin takdir edilmediği, kötülüklerin önüne geçilemediği bir dünya da yaşıyoruz, bundan sebep çıkarı daima ön planda tutarım, şunu derhal ilâve edeyim sadece kendiminkini değil.

— Bir zamane filozofu!

— Teşekkürler. İngilizlerin "Spice Girl" topluluğunun bir elemanıymışcasına, dünyayı hiçe sayan senin gibi bir kız tarafından onurlandırılmam büyük bir iltifat bana!

— Senin sözlerinse bana hakaret, dedi Zeynep kızgınlıkla dudaklarını yalayarak.

— Tövbe de!

— Nedenmiş? O kızlar "özgür girl" akımının somut örneğidirler. Çoğu kez, serseri ve şımarıktırlar, en çılgın giyim tarzı onlardadır, daima mini eteği tercih ederler.

— Senin eteklerinde mini Zeynep. Pardon, çok afedersin, mini-mini, mini-mini.

— Yeter sus Volkan diye tısladı Zeynep. Öfkesinin hızını kesemedi bu söz.

— Aptalca alay ediyorsun diye bağırdı.

Volkan'ın şakakları zonkladı, boyun damarları mosmor oldu sinirinden.

— Çevrene bir kerecik bir göz at, senin gibi mini-mini, mini-mini giyen bir başkasını görebilecek misin?

Mağdalena olmaktan vazgeçemiyorsun!

Genç kızın sinirinden kızarmış yüzüne bir istihza kondu:

— Mağdalena olmaktan vazgeçtiğimi kim söyledi sana?

Zeyneb'i incitmiş ve kızdırmıştı, Volkan müteessirdi, ancak bir pişmanlık duymuyordu. Hatta rahatlamıştı, punduna getirip uzun zamandır yapmayı düşündüğü bir ikazı gerçekleştirmişti.

— Durduk yerde muhabbetimizi niye kavgaya çeviriyoruz Zeynep? Ben kılıcımı kınına koydum, bıraktım düello etmeyi. Kılıç kullanan kılıçla ölür.

Geziden söz edelim, Kenya'dan konuşalım, sakinleş te tabii, ben sakinleştim.

Metehan başlamış pasaport muamelesine, önümüzdeki birkaç gün içinde ben de yapacağım müracaatımı. Haydi karar ver, gel bizimle.

Metehan ile birlikte seyahat etmek çok, çok parlak bir teklifti, ışıltısı parladı genç kızın yüzünde nakış nakış, tebessüm etti.

Genç kızın sinirini üzerinden atıp hemencecik değişmesine Volkan çok sevindi, onu kandırmaya girişti hevesle:

— Dünya nüfusunun en azınlık bölümünü zenginler oluşturur. Onlar lüks eşyalar kullanır, fiyakalı arabaları vardır, en güzel evlerde otururlar, hafta sonları yazlıklara giderler.

Sözü nereye bağlıyacak diye Zeynep aval aval bakıyordu Volkan'ın yüzüne.

— Eee..., dedi sabırsızlanarak.

Volkan, genç kızın ilgisinden memnun olarak devam etti:

— Ve seyahat edip değişik yerler görürler. Bizim bu zenginlerden farkımız son şık. Neden dışlanalım onlardan olmaktan, biz de gideriz gezilere, turlara katılırız.

— Sen işin alay ve eğlence tarafındasın, babam seyahatı hiç sevmez.

— Yalvar sen de.

— Babam da olsa kimseye yalvaramam.

— Kadınların kocalarına, kızların babalarına yaptığı gibi hareket et, özel silahını kullan.

— Neymiş o?

— Sesle ağlamak, hüngür hüngür şartıyle. Cümlelerle, çeşit çeşit kelimeler söyleyerek yalvarmış olmayacaksın işte! Hüngür, hüngür ağla sadece.

Bu öneri biraz aklına yattıysa da:

— Ismarlama ağlayamam ki Volkan, dedi Zeynep.

— Kızım sana hakikaten mi ağla diyoruz, gibi yap, gibi. Ağlıyor gibi, hıı... hı..., deyiver, sesler çıkar, neresi güç bunun?

— Bilmem ki!

— Sen sahiden gelmek istiyor musun Kenya'ya?

— Nasıl istemem.

Kollarını Volkan'ın boynuna dolayası geliyordu genç kızın duyduğu minnetten.

Metehan ile yalnız kalması için bu on günden daha büyük fırsat mı olurdu? Yanaklarını ateş basmıştı, Metehan ile geziye gitme ihtimalinin sevincinden.

Zeyneb'in sonradan caymasından korktuğundan Volkan gezi programını cazip gösterme çabasındaydı.

Önce Dubâi'ye uğrayacaklar, beş saat orada kalacak çöl rüzgârlarının kumları savuruşunu seyredeceklerdi.

Oradan Nairobi'ye gidilecekti, beş gün Kenya'da kalınacak son iki günleri safari de geçecekti sabahtan akşama kadar. Sonra da Nairobi hava alanından Zanzibar'a uçacaklardı.

Volkan, Zeyneb'in babasını ikna edebileceği fikrindeydi, diyordu ki:

— Zor karşısında hep kafayı kullanırım ben. Babana politika yap. Poli, çok, tika, yüz, politika çok yüzlülük da n'olsun. Bir usul tutmazsa, hemen bir başkasına dene. Nasreddin Hoca'nın hikâyesini anlatayım sana; "Nasreddin Hoca bir gün göle yoğurt çalmış:

— Hoca Efendi, hiç göl yoğurt tutar mı demişler. O da:

— Ya tutarsa", demiş.

Babanı kandırıp geziye geldiğini bir tasavvur et Zeynep. Herşeyden önce çok fazla sayıda memeli ve otçul hayvan türü göreceksin. Çeşitli hayvan mozayiği sergilemesiyle meşhur Kenya ormanları.

Zeynep, Volkan'a acıdı; Zavallı çocuk onun neler düşündüğünden habersiz olduğundan Kenya'yı anlatıyordu durmadan çenelerini çatlatırcasına yorarak.

Kenya'yı düşünen kimdi? Genç kız hayallerini sımsıkı aklına bağlamış, şimdiden Metehan ile yalnız kalabilme plânları tasarlıyordu.

Göze yakın olan, gönle yakın olurdu.

Gülistanda bir gül açacaktı naz etmeden, bir bülbül şakıyacaktı vuslatından.

Deli-dolu atıyordu genç kızın nabzı. Odada bir aşağı bir yukarı gidip geliyor çareleri arıyordu kurnazca.

— Ohri, New York ve İstanbul'dan başka bir yer görmedim ben, dedi. Oysa gezmenin müzmin bir hastasıyım.

— Aman ne iyi! Aramızda bir anlaşmazlık olmayacak seyahat sırasında birbirimizin peşine takılıp gezeceğiz de gezeceğiz.

Metehan, bir gezi çılgını, ben de. En son birkaç arkadaş Rusya'ya gittik yılbaşında. Her taraf takır takır buzdu, donduk, az daha buzdan adam olup kalıyorduk, Sibirya'da.

İnanır mısın eve adımımı attığım an, soğuğu özledim ve sanki evim uzaklarda Sibirya'da kaldı.

Zeynep emindi, onun da kalbi Kenya'da ve Zanzibar'da kalmış gibi olacaktı geziden döndüklerinde.

Eğer gidebilirse ama... Eğer vardı işin içinde...

Volkan'ın telkinleri azıcık fayda etmişti, o çıkıp giderken genç kızın kalbinde bir umud tortusu kalmıştı.

Babası akşamın geç bir saatinde onlara uğradığında, o kafa patlatıyordu gezi hakkında, üvey annesi ve kardeşlerinin tepkisini düşünüyor, babasını ikna etmek için cümleler hazırlıyordu.

Şaşkın bir coşkunlukla karşıladı babasını. Yalnızlıklarından istifade ederek konuya derhal girdi.

Ölü kelimeleri ateşlendirdi, cümlelerini canlandırdı, birer ok gibi attı hedefe, fakat babasının bir tüyünü kıpırdatamadı.

Taş kesmişti eğer, dağ olmuş dikilmişti önüne.

Genç kızı komaya sokacak bir resmiyet ve ciddiyetle babası diyordu ki:

— Beni açmaz bütün bu anlattıkların kızım, hayvanları hiç sevmem ben, hiç birini sevmem.

Sarı, mavi, yeşil, külrengi tüyleriyle pek süslü bir kuş olan ama buna karşın sert ve çirkin sesli muhabbet kuşlarını hem de çift olarak alıp besliyorlar.

Onları salonlarda kafeslerin içinde yaptıkları pislikleriyle görmüyor muyum, çıldırıyorum sinirimden. Niçin mecbur kalayım ben hayvan pisliğinin yanında oturmaya.

— Baba safariye çıkacağız Kenya'da. Safariye çıkmak yaşanası bir zevk olmalı.

— Safari, esrarlı, ışıltılı fakat maalesef tuzak bir kelime. Orman kemiklerle, parçalanmış hayvanların deri kalıntılarıyla doludur; hayvan mezarlığı göreceğiz. Yılanların insanın kanını donduran soğuk kıvrılışlarını, bir aslanın bir impalayı vahşice dişlemesini, bir hayatın tükenişinde akan kıpkırmızı kanları.

Soluk kesen maceralı hayatı Volkan sever. Orası senin gidebileceğin bir yer olmaktan çok uzak. Tek bir çan çiçeğine hasret dönersin İstanbul'a.

Zeynep babasının sözleriyle, çıplak bir gülünçlüğe düşmüştü. Etrafına örülen Çin Seddi'ni aşamamanın verdiği eziklikle isyan ağlıyordu bakışlarında.

Babanın yüreği burkuldu, karısı ve iki oğlu Bayram Tatilini Uludağ'da kayak yaparak geçirmeyi plânlamışlar, telefon edip otelde yer ayırtmışlardı, asla vazgeçmezlerdi kararlarından.

İki arada bir derede kalmanın sıkıntısıyla, iki dağ arasında bir köprü kurmaya çalıştı:

— Ayla ile seni, bayramdan dört-beş gün sonra Paris'e götüreyim üç günlüğüne.

"Window Shoping"e çıkarsınız, kimi hava, kimi kazak, bluz, filan alırsınız, dedi içinden gelmeden gülerek.

Bir kısır döngü içinde kalmıştı genç kız, pala çekilmişti umutlarına. Gücü güçsüzlüğün pençesinde kıvranıyor, iki gözyaşı damlası titreşiyordu kirpiklerinin ucunda.

— Babaannenin kandırabilirsen onunla git yavrum, dedi baba çok dar olsa da bir çıkış yolu bulmanın sevinciyle.

Zeyneb'in gözleri ışıldadı, iki billur tanesi oldu gözyaşları.

— Baba, dedi babaannem gelir benimle, ben istiyorum bir de sen bastırınca iki kişiyi kıramaz bizi.

— Biraz zor yavrum!

— Hayır, eminim kolay.

— Tamam anlaştık kızım, siz karar verin başlatayım Metehan'a pasaport muamelenizi.

Pullu, yaldızlı, telli bir zarfla götür babaannene teklifini. İnşallah o da pullu, yaldızlı, telli bir zarfla evet, der. Pek yerli yerinde bir espri olmamasına rağmen baba gülüyor, açık tutuyordu aralanan umut kapısını.

Yan taraftaki odanın kapısı açılmıştı, içeriden babaanne çıkıyordu mavi renkteki basma geceliğinin yakasını düzelterek. Boyası gitmiş, seyrek, hafif dalgalı saçları darmadağındı.

Akşam yemeğinden sonra az bir şey dinlenmek için uzanmış, uyuyup kalmıştı. Kulağına çarpan seslerden oğlunun geldiğini anlamış, kalkmıştı hemen.

— Baba-kız gizlice ne fısıldaşıyorsunuz öyle dedi parmak uçlarını şiş göz kapakları üzerinden geçirirken.

İsteksiz ve uyku sersemliğiyle şaka yapmaya yeltendiğinden becerememişti.

Oğlunu ve torununu güldürememenin ince kırıklığıyle divana gidip oturdu, yastıklara gömüldü.

— İyi insan lafının üstüne gelirmiş anne dedi Davud bey, şimdi senden söz ediyorduk. "Huysuz, çekilmez biri oldum yaşlanınca" deyip yakınma bana artık. İyi insansın, hem de nasıl iyi. Davud Bey, hoş görü ve şefkat saçan gözlerle kızını süzdü, sonra sevimli bir şekilde göz kırptı yavrusuna.

— Zeyneb'in dozajını gittikçe arttırdığı genç kız kaprislerine sen muhatap olacaksın anne, ben de gönül rahatlığıyla evime gideceğim.

— Zeynep aklı başında bir kız, o beni, ben onu idare ediyoruz, sen karışma bize.

Davud Bey, bej renk ceketinin düğmelerini ilikledi, kalktı, bir delikanlı çevikliğiyle annesinin yanına vardı.

— Şu mübarek elini öpeyim anneciğim, dedi, benim yanan yüreğime su serptin, serinlettin beni.

Oğlu çıkıp gidince babaanne sordu:

— Neler dönüyor ortalıkta Zeynep?

Oturduğu yerde genç kızın ayakları birbirine dolaşmış gibi oldu.

Söze nereden başlasındı, nasıl söylesindi?

Abant'a gelmeye üşenen evcil babaannesini, dünyanın ortasına sürüklemek meseleydi, büyük meseleydi.

Onu duygulandırmalıydı, hüzünlü hecelerle, yalvaran kelimelerle. Fakat genç kız çenelerini araladığında, bir arkın önünü tıkayan bent açılmışcasına dökülüverdi cümleler gelişigüzel ağzından. Volkan'ın gezi teklifini, eğer gitmeyi kabul ederlerse Metehan ile birlikte olacaklarını, bayram tatilinde gidileceğini, resimlerde gördükleri hayvanların canlılarını ekvator ormanlarında izleyeceklerini anlatıverdi birkaç dakikaya sığdırarak.

— Ben saatlerce hayvanların ardından koşamam yavrum bunu bilmen gerek.

— Yürümeyeceğiz babaanne cip ile gezecekmişiz ormanı.

— Anlatamadım galiba araba sarsıyor beni. Sonra sen hayvan sevmezsin, babana çektin. Komşunun kedisi bahçemize geçse rastlayınca tekmeliyorsun hayvanı.

Gel de yadırgama, aniden peydahlanan hayvan merakını.

Baban ve sen bana çekmişsiniz, ben hayvan sevmem.

— Hayvanları illa sev diye tutturmuyorum ben babaanne, bitkilere, çalılara bakarsın, toprak yığınlarına, kurumuş otlara filan.

— İstemem!

— Kenya botanik ve zoolojik açıdan inanılmaz derecede zenginmiş. Öğretmen emeklisi olduğundan bundan hoşlanacağını düşünmüştüm yanılmışım meğer, hoşlanmasan da en azından merak et.

— İçimden bir merak gelmiyor ne edeyim yavrum?

— Bir imparatorluk seyredeceksin babaanne ekvatorda. Çeşitli vahşi hayvanlardan, savanlardan ve yüksek bozkırlardan müteşekkil bir imparatorluk.

— Ben seneye Hacca gitmeye niyetlendim. Mekke-Medine bir yana, dünya bir yanadır her müslümana. Orası da kâinatın mânevi imparatorluk merkezi.

Zeynep, babaannesinin olumsuz yaklaşımlarından yılmadı, o sözünü bitirince yeniden başladı ısrarlarına:

— Gözlem alanı genişler seyahat eden insanın, "çok yaşayan değil, çok gezen bilir" diyordun babaanne birkaç gün önce bize misafirliğe gelen bir arkadaşına. Size çay koyarken duydum konuşmalarınızı. Seyahat eden sihhat bulurmuş, herkes öyle söylüyor.

— Kırk haramilerinki gibi bir yolculuk Kenya'ya gidiş. Balta girmemiş ekvator ormanlarında gezerken can yakıcı ısırmalarıyle meşhur karıncaların bir tatsız şakasına maruz kalmakta var. Yapraklar altında kalmış bir batağa giriverir insan dikkat etmezse.

Saatlerce sürecek uçak yolculuklarımız, kim garanti verir uçakların hiç arızalanmayacağına.

— Riskleriyle göz korkutan bir gezi görünüşte, evet, fakat babaanneciğim safariye çıkınca, fundalıklarda pek çok vahşi hayvanı doğal haliyle görebilme gibi bir ödül bulunuyor.

— Hayret bi kızsın yavrum, bir civcive bakmıyorken, benim vahşi hayvanları seyredebileceğimi zannediyorsun hâlâ, pes!

— Niçinmiş babaanne senin fobin kara hayvanlarına. Kuşların kendilerini seviyorsun, ötüşlerini de.

Kocaman papağanlar, iri kartalları, diğer kuşları seyredersin.

— Dediğin doğru, ancak olmaz!

— Olmaz, olmaz deyip durma bana babaanne olur, oluu...r. Lütfen peki deyiver beni azıcık seviyorsan.

— Azıcık mı? Nasıl söz o? Seni ne kadar çok sevdiğimi pekâlâ biliyorsun, hınzırlığın üstünde.

— Sen şimdi Kenya'ya gelmiyor musun babaanne?

Allahım! Zeynep öyle bir sıkıştırıyordu ki insanı sığınacağı tek yer sabırdı.

Evinde rahat rahat oturup misafirlerini ağırlamak varken, bayramın ikinci günü Kenya'ya gidilir miydi? Tartışmaya değmezdi Kenya meselesi. Torunu laf cambazlıkları yapıyor, kendi düşünce ve görüşlerini empoze etme mücadelesi veriyordu çocukca. Aksi, ters cevaplar dilinin ucunda dolaşıyordu yaşlı kadının, inatçılık ediyordu Zeynep.

— Bozuk plâk gibi aynı şeyleri tekrarlıyorsun yavrum, kes artık bu konuşmayı kendini de üzme beni de.

Elinin tersiyle Zeynep alnında ve yanaklarında biriken terleri sildi, kör kurşunlar geçmişti sağından solundan, umuduna dokunamayarak.

Bu konuşmadan sonra o günü sakin geçirdiler. Zeynep görünüşte süt dökmüş kedi gibiydi, beyniyse karman çormandı.

Ertesi günde sürdü sun'i sukût...

Gece olunca babaanne-torun komşuya doğum gününe gittiler. Saatlerce düşünmek, geziye gidebilmek için bir çıkış yolu aramak genç kızı yormuştu, hiç gülememiş, hiç eğlenememişti toplantıda.

Mum üfleme, pasta kesme, alkışlar, şakalar ona dayanılmaz gelince babaannesini orada bırakarak erkenden ayrıldı, erkenden de yattı.

Sabahleyin gözlerini açtığında, bütün geceyi yatağında kıvranarak geçiren bir insanın sersemliğiyle doğrulup bağdaş kurdu yatağında.

Torununun gün boyu ve geceki durgunluğu babaanneyi endişelendirmişti. İki saattir Zeyneb'in odasına girip çıkıyor, uyanmasını bekliyordu garip bir telaşla. Uyanmış görünce, torununun yanına yaklaştı başını okşadı:

— Karamsar oturuyorsun niye dedi?

— Geziyi düşünüyorum.

— Fesubhanallah! Kapanmadı mı o mesele?

Zeynep, babaannesinin elini tuttu:

— Lütfen, gidelim dedi, hayatında bir kerecik uzun veya kısa hiçbir plân yapmadan yaşayacaksın, bu seni rahatlatacak. Otuz sene öğretmen olarak çalıştın; belirli saatte yataktan kalktın, okula gitmek için belirli saatte yola koyuldun, belirli saatte sınıfa girdin, belirli saatte sınıftan çıktın.

— Şimdi de dinleniyorum yavrum.

Genç kız babaannesinin elini bıraktı. Odanın bütün renkleri silindi gözünden; gri bir bulut kapladı her tarafı. Acıtırcasına ısırdı dudaklarını. Yalvarmaktan bezmişti, babaannesinin gönlünü etme çabasından da usanmıştı, ümidin kırıntısı kalmamıştı yüreğinde.

— Son def'a kesin bir cevap istiyorum senden babaanne, bu konuyu burada kapatıyorum, tek laf etmeyeceğim artık. Geziye iştirak etmeyi kabulleniyorsan "peki" de muamelelere başlansın, "kat'iyyen gelmiyorum, yakarmalarının hiç biri tesir etmiyor bana" diyorsan, ona da ben "okey"i basacağım.

— Kenya'ya gitme arzunu kafana çivilemişsin her nedense, bu konu açıldı mı silahşör kesiliyorsun, duyulmamış, görülmemiş bir ısrar seninki.

— Anlıyorum ki babaanne seni sıkmaya başlamışım, için rahat etsin, gitmekten vazgeçtim.

Sana şımarabilirim zannetmiştim, nazımın geçeceğini düşünmüştüm, meğerse aptalın tekiymişim.

Babaanne yıkılırcasına kendini yatağın kenarına attı:

— Bu sözleri duyduktan sonra hayır demeye dayanır mı zannediyorsun yüreğim. Direnmeye can mı kaldı ben de.

Voltajı yüksek elektrik gibi çarptı sözlerin göğüs kafesime, gönlün olsun, haydi gül gidiyoruz.

Paldır, küldür gideceğiz, hayırlısı Allah'tan, benim için denebilecek söz bu.

Zeynep uzandı babaannesinin dizine koydu boşuna:

— Canım babaanneciğim çok teşekkür, dedi. Öyle sevindim ki.

Yaşlı kadın ensesini ovuşturdu, boynunu hareket ettirdi birkaç defa:

— Gece pek iyi uyuyamadım, ben gideyim odama az birşey dalayım, kemiklerim sızlıyor.

Babaanne, beyaz tül perdenin aralıklarından bakışlarını dışarıya saldı. Dün gece gittikleri evin pencerelerinin kalın yeşil kadife perdeleri kapalıydı, kalkmamışlardı muhakkak.

— Oğuzhan'ın doğum günü partisinde sıkıldın zevk almadın niçin?

— Benim zevklerim karışıktır babaanne.

— Senin herşeyin karışık yavrum. Amerika'ya geri dönmeyi şart koşarak gelmiştin, gitmeyeceğini söylüyorsun. Üniversite tahsili yapmak fikrindeydin, lise tahsilinin bir genç kıza yeterli olduğunu müdafaa eder oldun son günlerde.

Volkan'ın kışkırtmalarıyle, aslan, kaplan, timsah görme merakına kapıldın.

Gece birşey yemeden yattığından Zeynep acıkmıştı aşağıya inip kahvaltı edecekti, geceliğini çıkardı, neşeyle savurdu sandalyeye.

— Boşvee..r babaanne üstünde durmaya değmez şeyler. Nalan Hanım kollarını açtı, gerindi, torununun yataktan zemine yüksek atla yaparmış gibi sıçrayışını seyretti başını sallayarak. Sevgili Zeyneb'i kafayı bulmuştu neşeden. Gönlünden kopup gelen bir söz yuvarlandı ağzına, yenik düştü samimiyete:

— Şimdi gençler biraz uçuklar.

— Kaçıklar demiyorsun ya babaanne?

— Hayır yavrum, uçuklar diyorum, dedi yaşlı kadın, "bazı" kelimesini cümlesinden dikkatle kesip atarak, tam uçuklardı çünki!

Sonbahar gam ve kasaveti çağrıştırır, hüzün mevsimidir; ışıltılı aydınlıktan soyunarak, koyu bir maviliğe bürünür gökyüzü, ılık bir keder mekân tutar her köşeyi.

Eylül, sık sık ağlayarak veda ederken yaz mevsimine yapraklarına düşen alev renkleriyle "Merhaba" der kış aylarına. Çaresiz bir hastalığa müptela simaların simgesidir, neşesini yitirip, kurumuş, dallarından ayrılmamak için titreşen yapraklar...

Yıkayıcının elindeki ölülere benzer toprağı yatak edinmiş cansız bitkiler, iri taneli mevsim yağmurları altında.

Evet... Ölümün girmediği yer yok... Arsız ölüm... Vahşi ölüm... Merhametsiz ölüm, amansız, duraksız ve zâlim...

Ona hiç kimse karşı çıkamıyor, çarkına takılanı götürüyordu; yaşlı, genç, çocuk, bebe, demeden...

Neron'u sevimli gösteriyordu insanlara yaptıkları.

Ne zamandır, Nalan Hanıma pençe atmış onu diri diri ölüme yatırıp korkutuyor, dehşet içinde bırakıyordu titreterek. Öldürmeden öldürüyordu binlerce kez, o haldeydi ki bir daha ölmemek için ölmeliydi.

Son bir aydır tek bir geceyi rahat geçirmemişti. Kendisiyle aynı yaşta olan görümcesinin ruhunun bedenden çıkış anlarını ve ölümünü görmek mahvetmişti yapay huzurunu. Onun mor dudaklarından fışkıran acaip köpükleri, dehşetle açılmış soluk gri gözlerini, yorganını tekmeleyişini, tepine tepine can verişini, hastahanedeki odasından morga indirilişini unutamıyordu.

Bazı geceler, Azrail gelsin, canını alsın, bu engizisyon işkencesi bitsin istiyordu...

Varlığı unutulsun, ismi, izi silinsindi dünyadan ve ahiretten. Heyhaa..t. Heyhaa..t.

İmkânsızdı bu, dünyaya imtihan için gelinmiş, hesap vermek için dönülecekti.

Yokluğa karışamayacağının mührü vuruluyordu insanoğlunun alnına ana rahmine düşerken.

Nalan Hanım elindeki küçük aynaya akseden hayaline baktı inceden inceye mahzun gözlerle.

Hiçbir gece unutmamıştı cildini bir tonik ile temizlemeyi, ardından bir nemlendirici sürmeyi, alnına, gözlerinin ve dudaklarının çevresine ayrı şekillerde masaj yapmayı.

Ama gene de ihtiyarlık, gençliğini her hücresinden kovarak bir hastalık gibi vücuduna girmiş, yerleşmişti tüm uzuvlarına, sinsice, hain bir düşman gibi hiç habersizce ve acımasızca. Gümbür gümbür bir sel gibi akıyor, zamanla yarışılmıyordu. Ne bir nefes önce, ne bir nefes sonra dakik bir şekilde geliyor, mazinin mezarlarına fırlatıp atıyordu tüm saniyeleri... Alnında, gözlerinin ve dudaklarının çevresinde oluşmuş çizgiler onun cilt bakımına alay edercesine derinleşmiş, suyu çekilmiş, kurumuş, dere yataklarına benzemişti.

Gençliğinde yanaklarında parlayan doğal pembeliğe hasretle tutuştu kalbi, hüzünlendi birden...

Yüzüne yapışmış kalmış çirkin sarı renge nefret duydu, şu ölüm nişanesini taşıya taşıya geberecekti bir gün.

Berbere gideli iki hafta olmuştu ama koyu kahverengine boyalı saçlarının dipleri beyazlaşmıştı, sırıtıyorlardı, kafa derisinin üstünde horon teperek.

...mmış! dedi kendinden tiksinerek ve adeta ...rtık nine hanım!

...yor teyze, cinlerle mi konuşuyorsun?

... cinlerle konuşmuyorum fakat sen cin gibi girdin

... Amma da yaptın şimdi teyze, nerden bilebilirdim senin ...nun tâ en dibinde bulunan koltuğa oturduğunu, kendi ...ndine söylendiğini, özel demlerinden birinde olduğunu, be...ni görünce kızacağını, nostaljik hayallerine makas attığımı,

— Yeter Volkan!

— Tamam teyze sustum, sen ne dedin de ben yapmadım, seni güldürmek istemiştim.

— Çok komik bir güldürü anlayışın var.

Teyzesinin sinirli gözlerine, sitem yansıdı Volkan'ın bakışlarından. Sitemi sesinde de yankılandı:

— Metehan ile vizeleri aldık, muameleler bitti, pasaportlarınızı getirmiştim.

Volkan, üst üste koyarak pasaportları masaya bıraktı:

— Annem ile Zeynep nerde? diye sordu bozuk bir sesle. Pasaportunu genç kızın eline bizzat veremediğinden hayal kırıklığına uğramıştı.

Teyze hanım, kalemle çizerek şekil verdiği ince kaşlarını çattı:

— Eksikleri tamamlamaya çıktılar çarşıya, dedi.

— Mükemmel. Cumartesi saat 10.00'da, gece Dubai'ye uçuyoruz. Üç günümüz kaldı.

Bu sözler, Nalan Hanımın öfkesini beyninde fokurdattı:

— Bana öyle geliyor ki bu geziyi sen planladın, beni de alet ettin oyununa! dedi kelimelerini bilinçli bir şekilde kavga malzemesi yaparak.

— Vallahi, billahi, bana Metehan söyledi geziyi!

Öyle safiyane ve candan yemin etmişti ki Volkan, Nalan Hanım belli belirsiz gülümsedi ve sordu:

— Senin hiç mi suçun yok?

Volkan avucunu alnına dayadı, düşündü, teyzesinin evine uğrayıp Kenya'ya gideceğini söylediği ana kadar hatırına gelmemişti Zeyneb'in geziye iştirak edebileceği. Haksız yere ceza yiyip, sınıfta bir ayağı üzerine dikilen bir çocuk masumiyetiyle.

— Hayır, teyze yok, diye cevap verdi.

— Paklandın, süt gibi aklandın, dedi teyze hanım, gülerek. Çabuk parlamış, çabucak sönüvermişti bir kıvılcım gibi, uzun müddet öfkeli ve dargın kalamazdı yeğenlerine.

— Sen de gitseydin ya çarşıya teyze? dedi delikanlı.

— Çok yerinde bir kelâm ettin Volkan, "Burada oturmuş ölümü düşüneceğine" de bana!

— Ne ölümü, kimin ölümü?

— Kendi ölümümü taktım kafama, moralim çok bozuk şu günlerde.

— Niye teyze, ne oldu ki?

— Hayat dediğimiz şey, geçer birkaç saat, tekrarlanan birkaç günün zahmeti Volkan.

Bedenim yıprandı, ölüm bana yaklaştı yavrum. Korku girdi kalbime orada bir çınar ağacı oldu, dallandı, yapraklandı gece gündüz büyüyor, gürleşiyor.

Elden gidecek bir dünya nimetinden dolayı korkmuyorum ben, ya da hükmedilmiş dünyevi sıkıntıdan.

Rabbime takdim edeceğim hiçbir salih amel işlemeden ölmekten korkuyorum.

Uçağımızın düşebileceğini düşünerek evhama kapılıyorum.

— Çok uzak bir olasılık teyze. Boş yere üzme kendini boş ver!

Cahil çocuk! Cevabı da cahilceydi.

— Bu yaşa geldim, bir gün dolu vermedim zaten oğlum dedi teyze hanım yüzünü ekşiterek.

Hata etmişti, gözleri dünyaya faltaşı gibi açık bir çocuğa ölümden bahsetmekle. Pişman oldu.

Babasının dükkânına gideceğini söyleyip Volkan, yanından ayrılınca sevinerek kaldı yalnızlığıyla başbaşa.

Uykudan silkinemiyor, gafletinden kurtulamıyor, dünya üzerine üşüşen kalpler arasından kendini çekip alamıyordu bir türlü. Yetmiş iş bitmiş deniyordu. Pek yakında konuşmadan men'edilecek, dili mühürlenecek ölümden kurtulamayıp, bir kelime söylemeyecekti.

Kaderi başına konacak, hayat her bir azasından tamamen çekilecekti. Onu yıkayıp kefene saracaklardı.

Evi dolup taşacaktı taziyeye gelenlerle. Gece olunca, akrabaları, dostları, komşuları dağılıp gideceklerdi yuvalarına.

O ise amellerinin rehini olarak kalacaktı kabrinde. Handan Hanım ve Zeynep eve gelip salona girdiklerinde şaşırdılar:

— Babaanne, dedi Zeynep buncak saat sıkılmadan nasıl oturdun orada?

Kucağındaki paketleri masaya bırakırken genç kız pasaportları gördü.

— İşte şimdi hiç şüphem kalmadı gitmekten, dedi, kendi pasaportunun sahifelerini çevirirken.

Ah gençlik! Gençlik böyle konuşturuyordu insanı!

Dünya, gençleri kandırıyor, ağına düşürüyor, fitnelendiriyordu temennileriyle. Gelemeyecek kadar ötelerin ötesinde gösteriyordu onlara ölümü!

Handan Hanım bir paket açmış, içinden bir eşarp çıkarmıştı. İki ucundan tutup açtı savurdu. Sarı ve yeşil renklerin hakim olduğu ipek eşarp havada dalgalandı pırıl pırıl.

— Beğendin mi abla? diye sordu Handan Hanım eşarbı sallamaya devam ederek.

— Çok güzel, Melda'ya mı aldın?

— Evet. Ailede ondan başka örtünen mi var abla? Oniki yaşındayken örtünmüştü, sekiz senedir kafasında eşarpla dolaşıyor, bıkmadı, hayret bi'şey!

— Paa...t!

Zeynep ağzında çiğnediği cikletini balon yapmış, patlatmıştı. Salona dağılan sesi, zafer günlerinde atılan toplardan çıkan patlamalara benzetti genç kız, pek hoşuna gitti, balonunu tekrar şişirdi, bir daha patlattı:

— Paa...t!

Babaannesinin pasaportunu aldı, kendi pasaportuyla birlikte çantasının içine itinayla yerleştirdi.

Küçük çocukların, sevinince balon patlattıkları geldi gözlerinin önüne. İçindeki muzır çocuk dürdüklüyordu onu, ağız hareketleriyle jikleti diline dolayıp nefes etti balon yaptı, kuvvetle üfledi:

— Paa...t.

Handan Hanım, Melda'ya aldığı eşarbı kendi başına takmıştı. Hayli uğraştıktan sonra tek bir gözü dışarıda kalacak şekilde bir biçim verdi eşarba. Ablasına döndü:

— Möö..., Möö..., yaptı.

Ablası gülmemişti, onun anlamadığını zannederek tekrarladı:

— Möö..., Möö...

Kendisi tutamadı, tuhaf bir sesle karışık olarak bastı kahkahayı.

— Kahhah... möö..., kahhah..., möö...

Zeynep sevincinden sakız patlatıyor, kız kardeşi kendine göre komiklik yapmış gülüyordu bir deli karı gibi.

Onların hali Nalan Hanımın gülesini getirmemiş, canını sıkmıştı. Sağduyuya kulakları tıkalı insanların davranışlarıydı yaptıkları.

— Sevinen insan, verilen nimetten sebep Allah'a şükretmeli yavrum. Allah kısmet ederse gidilir bir yere, inşaallah demeli.

Zeynep çiğnemeyi bıraktı, sakızı ağzında eğleterek dinlemeye koyuldu babaannesini. Bakışları karşılaştı bir lahza.

İhtiyar gözlerde engin bir şefkat kederlenmişti bir gerçeği bildirirken. Torununun üzüleceğinden endişeleniyor fakat doğruları bildirmekten kaçınmıyordu.

Hakikatlere karşı genç kızın gözlerini yumuk bırakmayı, vicdanî bir cinayet sayıyor, tahammül edemiyordu susmaya.

Zeyneb'in yüzünde sıcak bir tebessüm açtı:

— İnşaallah gideriz Kenya'ya babaanneciğim, dedi, onu memnun etme ümidiyle.

Sadık vefakâr bir gardiyanıydı babaannesi. Onun evi, gönül rahatlığıyla sığındığı yegâne kucaktı şu gök kubbe altında. Üvey olmadığı tek yer.

Akşam yaklaşıyordu, ihtiyarlamış güneş ışınları yorgun argın çekiliyordu, bej renk duvarlardan.

Handan Hanım, Volkan'ın gezide giymesi için satın aldığı gömleğin ambalaj bağını sökmeye çalışıyor, beceremiyordu.

Arkasına döndü uzandı, kapının yan tarafında bulunan elektrik düğmesine bastı.

Gözlerini ısıran elektrik ışığından elini alnına koyarak kaçındı:

— Eşarp bana yakışmadı mı abla? diye sordu.

— Allah'ın emri olduğundan, örtünmenin yakışmayacağı bir kimse olamaz Handan.

— Bana bakışların bir tuhaftı abla, nasıl desem bilemeyeceğim, bir azarlama gördüm yüzünde.

— Sana içerledim ondandır.

— Aaa!.. Niye?

Nalan Hanım esefle başını salladı:

— Örtü meselesini eğlenceye alıyorsun Handan! Peygamberimizden beri milyonlarca müslüman kadın, Allah'ın bu emrini yerine getirmiş, biz yapamıyoruz ama en azından saygı duyalım, çok derin bir saygı.

Ambalajın kağıdını katlayıp dürerken:

— Senin bu tarz taassupların yoktu abla dedi, Handan Hanım.

— Bundan böyle var! Yanlış isimlendirmene rağmen.

Mahkeme heyetinin kararını bildiren hâkim edasıyla Nalan Hanım kesip atmıştı sözlerini kardeşinin önüne.

Handan Hanım, omuzlarına düşürdüğü eşarbı aldı, bir eliyle daire yaptı havada:

— Yapma abla! Biz kafamızda eşarp taşıyamayız.

Candan, gönülden bir gülüş fırlattı, masanın yanından ablasına doğru:

— Kahkah. Kahkah!

— Sıkılırız, diye ilave etti, ardından başını öne eğdi, bir kuvvetli gülüşte yere düştü son olarak.

Onlar konuşurken güneş batmış, akşam olmuş, gece inmişti yer yüzüne.

Arıza sebebiyle şehirde elektrikler sönünce zifiri bir karanlıkta kaldılar birden. Burunlarının ucunu göremiyorlardı. Handan Hanım el yordamıyla masanın kenarına tutunmaya çalışırken, bir şıngırtı koptu:

— Şangırr...

Handan Hanımın ayağı sehpaya çarpmış, üstündeki sürahi düşüp kırılmıştı.

— Öff! dedi en asabımı bozan şey karanlıkta kalmaktır, çok korkarım.

— Ya toprağın altında ne olacak halin Handan? Şimdi biz varız yanında, kabirdeyse hiç kimse bulunmayacak, yalnızlık ve dehşet verici karanlıklar sadece.

Cam kırıklarına basmamak için Handan Hanım yerinden kıpırdıyamıyor, elini masaya dayamış, öfkeyle bekliyordu elektriklerin yanmasını.

Ablasının her sözüne sinirleniyor "Lâ havle" çekiyordu içinden hızlı hızlı.

— Ölümden sonra dirilip amellerimizin yanında durdurulacağız, amellerimizle cezalandırılacağız Handan.

O halde dünya hayatı bizi niye aldatıyor? Cilveli yaşantı, zamanlarını israf edenlerin ziyneti.

Dünya hayatı zikzaklı, neş'e ve üzüntü karışık onda. Her an ölümün ok yağmuru altında dünya. Oklanmaya hedef bizleriz! Dünya meşgalelerinin çokluğu amacı unutturdu bizlere. Öldüğümüz de nedametimiz büyüdükçe büyüyecek, çoğaldıkça çoğalacak hasretimiz. Kabre konunca derhal maksadı elden kaçırmanın acısını duyacağız.

— Abla! Abla! dedi Handan Hanım buz gibi bir sesle, bunları anlatmanın zamanı mı? Bunları niçin söylüyorsun bana durduk yerde.

— Şimdilik durduk yerde Handan.

— Off! off! abla, dedi Handan Hanım ciğerlerinden gelen derin bir nefesi öfkeyle bırakarak havaya.

Elektrikler gelmiş, oda birden aydınlanmıştı. Gözlerini kırpıştırarak baktı üçü birbirine.

Masadan bir kağıt parçası alıp Handan Hanım terleyen avuçlarını kuruladı.

— Ayy! Şükür kurtulduk, neydi o karanlık, boğulacağımı sandım bir ara.

Nalan Hanım perdeyi aralayarak, dışarıya baktı, uzaklarda, gerilmiş inci bir gerdanlık gibi ışıltı saçıyordu boğaz köprüsü.

Kendi kendine söylenir gibi dedi ki:

— Ne olaydı, kabrin karanlığı da birkaç dakikacık sürseydi! O her insana, binlerce, belki de onbinlerce sene devam edecek, kıpırtısız, dilsiz, sessiz, vahşi bir karanlık.

Zeynep ile Handan Hanım yere çömelmişler kırılan sürahinin parçalarını topluyorlardı, boş olan eşarp kutusuna.

Handan Hanımın yüzü, saçlarının dibi, sırtı ter içindeydi, başını hırsla yukarı kaldırdı:

— Allahını seversen abla, dedi kabir lafını kes, başka konu mu yok konuşulacak Allah aşkına yeter!

Parmağına batmamasına dikkat ederek Zeynep renkli halının tüyleri arasına sıkışmış bir cam kırıntısını çıkarıp diğerlerinin yanına attı. Babaannesinin ve Handan teyzesinin duyabileceği bir sesle:

— Babaannem, dedi Fethullah Gülen Hocaefendi'nin kitaplarını okuyor, okudukça değişiyor. Melda kasetler de getiriyor ona.

— O kız bacak kadar boyuyla koskoca kadını yolundan mı ediyor?

— Handan!

— Efendim abla?

— Nasıl söz o?

— Muhteşem bir söz abla. Melda'nın takviyesine ihtiyacımız yok, biz kendimizi idare ederiz.

— Yanılıyorsun, kişilerin, müslümanlığı kendi kafalarına göre yaşamaları yok İslâm'da, herkes kendini İslâm'a uydurmaya mecbur.

Ben bunun yeni şuuruna erdim. İstikamet üzere olmanın hakikatine gücümüz yetmez, bizim yapacağımız tüm gayretimizle yanına varmaya çalışmak.

Handan Hanım cam kırıklarıyle dolan kutuyu iki eliyle tuttu, yerden kaldırdı, ablasına yöneldi:

— Şu kutuyu bahçeye bırakayım gelip size kahve altı hazırlıyayım, dedi.

— Kahve altı mı?

— Evet, abla kahvaltı, yani kahve içmezden önce birşeyler yemek. Üstüne de kahvelerimizi içer hakiki bir kahvaltı yapar, keyifleniriz.

Bu akşam kahvaltısı olur, yemek yememize gerek kalmaz.

— Çok teşekkür ederiz, dedi Nalan Hanım biz kalkalım.

Sabah saat 11.00'de gelmişler, hep beraber kahvaltı etmişlerdi.

Yemeğin hemen ardından Panur ile Melda, Abant'a hareket etmiş bahçelerinden nar ve ayva toplamaya gitmişlerdi iki kardeş. Handan Hanım ısrar ettiyse de, misafirliklerini kâfi gördüler, çantalarını, paketlerini alıp evin yolunu tuttular, babaanne ile torun. Bir fanile birkaç mendil, iki küçük havlu almıştı Zeynep, gösterilmeye değer bulmadığından açmamıştı paketlerini.

Arabayı çalıştırıp, beş-on metre gidince:

— Kalbim bugün seninle barıştı babaanne, dedi genç kız, dikiz aynasından arkadan gelen arabayı izlerken.

— Haberim yoktu, dargın mıydın bana?

— Evet.

— Çok mu?

— Hayır, azıcık.

Nalan Hanım, bakışlarını kaldırımda acele adımlarla yürüyen bir şişman polise takmıştı.

— Niçin canım, dedi, torununun dediğini önemsemeyerek.

— Vaktiyle anne-babamın ayrılmasına mani olacak derecede direnç göstermediğinden.

— Yavrum daha çok çocuksun, dedi babaanne, beni anlamaktan da çok uzak.

"Seni evlatlıktan reddedeceğim" dedim babana. Bana "Boşanma konusuyla ilgili tehditlerin vız gelir, tırıs gider anne, kusura bakma, çünkü bu mesele yalnız beni ilgilendirir demesin mi?

— Sen ne tepki gösterdin babamın sözlerine?

— Bir ay konuşmadım onunla. Beni olayın çevresine kat'iyyen yanaştırmadı, sorarım sana na'pabilirdim?

— Haklıymışsın özür dilerim babaanne.

— Ben Davud'un, Sofia ile evlenmesine önce karşı çıkmıştım. Bölmeyi, çıkarmayı, toplamayı beceremeden matematik olur mu? Kadınların ve erkeklerin çoğunun yaptığı buna benzer gramerini bilmeden evlenirler. Bunlardan birisi baban ile annendir.

Erzurum'dan gelen bir arkadaşını Topkapı Müzesi'ne götürüp gezdirirken Sofia ile tesadüfen tanışmıştı orada. Birbirlerinden hoşlanmışlar; on gün içinde evlenmeye karar vermişlerdi. Sofia geldiği turdan ayrılmış, İstanbul'da kalmıştı. Manevi yönden paylaşacakları hiçbir şeyleri yoktu.

Baban bir kadının güzelliğine değer verirdi, bunun yaşamını anlamlı, huzurlu ve doyumlu kılacağı anlamına gelmediğini bilemedi.

— Annem de çok safça davranmış.

— Annen hiç aramadı, baban ile ortak yanları olup olmadığını. Ayrı dinlere mensuptular, farklı örf ve âdetlerle yetişmişlerdi, hiç düşünmedi bunların problem olabileceğini.

Evlilikle, beraber yaşamanın gerçekleri kendini göstermeye başlayınca hayal kırıklığına uğradı.

— Verdiği yıldırım kararlarını annem pahalı ödedi, evliliğinin sonu fiyaskoyla bitti babaanne.

— Çok ta duygularının esiri, oradan oraya savrulan bir kadın değildir. Hayli uğraştı babanı katolik yapmaya, daima David, diye hitap ederdi. Davud'un kolayca Hıristiyan olabileceği kanaatindeydi kanımca. Din ayrılığı her zaman sorundur evli çiftler arasında.

— Babamın Ayla ile ciddi bir romans yaşaması da önemli bir etken.

— Baban bazen zor bir adamdır; soğuk, bencil, kendini beğenmiş oluverir.

Zeyneb'in direksiyonu kavrayan parmakları gerildi, tedirgin olmuştu duyduklarından.

— Bir insanın iyiliğini biliyorsanız sorulmadan söylemelisiniz, kötülüğünü biliyorsanız sorulsa da söylememelisiniz, bu sözler Amerikalı'ların sloganıdır, babaanne dedi, arabayı sağ şeritten sürerek.

Yaşının verdiği tecrübeyle Nalan Hanım, torununun sesinde dumanlanan kınamayı sezmişti.

— Her doğru söylenmez, deriz biz Türkler. Fakat sen aydınlanmamış bir mesele hakkında peşin hüküm vermişsin.

Kendimi savunmuyorum. Ufkunda karanlıkta kalmış üzeri küf bağlamış bir izbene ışık tutmak gerekti yavrum. Hakikatler acı da olsa yirmidört ayar saf altındır, batıl parlasa da mangırdır.

— Bir dokundum bin ah dinledim babaanne, dedi Zeynep arabayı stop ettirince, yüzünü arkaya döndürüp sözüne devam etti:

— Bundan böyle güzel bir hayat geçireceğiz haydi gül.

Güzel hayat neydi ki?

Nalan Hanım geceliğini giyip yatağına uzandığında hâlâ düşünüyordu, güzel hayat ne demekti?

Uykusuz bakışlarını uykuya dalmış tavanda gezdirdi köşe bucak.

Hayat geçici bir gölgeydi, yıkılmaya meyyal bir duvar...

Zamanın o kahhar pencesi mahv u perişan edecekti onu.

Mutlaka kabri boylayacaktı her dünya sâkini gibi.

Kafasını kullanıp dünyayı bir altın potası yapsaydı,

Allah'a yönelip tevhid'in aşkıyla bahası biçilmez bir cevher haline gelseydi,

Zillet, korku, hudû ve kalblerde biten takvâ, cesedlerde beliren vera ile süslenseydi,

Elbiselerden avretini örteni giyse, gıdalardan açlığını gidereceği yese, herşey de kendisine kifayet edecek miktarı alsaydı dünyadan,

Dünyaya her dakika fâni olacak gözüyle baksaydı,

Mevlânın kulları için sevdiğini sevip, kerih gördüğünden yüz çevirseydi, hayatı güzel hayat olurdu.

Elini göğsüne koydu:

Allah'ım, dedi dünya beni pişmanlığa doyurdu, kurta beni bundan. Lütfen kurtar!

Nairobi'ye indiklerinde pasaport kontrolü, bavulları bekleme ve çıkış her hava alanında olduğu gibi geçmiş, kısa bir zaman içinde gelip yerleşmişlerdi Serena Otel'in ikinci katındaki odalarına.

Otele gelirken yol kenarlarında yığınlar halinde ve birçok evin bahçe duvarlarını tamamen kaplamış bulunan, koyu ateş pembesi, iri ve gür çiçeklerin isimlerinin Rosenka olduğunu öğrenmişlerdi otel minibüsünün şoföründen.

Genç kız, perdeyi aralayınca otelin bahçesinde de aynı çiçek bolluğunu gördü.

— Babaanneciğim, dedi Rosenkalar yaramaz bir çocuk gibi orası burası kirlenmiş pasaklı Nairobi'ye bir armağan.

— Kimden yavrum?

— Sorunu anlayamadım babaanne!

— Allah'tan de yavrum, gerektiği yerde "Allah" kelâmını söylemeye alıştıralım ağzımızı, bunu hatırlattım.

— Peki babaanneciğim, gönlün olsun, Allah'tan bir armağan Nairobili'lere Rosenkalar.

Pembecik genç dudaklara ne de yakışmıştı "Allah" demek, önlerinden her gelip geçene cıvıl cıvıl renkleriyle selama duran çiçeklerin adını söylemek, Rosenka demek.

— Babaanne, dedi Zeynep otele gelirken farkettin mi kentin görkemli ağaçlarla süslü bulvarları, tertemiz caddeleri, modern binaları var fakat tamamen değişti bu görüntüler ara sokaklara girdiğimizde.

Nalan Hanım aynanın önündeki pufa oturmuş saçlarını tarıyordu:

— Evet, kravatlı, ceketli, gayet şık giyinmiş erkekler görüyorken, rengarenk boncuklardan yapılmış takılar kuşanmış kara Afrikalıları görmeye başlayıverdik.

— Şehirde bir gece turu yapsak saat erken, hiç birimizde 10.oo'dan önce yatma alışkanlığımız yok.

— Sen banyoda iken Volkan telefon etti, otelde kalıyormuşuz, gece sokağa çıkma yasağı varmış.

Caddelerde gezmek tehlikeliymiş, fakir Afrikalıların bir kısmı saldırganmış, maceraya atılacak halimiz yok, gezmeye geldik buralara.

Yaşlı kadın tarama işini bitirmişti, saçlarını ensesinde küçük bir topuz yapıp iki tane firketeyle tutturdu, onları bir düzene koydu, yerinden kalktı geçip yatağın kenarına ilişti.

— Sefalet ve fakirlikten ruhlar dumura uğruyor Zeynep dedi.

Genç kız televizyonu açmış uzakta durarak kumandayla kanalları araştırıyordu:

— Bolluk ve zenginlikse azdırıyor, dedi Amerikan halkı öyledir.

— İmam-ı Gazali'nin kitabında okumuştum; "Çok felâketler vardır ki, onu insanoğluna altın yakut ve inciler getirir!" diye yazıyordu. Peygamberimiz "Fakirlik küfür olmaklığa yaklaştı" buyurmuştur, fakirlikte zor.

Küfre yaklaştıran fakirlikten ve azdıran zenginlikten insanı ancak İslâm muhafaza ediyor gösterdiği doğrularla.

— Nasıl muhafaza ediyor babaanne?

— Kanaatın sahasında konaklayan fakir müslüman biliyorki birkaç günlük dünya hayatında, sabretmenin neticesi sonsuz bir zaman lezzetlenmektir cennetlerde.

— Zırr...

Telefon Nalan Hanıma yakındı, uzandı ahizeyi eline aldı:

— Alo.

— Ben Volkan teyze.

— Oğlum daha beş dakika olmadı telefon edeli, ne var yine? söyle haydi.

— Zeynep sıkıldıysa Lobi'ye insin diyecektim.

— Hayır, deme. Ancak yarım saattir odamızdayız, henüz değiştirdik üstümüzü. İstanbul-Dubai-Nairobi arası, saatlerce süren yolculuk yaptık, dinlenelim rahat bırakta.

— Yemek servisi bir saat sonra başlıyor, lokantada buluşuruz.

Gençlerle beraber bulunmak bir hoş oluyordu, Nalan Hanım kıs kıs güldü.

— Eh..., dedi başka bir yere gidemeyeceğimize göre o öyle olacak çaresiz.

— Teyze niye sen çıkıyorsun telefona?

— Beğenemedin mi?

— Estağfirullah teyze.

Nalan Hanım boş oturuyordu, yeğenine takılabilirdi azıcık.

— Estağfirullah kelimesini bakıyorum biliyorsun, ama kullanılması lâzım gelen yerden habersizsin.

Bir an sessizlik oldu, cevap vermedi Volkan. Yaşlı kadın yeğeninin nefes alıp-verişlerini duyuyordu, belli belirsiz tıkırtılar çarpıyordu kulak zarına.

— Öyle değil mi Volkan? diye üsteledi gülerek.

— Öyle de, ben bu hususta tek değilim, Melda hariç büyük bir kalabalık oluşturuyoruz ailece.

Yeğeni, teyze hanımı tam isabet vurmuştu ince yerinden, gülüşü yavaşça yere düştü, ayaklarının dibinde zerreler halinde uçuştu, onunla alay ederek.

Kapattığı halde eli telefondaydı, bir tokat yemişcesine şaşırmıştı onu, bir gerçeğin söylenişi.

Zeynep haberleri açmış onu dinliyordu.

— Ne diyorlar babaanne? diye sordu başını çevirmeden. Nalan Hanım ağzını açmak istemiyordu, fakat cevap vermese olmazdı:

— İstersen alt kata inebilirmişsin, Volkan oradaymış, yemek saat 8.oo'de başlıyormuş, dedi monoton bir sesle.

— Öyle acıktım ki. Yemeklerin bir kısmını yadırgasak ta yiyecek birşeyler buluruz elbet.

Otel Serena'nın yemek çeşidi zengindi, dört kişilik, üzerine mor renk bir örtü serilmiş masada iştahla yediler tabaklarına aldıkları yiyecekleri.

Yanlarındaki uzun masada Doktor Adil ve gurubu yemek yiyorlardı havuz kenarındaki çiçeklere bakınarak ve kendi aralarında muhabbet ederek.

Metehan ortadaki meyve sepetinden iki muz aldı, birini Nalan Hanıma, diğerini Zeyneb'e uzattı:

— Buyrun, yiyiniz, dedi.

Küçük olduklarına bakmayın, dolgun, ekvator güneşinde sararıp olgunlaşmışlar çok lezzetli.

Nalan Hanım bu meyveyi sevmezdi, genç adamın hatırı kırılmasın kabilinden muzu aldı, kabuklarını soydu, açılan kısımdan bir lokmalık ısırdı. Ardından bir lokma, bir lokma daha, muzu bitirdi, elini önündeki beyaz kağıt peçeteye sildi:

— Çocuklar, dedi bakın şu işe muzu sevdim, hiç yemem halbuki.

— Muz, benim en sevdiğim meyvedir, dedi Zeynep minnet aksettiren bir ses tonuyla.

Volkan sapından tutup meyve sepetini önüne çekti, içinden dört tane aynı cins kırmızı renkli meyve alıp herkesin önüne birer tane koydu, sonuncusunu kendi avucunda bıraktı.

— Bunlar Kenya eriğiymiş dedi, bir tadalım.

Nalan Hanım, küçük bir bıçakla meyveyi ikiye ayırarak, parmağıyla en ortada bir zar içinde bulunan çekirdeklere dokundu.

— Cıngıl, cıngıl çekirdek bunlar, Kenya eriği, bizim üzüm tanelerimize benziyor, onların büyüğü, dedi, bir parçasını diline sürdü, derhal yüzünü büzüştürdü:

— Çok ekşi ve biraz acı, bu yenmez.

Zeynep meyvesini sepete bıraktı:

— Ben ekşi meyveyi hiç sevmem, kat'iyyen yiyemem. Yüzünde hülyalı bir ifade belirdi, muzun tadını bozmayayım, dedi. Volkan, Metehan'ın henüz elini dokundurmadığı meyvesini önünden çekti aldı, sepete attı:

— Aman ağabey, dedi sakın yeme, üç tane birden cenaze ben ne ederim sonra?

Darılmış bir gönlün kırgın sözleriydi bunlar.
İncinmiş bir gururun çocukca kazan kaldırışı.
Kendini mazlum zanneden bir delikanlının haksız hezeyanları.

Metehan ağır ve emin bir davranışla meyvesini geri aldı sepetten:

— Ben tatlıyı ve ekşiyi aynı derecede severim Volkan, dedi, delikanlının yüzünde yanan öfke mumlarını görmezlikten gelerek.

Zeyneb'in kalbi küçük bir kuş oldu. Metehan'ın gönül dallarından birine kondu, şakıdı orada, genç adama övgüler düzdü, mersiyeler okudu.

Yeşil bakışlarını, Metehan'ın gri bakışlarına mıhlamış, başka hiç kimseyi görmüyordu gözleri.

Metehan ne kadar iyi, ne kadar anlayışlı bir insandı...

Volkan, iki elini masaya dayayarak ayağa kalktı:

— Sana afiyet olsun ağabey, ben çıkıp biraz televizyon seyredeyim, dedi.

Sert adımlarından, yanından geçtiği her masaya öfke sıçratarak terketti lokantayı.

Nalan Hanım ve Zeynep başlarını öne eğdiler ayrı düşünceler içinde, hiç istemedikleri bir tedirginliği, ikiye ayırıp, yüklendiler birer parçasını.

Saf ve temiz bir muhabbete çamur atmıştı Volkan; genç kız, arkasından "salak" dememek için dudaklarını didikliyordu.

Daha, soğuk birşeyler içecek, pasta yiyeceklerdi, gülecekler, eğleneceklerdi, geç saatlere kadar Afrika'da, Afrika şarkıları dinleyeceklerdi.

Nalan Hanım düşünceye dalmış, elindeki bıçağı evirip çeviriyordu farkında olmadan.

Sadece kızmış olsa, mesele kolaydı, yukarı çıkar oğlanı bulup tersler geçerdi, bir o kadar da acıyordu yeğenine, "avanak çocuk" diyordu içinden.

Yeri ve zamanı değilse de, hanidir farkında olduğu kadavrayı masaya uzatmaya karar verdi, açıkça konuşmalıydı yeğeniyle.

O gece uyudu, uyandı, hep bunu düşündü.

Nairobi Ulusal Parkına gitmek üzere bindikleri küçük uçakta, Volkan'a söyleyeceği sözleri tasarladı.

Fakat hiçbirini söyleyemedi. Yol boyunca ve Mara Serena Lodge'de geçirdikleri ilk üç gün boyunca Volkan bir suçlu tavrını takınıp sürdürmüş, bir özür dileme cereyan etmeden babaanne-torun affetmişlerdi onu.

Olayın sessiz sedasız kapanmasından memnun olmuştu Metehan. Masaî Mara bölgesinde kalış saatlerini değerlendirme programını yaparken Volkan'a soruyor, onu onore etmeye çalışıyor, delikanlının en uygunsuz fikirlerine kafasını tasvib eder mahiyette sallıyordu.

Mara Serena Lodge'deki dördüncü günlerinde Doktor Adil'in gurubu ile iki ayrı cipe doluşarak safâri için Masaî Mara Ulusal Park'ına hareket ettiler erken bir saatte. Şımarık bir hava vardı o gün; güneş bir an açıyor, birkaç dakika sonra gözükmez oluyor, gri renk bulut kümelerine bırakıyordu masmavi gökyüzünü.

Fakat hiç kimsenin aldırdığı yoktu güneşin ne neş'esine, ne de küskünlüğüne.

Ortalıkta tek bir insan yoktu, bakışlarının varabildiği son noktalara kadar tüm orman, fundalıklı düzlükleri, kaplanları, bizonları, çitaları, diğer vahşi hayvanlarıyle, deve kuşlarıyle onlarındı.

Pek çok yerine, insan elinin değmediği, insan ayağının basmadığı bâkir topraklara bakmak onları heyecanlandırıyor, gördükleri herşeyi, herbir hayvanı dikkatle seyrediyorlardı. Tam karşılarına gelen bölgede, çalılıklar bir yol gibi uzanıyordu orman derinliklerine.

Çalılar arasından Zeynep önce iri gövdeli su aygırlarını gördü, ardından onların batıp çıktıkları yoğun çamurlu suyu.

— Su akıyor orada, dedi.

Bitişiğindeki koltukta oturan Metehan,

— Mara Irmağı, diye cevap verdi.

— Mara, kelime olarak ne anlama geliyordur acaba?

Cip, ırmağa paralel gidiyordu. Metehan'ın bakışları, yer yer kurumuş otlar arasından akıp giden ırmakta.

— Mara, Budacı mitolojide, şeytan demek, Mara ölümü simgeler.

— Mutlaka öyledir diye bağırdı Volkan heyecanla arka koltuktan, timsahlara bakın, timsah dolu ırmak.

Cip, ırmağın çok yakınından ve çok yavaş gittiğinden suyun kenarına yatmış av bekleyen veya yakaladığı bir hayvanı parçalamakla meşgul iki, üç metre uzunluğundaki timsahların, vücutlarını kaplayan kalın pulları dahi görebiliyorlardı.

Metehan duygulanmıştı, cip arkadaşlarına pay verdi hislerinden.

— Nehirler her yerde, dedi pırıl pırıl, tertemiz akan suları, kıyılarında uzanan yeşilliklerinden dolayı meşhurdur.

Masaî Mara Irmağı hariçtir bundan, o müstesna bir akarsudur. Mara Irmağını meşhur eden sebepler başkadır. Onun şöhreti, karınları doyunca sudan, kısa bacaklarıyle sürünerek sahile güneşlemeye çıkan timsahlardan, derileri arasına sıkışmış böcekleri yemek için su aygırlarının üzerine konan çeşitli küçük kuş sürülerinden, parçalanmış hayvanlardan arta kalmış derilerin ve kemiklerin akıntıyla gelişigüzel sürüklenmelerinden ileri gelir.

Nalan Hanım önde, şoförün yanındaki koltukta oturuyordu, dedi ki:

— Öğretmenliği bırakalı seneler oldu, şu timsahlar kaç sene yaşıyordu?

— Ortalama 200.

— Basbayağı uzun ömürlü hayvanlar.

Zeynep neş'e ile içini çekti:

— Bir doğa harikası şu Masaî Mara denilen yer. Kedileri, köpekleri sevmem, fakat hatırlıyorum erkek çocukmuşum gibi düşlerdim ilkokuldayken yırtıcı hayvanları. Düşlerim şu anda ayaklarımın ucunda döşeli.

Umduğum kadar güzel herşey.

Hafif bir yağmur başlamıştı. Çamurlu, bozuk, düzensiz, küçük su birikintileriyle dolu kaygan yolda, şoför direksiyona hakim olabilmek için sağa-sola eğilip arabayı yılmadan sürüyor, dört teker şaşkın şaşkın dönüyor, safâriciler hop oturuyor hop kalkıyorlardı koltuklarında.

Bir zebra sürüsü çevik hareketlerle çifte atıyor, çalılıkların kalın dallarına konmuş akbabalar geniş ve büyük kanatlarını açmış vücutlarındaki yağmur damlalarını silkeliyor, mağrur bir zürafa vakur hareketlerle bir ağacın tepe yapraklarını didikliyor, zarif iki impala bir ağacın dibinde zıplayıp duruyor, oynaşıyorlardı aralarında. Hepsi şendiler; geçmişlerine kaygısız, geleceklerinden habersiz. Metehan:

— Büyük kaya parçasının dibine bak Zeynep, dedi bir dişi ve bir erkek aslan, yanlarında yavruları var, dört tane, kat'iyyetle şöyle bakıp geçemeyeceğimiz bir manzara.

Nalan Hanım ve Volkan da görmüşlerdi pencerelerinden yavrularıyle şakalaşan genç aslanları.

Onları daha iyi seyredebilmek için ikisi ayağa kalkıp, cipin açık tavanından dışarı uzattılar başlarını.

Tekir kedilere benzeyen aslan yavruları zıplıyor, yerde yuvarlanıyor, ana-babalarının önünde neş'eyle koşturuyorlardı bir o tarafa bir bu tarafa.

— Üşenme kalk, yanıma gel Zeynep, dedi Nalan Hanım, bunların hâli beni pek eğlendirdi.

Genç kız hiç bir harekette bulunmadı, devam etti penceresinden bakmaya. O şimdi bir türkü dinliyordu gönlünün derinliklerinde:

"Aman avcı vurma beni
Ben bu dağın oy balam meralıyım."

Zeyneb'in yegâne bildiği ve tek sevdiği türkü, çok eskilerden kalmış.

Hiç kimse avlayamayacaktı bu hayvanları, kurşun sıkmayacak darmadağın edemeyecekti aslan ailesini.

Saadetli halleri def'alarca tekrarlanacaktı aralarında.

Dudaklarını kıpırdatmadan içinden, teşekkür etti Kenyalı'lara, hayvanları öldürmeyi yasak ettiklerinden dolayı.

Anne ve babası geldi genç kızın aklına, birisi Amerika'da Coni'nin yanında, diğeri Ayla ile beraberdi.

Kalbi gürültülü bir ağlayış tutturdu, bir daha hiçbir zaman anne-babasıyla çocukluğundaki gibi olamayacaktı.

Hüzünlendiğini farketmiş miydi Metehan? Genç kız gözünün ucuyla onun yüzünü araştırdı, genç adam aslanları seyretmeye dalmış, Zeyneb'in varlığından habersiz gibi...

Arabanın tavanından bakmaktan Volkan vazgeçmişti, aşağıya süzülüp içeri girdi yerine geçti.

— Off!.. Ay!.. ayaklarım uyuştu diyerek ardından Nalan Hanım. Volkan başını Metehan'ın omuzuna yaklaştırarak oradan genç kıza baktı:

— Zeynep bayıldın mı keyiften, hiç konuşmuyorsun? dedi şaka yollu.

Sesinin titreyeceğinden korktuğu genç kız başını salladı hiçbir mânâ ifade etmeyen bir şekilde.

Volkan bir eliyle Metehan'ın omuzuna sıktı hoş bir ikaz mahiyetinde:

— Ağabey, dedi, İmparator, imparatoriçe ve veliahtlarını gördük, az şey mi yani!

— Hayır, çok şey, diye cevap verdi Metehan. Masaî Mara,

Kenya hayvan imparatorluğunun başkenti. İmparator ailesini görmek güzel bir tevafuk.

Kentler her zaman can yakıcı, büyük kavgaların yeridir.

Görmediğimiz hayvan ölüsü kalmadı kanaatimce, her taraf savaş kalıntılarıyla dolu.

Metehan, elini ceketinin cebine attı, birkaç jiklet çıkarıp birer tane verdi herkese.

— Çok teşekkür ederim, dedi Zeynep ben jiklet çiğneyip patlatırım neş'elenince.

Nalan Hanım elini havaya kaldırdı:

— Zeynep lütfen başlama, dedi pat pata.

Otele dönüşe geçtiklerinde:

— Gergedan dışında her türlü hayvanı izledik, safarimiz başarılı geçti, dedi Metehan.

Onlarınkine çok yaklaştığı bir sırada ikinci cipin açık üst penceresinden Doktor Adil'in kardeşi Merve Şahin'in arkalarında kalmaya başlayan ormana doğru el sallayarak:

— Elveda Masaî Mara, dediğini duydular.

Nalan Hanımın bakışlarında küçük bir hasret kıvılcımlandı.

— Gerçekten elveda Masaî Mara, diye mırıldandı.

Oturacak halim kalmadı yorgunluktan ama mutlu bir yorgunluk çocuklar, geldiğime değdi doğrusu. Ne "Masaî Mara'ymış."

— Mara isminin başında "Masaî" kelimesi var, o ne oluyor acaba, dedi Zeynep Metehan'a dönerek.

— Masaî Kenya'nın en eski kabilesinin adıdır.

Onlar şu vahşi ormanların ekvatora en yakın yerinde, uygarlıktan uzak, çok eski göreneklere göre yaşarlar, asîl ve gururlu insanlardır. Metehan duraksadı, ardından sordu:

— Biliniz bakalım ne içer Masaîler?

— Su, bir de süttür, dedi Zeynep mütereddid bir tavırla, verdiği cevabı hiç mi hiç beğenmeden.

— Doğal içecekler onlar Zeynep, Masaîler kan içerler.

— Ooo..., dedi genç kız, kan içmek çok iğrenç gelmişti ona, genellikle elbiseleri kan renginde dikkatinizi çekti mi bilmem?

— Elbette, herkes farkeder onların bu tipik özelliğini. Vahşi hayvanların kendilerini yememesi için kırmızı renk elbise giyinirler.

Volkan, yüreği burkularak, kıskançlıkla dinliyordu konuşmaları, daha fazla dayanamadı:

— Amma da havalara giriyorsun ağabey! diye patladı.

Bu çocuk çok oluyordu artık! Metehan'ın yanındaki koltuğa oturmayı becerene kadar canı çıkmıştı Zeyneb'in onun mani olmaya çalışmalarından sebep!

Genç kızın göğsü körük gibi kalktı öfkesinden:

— Becer, sen de gir havalara, dedi, mani olan mı var?

— Evet var, diye bağırdı Volkan bir solukta, iki ayağını birden yere vurarak.

Yüzüne düşen saçları, Nalan Hanım asabi bir baş hareketiyle arkasına gönderdi:

— Ben de bir nebzecik akıl olsaydı dedi bu deli-bozuk çocuklarla çıkmazdım yola.

Zeyneb'in ferevanı, teyzesinin aslında onu azarlayan sözleri, Volkan'ı afallaştırmıştı, dudakları titriyordu teessüründen.

Metehan yavaşca yüzünü çevirdi, Volkan'ın gözlerine baktı sitemle.

Değişmez bir kanundu, kadın kadını, erkek erkeği anlardı. Volkan'ın sapsarı olmuş yüzü, saf çocuk duruşu Metehan'ın kalbini sızlattı:

— Benim buralara ikinci gelişim Volkan dedi, delikanlının hiç ummadığı onu yerinden sıçratan bir şefkatle. Ayrıca gideceğim yerler hakkında evvelden bilgilenirim, elime geçen kitabı okurum, haritaya bakarım, Ansiklopedileri karıştırırım. Zeyneb'in, Volkan'dan intikam alma duyguları yatışmamıştı, dalgalar halinde dövüyordu gönül sahillerini.

— Umarım bundan sonra, seyahata çıkmadan önce olsun, kitaplarla ilgilenirsin, okumaya yönelirsin dedi başını dimdik ederek.

Genç kızın hırçın sesi, donmuş kalmıştı havada.

Yağmur kesilmiş, güneş açmıştı, ama herbirinin diğerine algılattığı kötü titreşimlerden herkes içine kapanmıştı, kimse konuşmuyor, kimse gülmüyordu.

— İnanır mısın Volkan dedi, Metehan, hasıl olan elektriği nötralize etmek amacıyle, Nairobi kelimesinin manasını öğrenmek için Üniversite Kütüphanesine gittim, nihayetinde erdim muradıma.

— Neymiş? diye sordu Nalan Hanım, merak etmişti.

— Nairobi, Masai dilinde, "Serin suların yeri" demekmiş.

Cip, Serena Lodge'nin önünde durmuştu. Nalan Hanım cipin kapısını açıp dışarıya çıkacağı esnada:

— "Serin suların yeri" diye tekrarladı, çok romantikmiş anlamı. Cipten inen iki gurup Lodge'nin kapısından dağınık olarak girerlerken, Doktor Adil'in gurubundan Binnur Hanım, Nalan Hanımın yakınına yaklaştı:

— Nalan Hanım, dedi Kenyalıların kendileri aç, hayvanları tok. İki kadın ayak sohbeti yaparken Zeynep ve Metehan, bahçede yanyana konmuş iki şezlonga yerleştiler.

Oturdukları yerden çok geniş bir alan görülüyordu, manzara nefisti, saatlerce seyredilse bıkılmazdı.

— Yağmur yağdı ya hiç bir bulut kalmamış gökyüzünün şu tertemiz, katıksız maviliğine inanası gelmiyor insanın Zeynep.

— Yağmurdan sonra, tozları gitmiş ıslanmış akasya ağaçları da bir hoş yeşil.

— Burada herşey mutluluğa davet eder insanı, gençler de etkilenir yaşlılarda gördüklerinden.

— Orta yaşlılar peki?

Metehan bakışlarını altında oturdukları ağacın yapraklarında seyahat ettiriyordu,

— Onları da davet eder, dedi.

Üzüntüler küçük ölümlerdir. İnsanın hayatında güzel geçen zamanlar öyle çok bol değildir Zeynep.

Genç kız gülerek Metehan'ın sözünü kesti:

— Yaşamın günlük mutlu ayrıntılarını kaçırmamayı mı bilmeliyiz, diye sordu.

Metehan gözünü kırpmadan ona bakıyordu fakat aklı başka bir yerlerde gibiydi.

— Yanlış bir şey mi söyledim? diye Zeynep bir ikinci sual sordu kekelememeye çalışarak.

— Hayır, başka bir şey geçiyordu aklımdan.

— Düşünemedim, özür dilerim.

— Gereksiz özür dilemeniz dedi Metehan, başı ile altında oturdukları ağacı işaret etti, şu ağacın yaprakları mı, gözlerinizin rengi mi daha yeşil onu düşünüyordum, aklım buna takıldı.

Akasya ağacının yaprak yeşili iki damla olup göz bebeklerinizde sabitleşmiş.

Sizin gözleriniz de "serin suların yeri"...

— Hanidir sizi arıyorum, ne de dip bucak bir yere çekilmişsiniz.

Zeyneb'in babaannesinin buruşuk sesi.

Nefes nefese kalmış Metehan'ı ve Zeyneb'i ararken, bitmiş yorgunluktan, oflamayı, poflamayı kesemiyor bir türlü.

— Off..., off, ay... Aman çocuklar kayboluvermeyin ortalardan, haber verin bana gideceğiniz yeri.

Biliyorsunuz iki felâket taşıyorum; yaşlılık ve şişmanlık.

Babaannesi, Zeyneb'i, Metehan ile yalnız bırakmamakta, kıskançlık yaratacak başarılara imza atıyordu bu gezide. Mutlak gözüküyordu Volkan'dan ödül alması...

Ayaklarını hafif ayrık tutarak sandalyeye oturmuş, dizlerini ovuşturuyordu bastırarak.

— Azıcık gezindim mi oturmak ihtiyacı duyuyorum. Aynı yerde uzun müddet kalmak ta yoruyor. Acaip durumlarım var, fazlaca yatarsam kemiklerim sızlıyor, sırtım ağrıyor.

Adım atışlarım kendiliğinden yavaşladı, vücudum koca bir küp, nefes alıp vermemden hayır kalmadı.

— Burası açar seni şimdi, dedi Zeynep kupkuru bir sesle, canı sıkılmıştı babaannesinin gelişine. Metehan, pembe hayallerine çiçek serperken girmişti aralarına.

Ayaklarını terliklerinden çekip toprağa bastı Nalan Hanım.

— Terlikler sıktı, ayaklarım dinlensin, dedi.

Benden, herşey geçmiş. Ölüm bana ölüm artık!

— Babaanne ne biçim konuşuyorsun, ormandaki ölmüş hayvanlara fazla baktın galiba!

— Doğru. Onlardan etkilenmedim desem yalan olur, ölüm onlarıda tüketiyor birer birer.

Ah! Yaşam boyu ölüme koşuyor canlı olan herşey, doğduğumuz an başlıyor yarış.

Çok net, açık-seçik hissediyorum yeni bir solmuş, sararmış sahife açılıyor hayatımda çocuklar.

Babaannesi bir uyur-gezer gibi konuşuyordu genç kız ona acıdı:

— Ne gibi babaanne, dedi içinden onun kendisini toparlamasını temenni ederek.

— Senelerdir minareleri görürüm. Ezan okunmadığı zamanlarda da onlar bize ibadeti hatırlatır, öte alemleri işaret ederler, "kapanın yerlere alnınız secde görsün" diye yalvarırlar vakarla. Ruhum bu çağrıya yüzünü burada döndürdü.

Gün yavaş yavaş soluyor, az sonra Masaî Mara'ya akşam inecek, herşey gerçek olmayacak kadar güzel, bir hayal sanki, ama değil.

Metehan, başını eğmiş, dizleri birbirine yapışık hürmet ifade eden bir oturuşla dinliyordu Nalan Hanımı.

Yaşlı kadın susunca konuşmak için ölçülü bir şekilde aralıyor dudaklarını:

— Derin, geniş ırmaklar, dallarını gökyüzüne doğru yayan asırlık çınarlar, ucu sivri kayalıklar, tepeleri dumanlı, karla örtülü dağlar, yemyeşil çimenlikler, çeşitli renklerdeki çiçekler, papatyalarla süslü bayırlar, büyük izler bırakır gönüllerimizde. Bugün de Masaî Mara'dan etkilendik.

— Masaîlerin köyü varmış ormanda, gidecek miyiz, diye sorda Zeynep.

— Yarın öğleden sonra buradan ayrılıyor, Zanzibara geçiyoruz.

Masaîlerin köyüne gidemiyoruz tatilimiz kısa. Masaî çocukları şanslı, ninnileri, yaprak hışırtıları, kuş sesleri, kurt ulumaları, bazen belki bir Leopar'ın o tüyler ürpertici kükremesi.

— Gerçekten öyle dedi genç kız ilgiyle, deminki can sıkıntısı pılısını, pırtısını toplamış gitmişti.

— Masaîler, güneş ışınlarının kucağında büyüyorlar, geceleri örtüleri karanlık, diyerek devam ediyordu Metehan konuşmasına.

— Buralar da yaşamak hem çok güzel hem de çok zordur herhalde.

— Öyle Zeynep. Vahşi hayvanların içeri girmemesi için kulubelerin çoğu penceresiz.

Masaîler, gündüzleri Guillacume Tell gibi birer kahramanlar. Victoria Gölü kıyılarında oturanlar, her sabah güneşin doğuşunu seyrediyorlar oradan. Bunu düşünmek beni alıp götürüyor çok öte bir yerlere.

— Bu duygunuzu isimlendirebiliyor musunuz diye sordu Nalan Hanım.

— Hayır, dedi Metehan.

Bir kaç dakika sessiz kaldılar, garip bir hüznü nefeslediler hiç konuşmadan, bakışları birbirininkine bulaştı gül pembesi renge bürünmüş gökyüzünde.

— Şu anda dedi Nalan Hanım, ne Bach'ın soylu havalarını dinlemek istiyorum, ne çok sevdiğim "Son imparator" filmini görmek, ne de William Shakespeare'nin "Hamlet"ini seyrediyor olmak, yüreğim güneşin battığı yerde. Sizin ve benim hissettiklerimiz kâinatın yakarışıdır. Doğada Allah'a çağrı, ibadete davet vardır. Bütün genlerim bu çağırıyı duyuyor, ibadete daveti kabulleniyorum, bir şeyleri aştım ben. Acele etmeliyim, Rabbime ibadet etmenin zevkini tadmalı, hakiki huzuru bulmalıyım, bu âlemden âhirete kovularak gitmeden önce. Nalan Hanım son cümleyi fısıltıyla söyleyerek, dudaklarını birbirine yapıştırıp öylece kaldı. Bulundukları yerde değil gibiydi.

Ağaçların tepelerinden kuş sesleri dökülüyordu kaktüslerin yapraklarına. Çok uzaklarda koro halinde vahşi hayvan çığlıkları yankılanıyordu ahenkle...

Küçük bir su birikintisinin kıyısında irili-ufaklı bir ceylan sürüsü su içiyordu başlarını öne eğmiş.

Susuzluklarını giderince hepsi birden boyunlarını uzattılar kutup yıldızının parlamaya başladığı lacivert dönüşmüş gökyüzüne.

— Boyunlarını bükerek edeple su içtiler, ardından ceylanlar başlarını kaldırıp şükrettiler Allah'a, dedi Nalan Hanım.

Ceylanlardan utandım çocuklar, 65 senedir yaşıyorum şu dünyada bir defa su içerken şükretmedim Allah'a.

Bir ceylan olamadım demeye getiriyorum yani bir hayvan.

— Estağfirullah efendim, dedi Metehan çabucak. Nalan Hanımın kendisini hayvandan aşağı bulmasına çok şaşırmış ve çok tedirgin olmuştu bundan.

— Babaanne dedi Zeynep Metehan'ın konuşmasının peşisıra sen iyice abarttın olayı, insaf et kendine.

— "İnsafsızlık etme kendine" demelisin yavrum. Birçok senelerim ömür ağacımdan çatırdıyarak koptu, beni terketti ağlayarak bakamaz oldum takvimlere, çok korktuğum ölüm nefeslerimin tükenmesini gözetliyor sinsice, alıp götürecek beni bir gün.

Bense hâlâ anlamını çözdüğüm ve çözemediğim pişmanlıklar içindeyim.

Güneş, Masaî Mara'ya, son kez bir büyük kırmızı gül güzelliği ile parlayarak tamamen batmış, yer kara Afrika'nın zifiri karasına bulanmış hiçbir şey görünmez olmuştu simsiyah derinliklerde.

Gökyüzünde yıldızlar, Serena Lodge'de elektrikler yanmıştı. Havuzun etrafı kalabalık, safariden dönen suya atlamış.

Volkan onların arasındaydı, ayakta durmuş küçük bir havluyla saçlarını kuruluyordu.

— Acele edersem, dedi Metehan, yemekten önce girip çıkabilirim havuza.

Nalan Hanım birkaç dakika Metehan'ın uzaklaşmasını bekledi, sonra Zeyneb'e döndü:

— İyi ki tutturmuyorsun, dedi havuza girmek için.

Israr etsem de kararınızı değiştiremeyeceğimi bildiğimden babaanne İstanbul'da üstümün açılıp açılmadığını kontrol etmeye her gece geliyorsun, babam istediğim en pahalı bir şeyi tereddüd etmeden alıyor ama havuza ve denize girmek yasak.

— Mayo giyeceksin diye yavrum.

— Çok tuhafsınız, elbiseyle girilmez, çıplak olunamayacağına göre mecburum mayo giymeye.

— Mayo giyince, bacakların meydana çıkacak, göğsünün bir kısmı görünecek, vücut kıvrımların tamamen belli olacak, günah bütün bunlar.

— Babam müslüman fakat uzaktan yakından hiçbir alâkası yok İslâmiyetle. Genç kız sür'atle yutkundu, kendini tutmasaydı "Senin de babaanne" diyecekti.

Genç kızın bakışları, yaşlı kadının otururken yukarı çekilmiş açık kahverengi etekliğinin altından görünen bacaklarına kaydı, nerdeyse kilotu görünecek, genişlemiş damarları mosmor, diz kapakları fırlamış, bir bayat et yığını.

Zeynep bir elini kaldırıp isyanla şezlongun kenarına vurdu:

— Ben hiçbir şey anlamıyorum sizden, dedi.

Babaanne torununun bakışlarını farketmişti, oturduğu yerde kıpırdandı, iki eliyle birden çekiştirerek eteğinin boyunu uzatmaya çalıştı, onca gayretine ancak iki parmaklık yerini örtebildi bacaklarının. Uzun uzun baktı, tazelikten eser kalmamış, pörsük yaşlı derisine.

— Neylersin Zeynep, dedi maskaralığa çevirmişiz hayatlarımızı. Uzandı, torununun ince uzun, zarif parmaklı elini, avuçlarının arasına aldı, şefkatle okşadı:

— Allah büyük, belki ikimiz birden herşeyi anlarız pek yakında, dedi. Mevlâmız "Lâ taknetu-ümitsiz olmayınız." buyuruyormuş, Kur'an-ı Kerim'de.

Yaşlı kadının dudakları konuşurken yapış yapıştı, belini tutarak doğruldu:

— Ben bu gece yemek yemeyeceğim ama bir bardak su içeyim, dedi.

Bir bardak değil üç bardak su içti arka arkaya, gene de içindeki harareti dindiremedi bir türlü.

Zeynep yemekten döndüğünde, yatağına uzanmış kitap okurken buldu babaannesini sakin ve mütebessimdi.

— İyi görünüyorsun babaanneciğim.

— Evet, araba sarsmıştı dinlendim, açıldım. Şu sahifeyi bitireyim uyuyacağım, yakın gözlüğümü yanıma almamışım zorlanıyorum okumaya.

Babaannesinin seyrek saçları dağılmış, bir kısmı alnına ve boynunu kırışıklarına yapışmış beyaz iplik arttıkları gibi.

Göz kapakları kızarmış, elâ gözleri donuk, uyuşmaması için boğumlu ayak parmaklarını oynatıyor ileri-geri.

— O sahifeyi sana ben okuyuvereyim, babaanne dedi Zeynep.

Yaşlı kadın sevindi, kitabı torununa uzattı:

— Al oku bakalım, dedi Fethullah Gülen Hocaefendi'nin Prizma isimli eseri.

Genç kız, babaannesinin parmağıyla işaret ettiği yerden itibaren okumaya başladı:

— "Tevbe, aslında, bir nedamet, pişmanlık ve bir iç yangınıdır. Bu itibarla da önemli olan günahlarla beraber olmayı yılan ve çiyanlarla beraber olma kabul etmektir...

Bir yerde sürçüp günah işlediğiniz ve günah atmosferine kaydığınızda hiç vakit kaybetmeden kalkıp tevbe ve istiğfar ile arınmalısınız... Günaha bir saniye bile ömür bağışlamak şahsın kendi aleyhindedir. Ve bundan daha mühimi de Allah'a karşı yapılan bir saygısızlığa karşı saygılı olmak demektir.

Hiçbir günâhın bir saniye bile yaşamaya hakkı yoktur...

Her günah yeni bir günahı doğurur ve nihayet "Hayır, hayır onların kalbi pas bağladı." âyet-i kerimesinin sırrı zuhur eder.

Zeyneb'in pürüzsüz sesinden saf ve temiz bir su güzelliğinde akıyordu cümleler Nalan Hanımın kalbine, oradan da beynine. Mânâlar zerrelerine nufuz ediyor, sımsıkı yapışıp kalıyordu orada. Cefâ, zulüm giysisini çıkarıyor, vefa yaygısını seriyordu hayatına... Evet... Evet parlak bir gerçekti, ötelerin ötesine çekiliyordu. Huzur, mutluluk, rahat, kurtuluş, cennet oradaydı, tâ o çekildiği yerde. Ömründen her bir nefes, ebedî saadeti ele geçirten bir cevherdi.

Gözlerini kapamak için çırpınan gözkapaklarını kendi haline bıraktı, sessizce güldü..., güldü..., uykuya dalıverdi.

Müthiş bir korkuyla kalbi çarparak gözlerini açtığında hatırlamıyordu nasıl ve ne zaman uyuduğunu.

Torununun, müntazam nefes alış-verişleri geliyordu karşı yataktan.

Ortalık hafif ışımaya başlamış. Kapalı panjurların aralık kalmış kısımlarından kesif bir sis görünüyor dışarıda. Nalan Hanım komidinin üzerindeki paketten, bir kağıt mendil çekti aldı, alnını, yanaklarını, boynunu kuruladı tembel hareketlerle.

Eli, ayağı hâlâ titriyordu gördüğü rüyanın tesiriyle. Uykusunda kısa aralıklarla üç metre boyunda ağzı devamlı açık dişleri sivri, dili kocaman bir timsahla boğuşmuştu bir su kenarında. Timsahın çirkin dudaklarının arasından alevler çıkıyor, simsiyah dumanlar ona doğru akıyordu. Bağırmak istiyor, çenelerini açamıyor, gitmemek için çalılara tutunuyor, fakat bir kuvvet vücudunu sele kapılmış bir saman parçası gibi götürüyordu timsahın içinde cehennem görünen ağzına doğru.

Rüyasının öylesine etkisi altında kalmıştı ki o kara dumanlardan araştırdı odada.

Kolundaki saate bakarken hatırladı, cennet hülyalarıyle uyumuştu, ancak cehennem korkusu uyandırmıştı onu.

Rüyasına mânâ verdi, cennet o kadar da kolay değildi yani. Kalktı, terliklerini ayağına geçirdi, gürültü etmemeye dikkat ederek banyoya geçti.

Sağlık ve dinginlik demekti duş almak, iki üç su döküşten sonra kurtuldu uyuşukluktan, pısırık bir şekilde yatmaktansa ne iyiydi kalkıp yıkanmak.

Düz renk gri keten elbisesini sırtına geçirdi, saçlarını tek örgü yapıp arkasına bıraktı. hazırlanması tamamlanınca odadan çıktı. Tatlı bir sabah rüzgârı ekvator bitkilerinin kokusunu cömertçe savurmuştu her tarafa. İlk nefes alışında taze çiçek ve ot kokuları doldu bronşlarına.

Sırtını kapıya dayadı, tropikal kuşların sabah müziğini dinledi hazdan ürpererek...

Gönül çöllerinde çiçekler tomurcuğa durmuş, açmayı bekleşiyorlar...

Bir güne böylesine güzel başlamakta mı olurdu? Yurdundan uzak bir diyarda.

Volkan da erken kalkmış uzaktan sevinçle sesleniyordu elini sallayarak:

— Hayırlı sabahlar teyze.

Siniri geçmiş, kendi kendine moralini düzeltmiş. Tek katlı olarak inşa edilmiş karşılıklı iki sıra hâlinde uzanan otel odalarının arasındaki dar yoldan çevresine neş'eyle bakınarak geliyordu. Yolun iki kenarı da, mor, sarı, beyaz çiçeklerle süslü.

Volkan'ın uzun bacakları, metreleri beş on adımda yutup bitiriyor.

Beraber, ağır adımlarla yemek salonuna doğru yürüyorlar, doğa önlerinden, arkalarından koşuyor renkleriyle, kokularıyle, sesleriyle.

— Bu evrende var olan herşeye zihin yormayan, vücuda gelen hadiseleri düşünce süzgecinden geçirmeyen kimse gerçek anlamda insan olamaz Volkan, diyerek muhabbet konusu açtı, Nalan Hanım.

— Hayvan mı teyze?

— Bu kelimeyi dün akşamdan beri kendim için kullanır oldum biliyor musun?

Volkan'ın sıhhatli yüzünü düşünce kapladı:

— Afedersin teyze dedi, kendini bir hayvan gibi gördüğünü mü söylemek istiyorsun.

— Evet, fakat yalnız değilim.

Delikanlının üzerine bir ağırlık çöktü, işkillendi teyzesinin sözünden.

— Ben, dahil miyim diye sordu huysuzlanarak.

— Böyle bir sorunun cevabını, ancak herkesin kendisi verebilir! oğlum diyerek cevap verdi Nalan Hanım yeğeninin beklemediği tepkisine.

Andre Gide "İnsan hisseden hayvandır", Emile Durkheim, "İnsan sosyal hayvandır" der.

Müslüman olmadıklarından insanı, hayvandan ayıran yüceliği göremediler onlar.

Hakikat şimşek sür'atı ve parlaklığıyla çaktı Volkan'ın zihninde.

— Müslüman kimse, Andre Gide ve Emile Durkheim'in hayvanlarından ayrılıyor ama bir sorunuyla beraber, hayvanlıktan kurtulabilecek mi acaba? Teyze dedi vardığı neticenin sersemliğiyle.

Derin bir soluk tazeledi Nalan Hanım, yeğeninin yorumuna hayran kalmıştı, bir alkış haketmişti Volkan.

— Zehir hafiye gibi çocuksun zekâ bakımından, dedi. Kâinatın her zerresinde hayret verici acayiplikler, garniplikler bulunuyor Volkan oğlum. Allah'ın hikmeti, kudreti, celâli ve azameti bunlarla açığa çıkıyor.

Yüce Allah'ın azameti hakkında düşünebilsek, Allah'a asla isyan edemeyiz.

İnsan düşüncesinin alakadar olduğu hususlar çok çeşitli.

Edgar Allen Poe bir duygu coşkunluğuyla:

"Annebel Lee" şiirini yazmış:

Senelerce senelerce evveldi
Bir deniz ülkesinde bir kız vardı,
Bileceksiniz ismi Annebel Lee" demiş.

Kalp duruluğundan doğan derin düşüncesi, Yunus Emre'ye Allah'ı zikrettirmiş:

"İncecikten bir kar yağar
Tozar elif elif diye..."

— Teyze sen çok değişmişsin.

— Evet, değiştim, Rabbimle irtibatım kopuk yaşamaktan bıktım. Allah'ı zikretmemekten usandım. Kahrediyor beni her gün biraz daha ağırlaşan gaflet yükümü taşımak.

— Zikir, anmak demek, biz Allah'ı anıyoruz teyze.

Nalan Hanım başını iki yana esefle salladı:

— Sen, ben, hepimiz büyük yanılgıdayız. En büyük zikir namaz, kılıyor muyuz oğlum.

Namaz, her zaman zikrettiğimiz Allah'ı tazim ve hürmet yoluyla yeniden anmak.

Biz ne her zaman Allah'ı ananlar arasına giriyoruz ne de günde beş kez namaz kılıyoruz.

Teyzesinin sesindeki acı Volkan'ı durgunlaştırmış ve bir çelenk geçirmişti beynine.

Her adım atışlarında çakıl taşlarından sıçrayan sesler, kuş cıvıltılarına karışıyor, bestesiz ve güftesiz şarkılar söylüyordu ağaç yaprakları.

— Burada her şey güzel diye fısıldadı Nalan Hanım. Serena Lodge, muhteşem vahşi Afrika doğasında, tropikal ağaçlarla çevrili gerçek bir vaha. Yaşlı bedenim, yorgun argın ruhum dinlendi burada.

— Buna memnun oldum teyze, dedi Volkan, genç gönlünden gelen, genç bir coşkuyla.

— Zorlu aktivitelere katılarak, pişman olmaktan çok korkuyordum; kolay oldu sayılır herşey.

— Senin pek hoşlandığın san'at ve moda dünyasının ışıltılarından hiç yok burada değil mi teyze?

— İyi ki de yok çocuğum. Eğer olsaydı bu yaştan sonra gün geçtikçe cildime daha canlı, saf ve mat bir görünüm verecek bir krem, yıpranmış saçlarımı güçlendirecek şampuan, kirpiklerimi dolgun gösterecek maskara, timsah derili çanta, şık bir gece elbisesi aramakla geçecekti zamanımız.

— Veya dedi Volkan, son model bir çift sandalet, yılan derisinden yapılmış cüzdan, halis ipek bir buluz.

Nalan Hanım yorulmuştu, durdu, sırtını otelin duvarına dayadı, ellerini kalın beline koydu:

— İki hece esir aldı insanları, dedi.

Volkan, otelin merdivenlerinden birine otururken:

— Mo-da diyerek teyzesinin yerine telaffuz etti kelimeyi.

— Medya modayı müthiş besliyor. Sürekli modayı takip etmeye kışkırtılıyoruz.

Çirkin kadın, yok, güzel olmasını bilmeyen kadın varmış; ömürler kurban ediliyor bu söze.

Çağımızdaki, kadın kimliği sınavlarının bir bölümü, basının taçlandırdığı bir kadın gibi güzel görünmek, başarılı olmak, uç noktalarda yaşamak.

Kendimize güveni unutturdu, starların olanaklarına kavuşmak için verdiğimiz uğraş ve kıyasıya rekabet.

Kendimizi saymayı ve sevmeyi unuttuk. Asrın stres yüklü kadınlarıyız, bir şaşkın topluluk.

Volkan güldü:

— Teyze, dedi annem var ya söylediklerini duysa seni psikoloğa götürür.

— Hangi psikoloğa olsa ben giderim de, anneni bir din hocasına götürmeye kalksam hiç birine gelemez.

Doktor Âdil Asımgil, eşi Sevda Asımgil, çocukları oğulları Asil ve Enes, yeğenleri Ayşegül ve Necati Şâhin yanlarından geçiyor, kahvaltıya gidiyorlardı.

Doktor Âdil elini kaldırdı tebessüm ederek:

— Selâmlar, dedi.

Nalan Hanım Serena Lodge'de yoğun duygulu anlar yaşıyordu:

— Selâmlar ve teşekkürler Doktor Âdil, dedi sesi çok hafif titreyerek.

Genç doktor neye teşekkür edildiğini anlamamıştı ama üzerinde durmadı, sadece gülerek başını sallayıp yürümeye devam etti.

— Metehan'a, sana, Zeyneb'e de teşekkür ediyorum, diye devam etti sözlerine Nalan Hanım, gelmeme sebep olan herkese minnettarım. Gönlümün paslı zincirleri kırıldı, ince uzun bir yol açıldı önümde, bana kim olduğumu öğreten bir yol.

Allah hepinizden razı olsun.

Kahvaltıya gelenler çoğalmıştı, arka arka giriyorlardı lokantanın kapısından.

— Teyze, dedi Volkan Zeynep gelmedi, uyuyor mudur?

— Zannederim. Yatağının üstünde bir kitap vardı, geç saatlere kadar kitap okumuşa benziyordu.

Volkan kalktı, lokantanın önünde gidip açık kapıdan içeriye bakındı.

— Metehan gelmiş teyze dedi kahvaltı ediyor. Gidelim biz de kahvaltıya.

— Ben fikrimi değiştirdim, kahvaltıyı sonra ederim, şimdi odama döneceğim.

— Zeyneb'i almaya mı?

— Hayır.

— Peki, neden gideceksin odana?

— Sabah namazın kılmaya.

Güneş ufukta bir hayli yükselmişti. Arkasını dönüp odasına doğru gitmeye başlayan teyzesinin ardından Volkan seslendi:

— Güneş doğalı bir saatten fazla olmuştur teyze, dedi.

Teyze Hanım cevap vermedi, devam etti yoluna.

Yaşlı kadının, kalın, kırışık ensesi, varisli bacakları, vücudunu ağır demir bir külçeymiş gibi zorlanarak sürükleyişi, şefkat duygularını kabarttı Volkan'ın.

"Teyzem namaz kılmaya başlamakta cidden kararlı galiba diye geçti kalbinden.

Volkan namaz kılmıyor fakat namaz kılanları seviyordu.

— İnşaallah kılar, diye mırıldandı kendi kendine.

Zanzibar'da kaldıkları otelin havuz kenarında, yarım saattir yalnız olarak oturuyordu Zeynep. Duyguları ve düşünceleriyle başbaşaydı. Genç kızın damarlarında aşk ve muhabbet tüten bir feryad dolanıyordu coşkun bir çağlayan gibi.

Göğsünü derinden derine bir heyecan kaplamıştı, isimsiz bir bekleyiş vardı gönül ilinde sessiz sessiz.

Ağaçlar suskundu, çiçekler suskundu, olduğu yerde kabarıp inen uçsuz bucaksız sulardan en ufak bir ses gelmiyordu, deniz suskundu...

Gök yüzünde yıldızlar ışıl ışıldı ama suskundu...

Ay küçük bir hurma dalı gibi kıvrılmış, genç kızı gözetliyordu dikkatle, fakat suskundu...

Kuşlar derin uykulara dalmış, hiç ötmeyeceklermişcesine suskundu...

Bir panterin hafifliğiyle taşların üzerine basarak biri yaklaşıyordu.

Zeynep gülümsedi, gelen herhangi bir kimse değil, Metehan'dı. İçinde uyuyan güzel bir rüyayı uyandıran insanı tanımıştı kalbi.

Yanındaki şezlonga gelip oturuncaya dek dönüp bakmadı genç odama.

Hiç konuşmadan beraberce ıssızlığın şöleninde kaldılar bir müddet. Uykusu kaçmış bir kelebek geçti önlerinden sersemce uçarak, havuz çevresindeki ağaçlara tünemiş küçük kuşlar kanat çırptılar.

— Zanzibar diye söze başladı Metehan, kendine özgü kişiliği olan bir yer.

Tarih derslerinde okumuştuk yıllar önce esir ticareti yapılmış buralarda.

Ananasları nefis, çok lezzetli, denizi sıcacık, insanın çıkası gelmiyor sudan. Ekvator geceleri başka bir şenlikli. Buradaki tatilimizden iki gün tükettik, memnun kaldınız mı Zeynep?

— Evet, memnun kaldım. Gezi benim için her zaman çok güzel ve eğlenceli herşeyin dışında vazgeçilmezdir.

Bunu babama ve babaanneme anlatmakta zorlandımsa da onları ikna edebildim sonunda, devasa Kenya'yı ve Tanzanya'yı görmem mümkün oldu.

— Tanzanya'ya benim ilk gelişim.

— Benim de dedi genç kız, babamdan ayrılıp Amerika'ya gidişimden sonra Türkiye'ye gelişim ilk, ilk def'a çıktım böyle bir seyahata.

Ve hayatında ilk kez âşık olmuştu genç kız ama bunu söylemesi imkânsızdı. Rayından çıkmaya çabalayan zinnini toparladı:

— Bence bir talih South Afrika'yı görmek dedi.

— Coğrafyadan hatırlıyorsunuzdur, ekvator çizgisi Kenya'dan geçer, oradayken tam ortasındaydık dünyanın.

— Yaşamınızın tam ortasında, siz dünyanın tam ortasında bulundunuz şu halde; güzel bir tesadüf.

Melda'nın hediye ettiği bir şiir kitabında okumuştum; Cahit Sıtkı Tarancı, "yaş otuzbeş yolun yarısı eder" diyor.

— Siz ise dedi Metehan, hayatın başında sayılırsınız tüm gençliğiniz ve gürbüzlüğünüzle. Güzel bir gerçek.

Metehan aralarındaki yaş farkını hatırlatmıştı nazikçe ve çok ta zekice.

Genç kızın dudaklarındaki gülüş silindi, geceye karıştı, sert bir kayaya çarpmış gibi sendeledi ruhu. Bluzunun ucunu tutup didikledi:

— Bazı gençler vardır, dedi yaşlı, bazı yaşlılar vardır gençtir.

Şaka ile karışık bir ciddiyetle sordu Metehan:

— Siz birinci guruba mı dahilsiniz Zeynep?

Genç kız utanmasını ve sıkılmasını gülüşünün ardına gizleyerek:

— Evet, dedi.

Nasıl utanmasın, sıkılmasındı. Sözleri, flört sinyalleriydi.

Genç adam, ayak ayak üstüne atıp neşeyle güldü:

— Ben de yaşlı genç, dedi.

Zeynep şiddetle itiraz etti birden:

— Siz yaşlı sayılmazsınız.

Eyvah!.. Hiç dolambaçsız aralarındaki yaş farkının önemi olmadığını vurgulamıştı. Kuş ayaklarıyla, insanoğlu diliyle yakalanıyordu. Genç kızı çoklar sardı; çok mahcup oldu, çok sıkıldı, çok utandı.

Daha konuşmamalıydı, dudaklarını birbirine yapıştırdı, kapalı tuttu sıkıca.

— Siz taze bir baharsınız dedi Metehan neşesini, buruk bir tınıya terketmiş bir ses tonuyla:

Genç adam sustu. Birşeyler söylemesini bekledi Zeyneb'in.

Bir cevap gelmeyince:

— Bir şarkı da geçer buna benzer sözler diye ekledi.

Zeynep bu şarkıyı bilmiyordu sormadı; Metehan ile aralarına engel koyacak şeylere kararlıydı, yanaşmayacaktı bu gece ve de başka zaman!

Aralarında bir sessizlik olunca, korkuyla bekledi, genç adamın Zanzibar'ın hiç merak etmediği nufusundan ve ekonomisinden söz etmesini. Zanzibar'ın bağımsızlığını nasıl kazandığını anlatabilirdi Metehan, tarihi seviyordu ve okuyordu.

Can sıkıntısıyla o da ayak ayak üstüne attı, arkasına yaslandı.

Genç adamın, kendisini sevip sevmediğini öğrenme arzusuyla yanıyordu tüm vücudu, her hücresi.

Çılgın gönlü Metehan'ın ona "Seni seviyorum Zeynep" demesini istiyordu.

Genç adamın gözlerinde tutuşan sevgi, bakışlarındaki yeminler yetmez olmuştu genç kıza.

Zaman zaman, damarlarında zehir acısı bir şübhe dolanıyor, Metehan'ın onu sevdiği inancı müthiş sarsıntılar geçiriyordu.

Genç kızın sevgisi, her geçen gün, yalnızlığı içinde biraz daha büyümüş, beslenmiş, umman olmuştu gönlünde.

Coşkun dalgalar, gümbür gümbür vuruyordu onun umut gemisine. Metehan duymuyor muydu yoksa bu sesi! Çevresine bakınıyordu genç adam sakin sakin.

Tamamen yanılmış mıydı acaba? Genç adamın kalbi hiçbir bitkinin yetişmediği kum tepelerinden ibaret kupkuru bir çöl olabilir miydi?

Aklından bunların geçmesi çok acıydı, Metehan'dan sevgisini ilân etmesini beklerken. Çılgıncasına kendi hayatının Metehan'ın hayatına karışmasını isterken...

Ya bu kalbini didikleyip duran Metehan'a karşı duyduğu şefkat ne oluyordu?

Havuzun karşı tarafında, bir gurup Pakistanlı şakalaşarak, gülüşerek acele adımlarla salona doğru gidiyordu. Hiç tasasız görünen kalabalığı gıpta ile süzdü Zeynep.

— Bu gece eğlence var, dedi Metehan Pakistanlıların arkasında yürüyen başka bir turist gurubunu izleyerek. Gelirken gördüm, orkestra elemanları hazırlık yapıyordu birkaç personelin yardımıyle.

Müzik başlamıştı...

Önce bir defa ustaca bir iki vuruş yankılandı bahçede. Derken keman ve tambur sesi...

Ardından insanı aşk ve güzellik tanrıçası Afrodit'in ayaklarının dibine atan yanık bir seda...

Zaman durmuştu, hiçliğe karışmıştı mekân. Bülbül bahara erişmiş, şarkı söylüyordu aşk...

Yürek paralayan müziği dinlemek Zeyneb'in kalp ağrısını arttırmıştı, gönlü ağlıyordu aşk ülkesinde.

Solist nihayet sustuğunda, Metehan'ın duygulu, buğulu, puslu sesi geldi kulağına fısıltıyla:

— Yöresel Arapçalarıyle aşk şarkıları terennüm ettiklerini zannediyorum. Söyledikleri şarkılar, yürek sarsıcı, yas ve melankoli yüklü. Özlemleri, tutkuları, ayrılıkları, dökmüş olmalılar notalara. Aşka aşık bir millettir Araplar, onlar aşksız yapamaz.

— Siz psikolojik olarak aşka fazlasıyla kapalısınız galiba? dedi genç kız deli cesaretinden dolayı dudaklarını kemirerek.

— Hiçbir kimsenin hiçbir yaşta vazgeçemeyeceği bir duygudur Aşk Zeynep!

Genç kız ay ışıkları altında, Metehan'ın bakışlarına yavaşça çok belirgin bir hüznün oturduğunu gördü.

Bu hüzün Metehan'ın yüzüne çok hoş bir mânâ vermişti, inanılmaz bir şeydi ama onun yakışıklılığını tamamlamıştı.

Omuzuna değen bir Franjipanın güzel kokusu Zeyneb'in genzini doldurmuştu, derin bir nefes çekti bu anlara dayanabilmesi için bir medet umdu.

Kolunu yanındaki ağacın narin gövdesine dayadı fazla bir ağırlık vermeden:

— Aşk hakkında ne düşünüyorsunuz? dedi deliliği aşan bir cesaretle.

— Mantık hududunu zedeleyen aşklardan hoşlanmaz, nefret ederdim. Meğer sevgi taşkınlaşınca kanun tanımazmış, beyni ile düşünemezmiş insan.

Genç adamı daha iyi dinleyebilmek için Zeynep kolunu çekti, başını dayadı ağacın gövdesine. Ama Metehan devam etmemiş, susmuştu.

Duygularını ne derece kontrol altına alabileceğini ya da alamayacağını kestiremediğinden Zeynep ağzını açmıyordu. Şiddetle kaçınıyordu nihâi bir delilik yapmaktan. "Beni seviyor musun?" diye sormaktan... Ne azdan aza gelmeye başlayan dalga seslerini, ne yeniden başlayıp hareketlenen müziği, ne de birbirine karışan kadın ve erkek kahkahalarını duyuyorlardı, sadece kendi kalplerini dinliyorlardı.

Zaman ve mekânın ötelerine çıkıp ayın altın ışıkları üstüne uzanmış binbir gece masalı paylaşıyorlardı mor Zanzibar gecesinde...

Kor Zanzibar gecesinde...

Bir gizemi nefesliyor, bir sihri yudumluyor, aynı kadehten içiyorlardı aşk şerbetini...

— Seven bir insan gibi konuşuyorsunuz dedi genç kız uzandığı ayın altın ışıkları üstünden.

Gökteki yıldızlardan iki tane genç adamın koyulaşmış gözlerine düştü, bakışları parladı âniden:

— Evet, sevdim, dedi ferman dinlemez, frenlenemez bir delikanlı kalbi taşıyorum sakin görünüşümün altında.

Zeyneb'in her zerresi sevinçle gerildi, mutluluk bu olmalıydı, mutlaka bu olmalıydı; sevmek ve insanın sevdiği insan tarafından sevilmesi.

Kalbinden beyaz güvercinler uçuşuyordu yıldızlara ağızlarında birer beyaz gül taşıyarak.

— Kimi? diye sormadı Zeynep, sorması gereksizdi, gönülleri karşılıklı sevgilerini fısıldaşıyorlardı.

Hayata bir başka çeşit pembe bir doğuş yaşıyordu genç kız.

— Liseli bir küçük kızı sevdim ben Zeynep.

Genç kızın güneşin doğduğu yere giden ruhu bir anda isyanla geri döndü:

— Küçük değilim ben!

Metehan eğik başını kaldırmadan sordu zor duyulan bir sesle.

— Beni bir-iki ay bekler misin Zeynep?

Genç kız bir an tereddüt etmeden cevap verdi:

— Beklerim.

— Bakıyorum, bir emir ve gözdesi gibi oturuyorsunuz havuzun kenarında.

Metehan ve Zeynep oturdukları yerde sıçradılar, Volkan'ın kıskanç sesi şaşkına çevirmişti onları.

Volkan, aradığı kimseleri suç üstü yakalayan bir dedektif edasıyla belirmişti yanlarında.

Zeynep çok sinirlendi, hışımla doğrulup ayağa kalktı:

— Sözlerini geri al ve lâfını bil, hemen şimdi özür dile bizden dedi dişlerini gıcırdatarak. Genç kızın sesi öfke püskürüyordu Volkan'ın yüzüne.

Metehan onları safari esnasında gördükleri iki genç aslana benzetti, biri erkek olmanın gururu diğeri dişiliğin verdiği vekar içindeydi. Dimdik duruyorlardı karşılıklı, birbirlerine çok yakışmışlardı.

Etraflarında dört sevimli yavruları koşuşuyor halde tahayyül etti onları, içi burkuldu, kıskandı, bu hayali def'etmeye çalıştı, gözlerini yumdu.

Göz kapaklarını yavaşça araladığında Volkan ellerini beline dayamış olarak bir kabadayı tavrıyle diyordu ki:

— Haklısın, insan konuşmasını ve konuştuğu vakit ne dediğini bilmelidir, dilim sürçtü işte; "baba ile kızı" demeliydim.

— Hayret bi'şeysin, dedi Zeynep boğulurcasına haykırarak. Önlerinden geçen iki yaşlı kadın ve bir genç erkek dönüp bir acaip baktılar. Genç kız aldırmadı onlara, hiç duraksamadan, her durumda kendini kurtarmaya çalışırsın illâ, diye böğürdü.

— En sevdiğim huyum budur, ancak bu hiçbir zaman beni doğruya doğru, eğriye eğri demekten saptırmaz.

— Kızdığın zamanlar müstesna tabii.

— Hayır, sinirli anlarım da dâhildir.

— Bu senin zannın. Öfkelendiğinde kendinden geçiyor, doğruya eğri, eğriye doğru diyor, çılgın örnekler veriyorsun.

Nalan Hanım gelmiş, Metehan'ın arkasındaki boş sandalyeye oturmuştu gürültü etmeden, hiç ses çıkarmadan.

Üzülerek dinlemişti iki gencin ağız dalaşını. Birkaç kere kuru kuruya öksürerek mevcudiyetinden haberdar etti torununu ve yeğenini.

— Münakaşa edeceğinize beni kutlayın çocuklar dedi gülücüklü bir sesle, James Bond'dan çabuk buldum sizi.

Mara Irmağı kıyısında kahvaltı etmeler, ormanda yakılan ateş karşısında yemek yemeler, mızraklı, kalkanlı Masaîlerin yerel danslarını seyretmeler, Kenya günleri mâzi oldu.

Şimdi her geçen gün biraz daha Zengibarlıyız.

Zanzibar mıydı, Zengibar mıydı doğrusu Volkan?

Volkan başını öne yıktı, "bana ne" der gibi elini savurdu yana, fakat cevap vermemezlik edemedi:

— İki isimde doğru dedi, kırık dökük.

Metehan parmak uçlarıyla şezlongun iki tarafına birden hafif bir tempo tutarak vurdu:

— Bana müsaade dedi, Orhan Kural Zanzibarda, evrensel kişiliği olan bir Proftur, şimdi Zanzibarda televizyona çıkacak globalleşme hakkında konuşacakmış, bu gece onu izleyeceğim.

Zeynep öne doğru atıldı:

— Ben bu gece erken yatacağım, iyi geceler, dedi.

Genç kız oradan ayrılmakta Metehan'dan atik davrandı, birkaç dakika sonra koca yapraklı bitkilerin ardına geçti, görünmez oldu.

Otelde müzikli eğlence bitmişti. Bazıları gelip havuzun kenarlarına oturmuş, ayaklarını suya bırakmışlardı. Gençler, ellerini havuza sokmuş, suyu şıpırdatıyorlardı birbirlerini ıslatmamaya dikkat ederek.

İnsanlığın ebedileşmesinde her çağda önemli rolü olacaktı nezaket kurallarının.

— Senin lügatından "gentilmen" kelimesi silindi mi Volkan dedi teyze hanım.

— Hoş görüyü değil, zorbayı oynamak zorundayım, teyze!

— Seni tebrik ederim, rolüne mükemmel bir şekilde adapte olmuşsun müthiş bir performans sergiliyorsun.

— Şaka kaldıracak durumda değilim teyze!

— Anlaştık gitti, ben şaka etmiyorum zira.

— Zeynep, aşık olmak üzere Metehan'a.

— Bakıyorum, gittikçe yükseliyor çılgınlık grafiğin. Kimseye karışmaya hakkın olmadığını bildiğine eminim, bundan dolayı gereksiz görüyorum hatırlatmayı.

— Tabii biliyorum Zeyneb'e ve Metehan'a karışmaya hakkım olmadığını. Biliyorum da Metehan'ı her görüşünde, Zeyneb'in gözlerinde hasıl olan o şapşal bakışlar yok mu? İşte o deli ediyor beni!

— Şapşal mı? Teyze hanımın sorusu bıçak gibi kesti delikanlının sözünü. Volkan bir elini yumruk yaptı sıktı, bir ayağını yere çaldı:

— Sinirimden şapşal diyorum, aslında Zeyneb'in bakışları hayranlık dolu, sanki Metehan'dan başka erkek yok dünyada.

— Sen iyiden iyiye üşütmüşsün kafayı.

— Metehan, Zeyneb'in babası olacak yaşta teyze!

— Abartıyorsun oğlum, hem de çok abartıyorsun. Metehan, Zeyneb'ten ondört yaş büyük, aralarındaki yaş farkı biraz fazla fakat anormal denemez.

— Herifin adı, anlı, şanlı; Metehan. Nerden han oluyormuş da Mete ismine han kelimesi ilave edilmiş.

— Annesi o ismi koymak istemiş çocuğuna, ya da babası. Adamakıllı dağıttın sen. Bu çılgın tempoyu devam ettiremezsin, bir çok şeyi terketmen lazım.

İntikamcı bir karga gibi acımasız oluyorsun kıskançlıktan!

— Kim? Ben mi?

— Evet, sen Volkan. Sertlik ile varamazsın bir yere.

— Sertlik kim ben kim teyze, çok merhametli, insanlarla dost olmaya çalışan şövalye ruhlu biriyimdir.

— Anlatma yüreğim burkuldu.

Güceniklik sarktı Volkan'ın dudaklarından:

— Alay etmediğini söyleyemezsin teyze, dedi.

— Doğrusu şu; öfkeme hâkim olarak konuşuyorum yaptıklarına, senin sözlerinin görünümünle hiç alâkası yok.

— Ben kibarlık budalası değilim, gizemli olmaya da çalışmıyorum, içimden geleni söylüyorum.

— Off!.. Off!.. dedi teyze hanım hiçbir öğüdünü kabullendiremeyeceği tasasıyle.

Volkan boş sandalyelerden birini çekti, oturdu. Kollarını göğsünde çaprazladı:

— Doğru olmanın kötü bir tarafı yok, dedi.

— İyi tarafı da yok. Her doğru söylenmez oğlum, nice doğrular vardır, kalplerimiz mezar olur onlara. Sonra insan duygu tahlilinde yanılabilir. Kıskançlık kötü bir huydur, basit davranışlara sebep olur. Kalplere açılan yollar iyiliklerden geçer.

— Benim kimseye bir fenalığım dokunmamıştır teyze dedi Volkan.

— Benim de senin hakkındaki kanaatım bu merkezde. Zeyneb'i çok kıskanıyorsun. İnsan kıskandığında mantığı uçar gider yüksek dağların ardına; kül olur.

Sağlıksız kıskançlık ile öfke, etkileriyle ve sonuçlarıyla yıkıcı duygulardır, ikisi de senin kafanda taht kurmuş.

Zaman zaman çok fevri oluyorsun, o külhanbeyi tavırların, çok puan kaybettiriyor sana.

İçinde devam eden fırtınayı dindirir umuduyla, Volkan, yüzünü gökyüzüne çevirdi, geceden dökülen karanlıklara salıncak etti gözlerini ümitsiz bir ümitle.

— Sen sabahtan kararlısın galiba beni azarlamaya teyze, dedi.

— Sevgide şansı denemiyorsun a oğlum ne diyeyim sana diye patladı Nalan Hanım.

Volkan bir anda rengi atan yüzünü teyzesine çevirdi:

— Teyze, sen benim Zeyneb'i sevdiğimi biliyorsun, dedi sesi titreyerek, boynunu teessüfle bükerek.

— Bilmeyen var mı oğlum, Metehan da farkında, seni idare ediyor, sense mütemadiyen karalamaya çalışıyorsun onu. Çok yanlış bir tutum negatif enerji saçıyorsun çevrendeki insanlara.

Teyzesinin ve Metehan'ın, Zeyneb'i sevdiğini bilmesine çok şaşırmıştı Volkan. Düşünceleri seyahatın başladığından beri geçen günlere aktı, kendini enayi yerine konmuş gibi hissetmekteyse de memnun kaldı habere.

Başında galibiyet tacıyle dolaşmasına rağmen, Metehan, arenada rakipsiz olmadığının bilincinde bulunuyordu.

Zorluklar şevki arttırmıyor muydu?

Zaferi mücadele tattırmıyor muydu?

Volkan ölesiye sürdürecekti savaşını.

— Kararlıyım, dedi kalın dudaklarını şişirerek Metehan'a bırakmayacağım Zeyneb'i.

Yaptığı ikazların hiçbirinin Volkan'a tesir etmemesine kızdıysa da teyze hanım becerdi kendine hakim olmayı. Sevimli olmasına özen gösterdiği bir gülüş eşliğinde araladı dudaklarını:

— İstediğimiz herşeye sahip olamayız hayatta, dedi Nalan Hanım. Lisede okurken, eczacı olmayı düşlerdim ama öğretmen oldum. Kalabalık aileyi severdim, bir rahim rahatsızlığı geçirince bir çocukla kaldım.

Davud ile Sofia'nın beraber gezmelerini istemiyorken onlar evlendiler, çocukları olunca ayrılmalarına şiddetle karşı çıktım, boşanmaları tek celsede gerçekleşti.

Sinirli bir kahkaha parçalandı Volkan'ın dudaklarında:

— Ne demek oluyor bütün bunlar teyze? diye sordu.

— Kesin konuşma demek oluyor!

— Metehan'a mı bırakayım Zeyneb'i?

— Ben öyle birşey söylemedim, sevgin seni hiçbir şeyi görmez etmiş, dumura uğratmış anlayışını.

Nalan Hanım Metehan'ı beğeniyordu, hiç bir falsosunu yakalamamıştı gezileri müddetince. Seçkin tiplerdendi, Zeynep ile evlenmeye kalkarsa kim ne diyebildi? Ailesi de kendisi gibi iyiyse kızının Türkiye'de kalmasını isteyen babası zorluk çıkarmazdı evlenmelerine.

İpsiz, sapsız biri kalıyordu Volkan onun yanında. Üzüntüyle:

— Güvenilir bir imajın yok senin oğlum dedi, artı kendini Zeyneb'e sevdirmeyi oynamıyorsun.

Teyzesinin sözleri iri dolu taneleri gibi düşmüştü Volkan'ın yangın meydanına dönen yüreğine, onu yaralarken serinletiyordu.

Başını iyice öne eğdi, acınası bir fısıltıyla dedi ki:

— Kalbimde bir ses, Zeynep ile benim evleneceğimi söylüyor, teyze!

Nalan Hanımın içi burkuldu, hayır, yeğeninin hayallerini yağmalamayacaktı, kader programı diye bir şey vardı bu alemde, ona bırakacaktı herşeyi.

— Bilinçli olmalı, güzel huylarla donanmalısın, ciddileşmelisin, dedi.

Volkan elini alnının üstünden geçirdi:

— Hayatta yegâne önem verdiğim şey, Zeyneb'in beni sevmesi. Neler diyorsun sen?

— Öyle ama can sıkıcı bir kişilik sergiliyorsun yavrum.

— Sizlerin zamanınızdan farklı bir nesil yetişti teyze, gırgırı seven ve şakacı.

— "Gırgırı seven ve küstah" tabiri daha bir yakışıyor zamanın gençlerine!

Volkan, gömleğinin iki düğmesini açtı, yakasından tuttu, göğsünü havalandırdı:

— Deneyimli bir öğretmenle konuşmak insanı basbayağı terletiyor, dedi gülerek.

Teyzesiyle yaptığı samimi konuşma, Volkan'ın aylardır çeşitli yönlerden esen rüzgârlarla çalkalanan kalbini sakin bir koya çekmişti. Fırtınadan harap olmuş duyguları dinleniyordu soluk soluğa:

— Hayat beni öfkelendiriyor teyze dedi, diken dikti kaderim önüme.

— Yaşam hakkında fazla konuşulmaz, zamanla nerelerden hangi rüzgârlar eser kimse bilmez Allah'tan başka.

Sen kendini düzeltmeye bak. Önce okul meseleni halletmelisin, bir avare gibi dolaşıyorsun sokaklarda, hiç kimse hoşlanmaz bundan.

Tahsilin üzerine konsantre olmalısın madem ki okumayı düşünüyorsun.

Nalan Hanım, telâfisi mümkün olmayacak şekilde kırmaktan çekindiğinden yeğeninin yüz ifadesini inceliyordu konuşmasına paralel olarak.

Şefkatle üsteledi:

— Haydi bu hususta bana bir evet, de.

Volkan parmaklarını birbirine geçirip kenetledi. İki senelik bir aradan sonra yeniden kitaplara dönmek, saatlerce ders çalışmak, imtihanlara girip çıkmalar hiç sevimli gelmiyordu. Havuzun kenarındaki çiçeklerin arasına sakladı soğuk bakışlarını.

— Dört beş sene zorlanacaksın ama ömrünün sonuna kadar bir avukat veya mühendis ya da mesela bir mimar olarak yaşayacaksın. Karar vermen seni kendine saygılı kılacak, maneviyatın yükselecek. Çok parlak bedeller.

Zeynep'ten bahsediyorken, bu sıcak konuyu bırakıp 180 derece bir dönüşle buz kalıpları arasına sıkıştırılmak asabileştirmişti Volkan'ı, fakat aklı teklifin doğruluğunu kabulleniyordu, boşvermek bir çözüm getirmiyor, bir sonuca ulaşılmıyordu gevşek davranmakla. Nefsinin serseri inadından, gene de Hayır, der gibi bozuk bir sesle:

— Evet, diye mırıldandı.

Tecrübeleri, gençleri fazla sıkıştırmamanın gerektiğini çoktan öğretmişti teyze hanıma! Anlamıştı yeğeninin kafasında Evet ile Hayır güreşinin devam ettiğini, anlamamazlıktan geldi:

— Evet, demek o kadar zor değilmiş yavrum gördün işte, dedi. İnsan fırsatları kaçırmamalı, değerlendirmeli, pişmanlığı çağırmamalı.

Amansız pişmanlıklar kalıcıdır, ölünceye dek bir cehennem ateşi gibi yanmaya devam eder kalplerde.

Kudurmuşluktan beterdir kötü alışkanlıklar, silkeleyip atmalı onları bir an önce.

Evet, demek te kurtarmamıştı Volkan'ı teyzesinin nasihatlerini dinlemekten, cebinden bir mendil çıkardı, sıcak havanın ve sıkıntının alnında hâsıl ettiği terleri sildi.

Aklı Zeynep'te, kalbi onun hakkında konuşmaya can atıyorken üniversite mezunu olmanın özel ve sosyal hayatta sağlayacağı avantajları dinlemek çatlatıyordu onu nihayet patladı:

— Zeynep hakikaten yatmaya mı gitmiştir teyze? diye sordu bir solukta.

Nalan Hanım sözünün kesilmesine içerlemişti, boynunu eğdi, bakışlarını kucağında eyledi azıcık. Güç topladı alındığını belli etmemek için.

— Herhalde, dedi kalemle şekil verilmiş o ince kahverengi kaşları çatık olarak.

Volkan'ın kalbini kemiren kuşkusu artmıştı, telaşla ayağa fırladı:

— Ben şöyle bir gezip etrafı kolaçan edeyim, dedi.

— Oğlum, dedi teyze hanım, sen sabır kelimesinin mânâsını unutmuşa benziyorsun, hatırlasan iyi olur kanımca.

— Zeyneb'in odasına çekilmekten, Metehan'ın televizyon seyretmekten vazgeçip bir yerlerde konuşmalarından şüpheleniyorum.

— Kafana taktığın bir şeyin senaryosunu yazmasan olmaz. Nalan Hanım bakışlarını bahçenin en ucra köşelerine kadar uzattı, sandalyeler ve şezlonglar bomboştu, terkedilmiş olmanın hüznü çökmüştü üzerlerine.

— Tek bir kimse kalmamış bahçede bir garson dahi göremiyorum etrafta, odasına çekilmiş herkes, dedi. Ben odama çıkıyorum, namaz kılar, yatarım.

Bir mum alevi ışıldadı Volkan'ın gözlerinde:

— Sen namaz kılmaya basbayağı devam ediyorsun teyze, dedi.

— Elhamdülillah. Namaz anları, hayatın muhteşem zaman bölümleri. Şunu anladım oğlum: "Hak kolaydır.

Kalpte Allah sevgisi galebe çaldığında, silkilip atılıyor, hevâ-i nefs.

Yıldızlar, tebessüm etti, mehtap güldü, gece kutladı bu sözleri.

Zeynep tuhaf bir önsezi ile uyandı. Bakışlarını hayretle odada gezdirdi, hafif bir boşluk zifiri karanlığı esir almış, aydınlanmaya başlamıştı tavan ve duvarlar...

Genç kız dönüp babaannesine baktı, yüzünü pencere tarafına döndürmüş, gözlerini hiç açmayacakmış gibi dalgın uyuyordu hafif horultular çıkararak.

Genç kız dikkatle yatağından doğruldu, ayaklarını sarkıtarak terliklerini aradı bir müddet sessizce.

Perdenin ipini ağır ağır çekerek yana dayadı.

Gürültü çıkarmamak için daha da ihtiyatlı hareket etti, pencerenin kolunu bastırırken.

Kimbilir kaç kölenin çığlıklarını yutmuş, umutlarını idam etmiş, boyunlarına sabırdan zincirler geçirmiş Zanzibar topraklarında saba rüzgârı esiyordu, şimdi artık bağrında yatan kölelerin, ruhlarını kutsarcasına...

Ananas ve Mango kokularını yüklenmiş sıcak rüzgâr şefkatli bir el gibi okşuyordu dokunduğu herşeyi...

Kenya, Afrika'nın vahşi çiçeği...

Zanzibar Afrika'nın ekvator prensesi...

Turkuvaz renkli dalgalar, incecik, altın sarısı kumlara şarkılar söylerken, Zanzibar'ın eteklerine bembeyaz köpüklerden danteller dolanıyor katmer katmer.

Prenses teb'asına tebessüm edecek, gülücükler dağıtacak "Merhaba" diyecek.

Olağanüstü bir sabah başlayacak az sonra Zanzibar'da.

Genç kız mutlulukla gerindi; "merhaba" dedi, Zanzibar'a hayata ve aşka...

Bütün bir gece sakin sakin, sessizce Zanzibar'ı seyreden ince uzun, beyaz renkli zarif minareden insanların gafletinden sıkılmış gibi yakarış dolu bir ses geliyordu.

— Allahu Ekber... Allahu Ekber...

Ah bu ses! Bu ses!

Yüreğini lime lime ediyor, büyülü iklimlere götürüyordu Zeyneb'i. Cennet bahçelerinden çiçekler toplatıyor, cennet ırmaklarından sular içirtiyor, elmaslar, yakutlar döşüyordu geçeceği yollara.

Ruhu cennet köşklerinin üstünden uçuyor, melekler selam veriyordu ona.

— Allahu ekber... Allahu ekber...

Herşey herkes susmuş, yalnız bu kelimelerle inliyordu evren. İsimlendiremediği, asla tarif edemeyeceği bir heyecan halis ipekten bir örtü gibi kuşatmıştı genç kızı.

Kalbi çılgıncasına atıyor, tüm vücudunda ona taze nefesler sunan ürpertiler dolanıyordu.

Zeynep pencereden ayrıldı, çevresini araştırdı; alaca karanlıkta babaannesinin beyaz eşarbını gördü, küçük bir ışık yığını gibi duruyordu yerde yayılı seccade üzerinde.

Genç kız eteğini, bluzunu giyindi, eşarbı aldı başına doladı, ayaklarının ucuna basarak kapıyı açıp dışarı çıktı, bir hırsız maharetiyle.

Merdivenleri inerken zil sesi duydu; babaannesinin kurduğu saat çalıyordu. Namaz kılmaya kalkacak...

Serena Lodge'de babaannesi erken kalkıp, şaşırtmıştı Zeyneb'i, şaşırma sırası babaannesindeydi.

Genç kız bir cezbeye kapılmıştı, o cezbeyle adımlarını atıyor, o cezbeyle sürükleniyordu camiye doğru.

Çok mütevazi ve çok şirindi otelin hemen yanındaki küçük cami. Zeynep, yarım metre kadar yüksekliğinde oymalı tahta bir bölmeyle çevrili, kadınlara tahsis edilmiş kısma geçti, duvar kenarında boş bulduğu bir yere oturdu o cezbe içinde. Kadınlardan birkaçı pahalı kumaştan libaslar giyinmişti, fakat çoğunun ki eski, soluk ve yamalıydı.

Genç kız acaip bir duygu seline kapılmıştı, herşey ona sevimli geliyordu, yerdeki yıpranmış kilimler, tavandan sarkan kırık avize, camları çatlamış pencereler, kapının önünde üst üste yığılmış, eski ve boyasız ayakkabılar, herşey ama herşey...

Aziz Augustine: "Seni sevdiğim zaman neyi seviyorum Tanrım? Bedenlerin fiziksel güzelliğini değil, mevsimlerin çekiciliğini değil, ışığın gözlere hoş gelen parlaklığını değil, çeşitli şarkıların büyüleyici melodilerini değil, çiçeklerin keskin ve nefis kokularını seviyor değilim.

Fakat Rabbim yine de bir çeşit ışığı, bir çeşit sesi, bir çeşit kokuyu, bir çeşit yiyeceği, bir çeşit kucaklamayı seviyorum." demiyor muydu?

Zeynep aziz Augustine acıdı, o duygulu adam, manastırların kalın, kurşun rengi kasvetli duvarları arasında tüketmişti ömrünü.

Hz. İsa'nın haça gerilmesi motifinin yer aldığı teslisli, vaftizli, tuhaf ayinlerle dolu, rahip ve papazların insan ile Allah arasında vasıta olduğu Hıristiyanlığa tam inanmış mıydı? Aklı yatmış mıydı?

Hiç zannetmiyordu Zeynep! Zihninden bunları geçirirken genç kızın bakışları sabah namazının sünnetini kılan cemaatte dolaşıyordu hayranlıkla; bir gönül neşesi içindeydi ayakta el bağlamış olan da, eğilinde, secde "halinde bulunan da!

Genç kızın dizini dürdüklüyordu biri. Zeynep kim olduğunu anlamak için yüzünü döndüğünde, esmer yüz derisi kırışıklıktan kat kat olmuş çok yaşlı bir kadının cin bakışlarıyla karşılaştı.

Genç kızın namaz kılmaması dikkatini çekmiş, onun müslüman olup olmadığını anlamaya çalışıyordu.

Zeynep omuzlarına kaymış olan eşarbını aldı, yeniden başına koyup sıkıca bağladı, ardından tebessüm etti sevimli sevimli!

Yaşlı kadın ayağa kalktı, yana doğru kayarak yer açtı genç kıza, sıkışıklıktan zannetmişti namaz kılmamasını. El, ediyor, hoş bir yüz ifadesiyle Zeyneb'i çağırıyordu hâsıl olan boş yere.

Birden o cılız kolların kendisini sarmasını arzuladı genç kız, bu topluluktan biri olmayı istedi çılgın bir istekle, orada yapışıp kalmayı.

— Thank you, diyerek yerinden fırladı, yaşlı kadının yanında kıyama durdu.

Kadınlar ellerini göğüslerinin üzerine koyuyorlardı, o da onlarla birlikte aynı hareketi yaptı sevinçten ürpererek. Cemaatla beraber imamın okuduklarını dinlerken yüreğinde binlerce dehliz açıldı güneşe, aya, yıldızlara karşı... Dünyadaki tüm çan sesleri susmuş, kiliseler harabe olmuş, havralar yıkılmış, Budistlerin mabetlerinin kapısına zincirler vurulmuş...

Beş kıt'a üzerinde sadece camiler dimdik...

Sadece müslümanlar ibadet ediyor, yalnız Zeynep Allah'ın huzurunda...

Ruhu Nur dağının tepesine konmuş...

Belki de ben hep müslümandım, "her ne kadar İslâm'ı hiç yaşamamışsam da" diye geçiyordu genç kızın kalbinden.

"Belâ" ile yaşayacaktı bundan böyle, "belâ" ile can verecek, "belâ" ile kalkacaktı kabrinden.

Belâ ile cuşta olmalıydı bülbüller gül dallarında, bal arıları elma çiçeklerinde, şırıl şırıl akan dereler Klimanjora'nın eteklerinde...

Hz. İbrahim'in teslimiyetini duydu yüreği.

Ruhunu geri getirdi anka kuşu, selâm verip namazını bitirdiğinde. Cemaat camiden çıkıyordu, genç kız aralarına katıldı, bir melek hafifliğiyle aktı kalabalıkta.

Beton yolu bırakıp çimenlerde yürüdü, ebediyyete süzülür gibi. Damlara konmuş, mavi ve sarı renkli kuşlar, Zeynep geçerken başlarını eğiyor, ekvator bitkilerinin tepe dallarında parlayan şebnemler sessiz şiirler düzüyordu genç kıza.

Seviyor ve seviliyordu, mutluydu. Din olarak İslâm'da sebat kılmıştı huzurluydu.

Saadet üstüne saadet içindeydi.

Ufukta, kırmızı, turuncu ve koyu sarı buğu kütleleri dalgalanıyor, güneşin doğmasını bekleşiyordu çekip gitmek için. Melda, sevgili Melda güneşin doğuşunu ve batışını seyretmeyi çok severdi.

Zeyneb'in gönlünde bir hasret ateşi alevlendi, arkadaşının orada olmasını istedi içi kavrularak.

Melda, bayram tatilinde anne-babasıyla Bolu'ya amcasını ziyarete gitmeye mecbur kaldığından iştirak edememişti geziye. Mahzunluğu kuşandı, büyük müjdesini veremiyor, "Ben müslüman oldum Melda" diyemiyordu ne yazık!

— Merhaba Zeynep.

Genç kız eğik başını kaldırdı. Melda'yı görmek istiyorken önüne onun kardeşi çıkıp selam vermişti kaderin garip cilvelerinden biri olaraktan.

— Merhaba Volkan, dedi yarım ağızla, canı sıkılmıştı bu karşılaşmaya.

— Benim bildiğim Volkan, bu saatte yatakta olur, seni hangi kasırgalar attı sokağa.

— Gece açık bırakmıştım pencereyi, sabaha doğru terlemişim. Klimayı açtım, pencereyi kapatırken seni gördüm otelin kapısında, eşikte durmuş etrafına bakınıyordun ve yalnızdın. Gece yaptığımız tartışmadan dolayı canım sıkkındı, seninle konuşmayı tasarlıyordum. Barışmamızı planlamıştım kısaca.

— Bir özür dileme mi bu?

— Evet! dedi Volkan başını tamamen öne yıkarak.

— Bu hakiki özür dilemeye benziyor, umarım bundan böyle iki de bir hatırından çıkmaz diye cevap verdi genç kız Volkan'a gözucuyla bakarak.

— Bundan emin olabilirsin.

Kırmızı çiçekli, Krısımas isimli ağaçların bir Japon yelpazesi zerafetiyle yere yatay, koyu yeşil yapraklı dalları altından geçiyorlarken Volkan küçük bir tahta bankı gösterdi, mahcup tavrını sürdürerek:

— Şurada biraz dinlenelim mi ne dersin? dedi.

Volkan ile henüz yeni barışmışlardı, genç kız, dudaklarına dayanan "Hayır"ı geri tepti mecburen, sinirlenmesine kızdı, kendini haksız buldu ve:

— Olur, dedi.

Oturdukları yer deniz manzarası alıyordu, sis kaplamış Zanzibar sahilleri görünüyordu tâ nerelere kadar.

Denizin derin kısımlarında birkaç gemi arka arkaya sıralanmış, tayfalar eti kılçıksız, beyaz ve çok lezzetli olan kılıç balığı tutmaya çalışıyorlar, zıpkınlarını denize atmışlar kıpırtı bekleşiyorlardı güvertede.

— Bir itirafta bulunmak istiyorum Zeynep.

Genç kız kılıç balığı yerine kendisi zıpkın yemiş gibi sendeledi:

— Seni dinliyorum dedi her bir harfini buz soğukluğuyla telaffuz ederek.

Parmaklarını gerdi, Volkan'ın "Seni seviyorum Zeynep" demesinden korkarak hem de çok korkarak. Öyle bir şey söylediği anda indirecekti şamarı Volkan'ın yanağına.

Duyduğu öfkeyi dindirmemişti, Volkan'ın özrünü kabul etmesi. Metehan ile aralarına girerek en mutlu anlarını kızılderisi baltasıyle parçalamış, darmadığın etmişti; nasıl unuturdu bunu?

Zeynep, Volkan'ın kendisini sevdiğini biliyordu. Onun hislerini anlamayacak derecede saf biri değildi, Amerika'da günleri arkadaşlarının flörtlerini dinlemekle geçerdi.

Volkan'ın sevgisini, Handan teyzesinin imalarından önce farketmiş, şiddetle çekinmişti ona en ufak bir umut vermekten.

Genç kız seçimini çoktan yapmıştı ve bunun bilinmesini istiyordu, herkes tarafından.

Hiç tahammül edemeyecekti fıttırık dinlemeye, biraz daha hazırlandı Volkan'ın yanağına tokat aşketmeye, biraz daha gerdi parmaklarını. Ama:

— Cemaatla beraber eğilip doğrulurken cennet kızı gibiydin Zeynep dediğini duydu Volkan'ın.

Genç kızın parmakları gevşedi. Fakat yaşamının çok özel bir bölümünün ortalığa dökülmesine bozuldu:

— Valla aa!.. Volkan dedi, beni mi gözetledin aşkolsun sana? Kılıcı elinden alınıp, kalın iplerle kıskıvrak bağlanmış bir savaşçı şaşkınlığıyle Volkan'ın yüreği kalktı. Genç kızı kızdırmaktan da çekiniyordu kalbini kırmaktan da, şakakları zonkladı:

— Hayır, asla diye itiraz etti çabucak, tamamen bir tesadüftü, arkandan koşarak sana yetişmiştik ki sen caminin içine adımını attın.

Volkan bir müddet kapıda beklemiş, Zeynep dışarı çıkmayınca, bahçede bulunan çeşmeden abdest alıp, o da girmişti camiye. Kadınların tarafına bakınca Zeyneb'i görmüştü cemaatla namaz kılmaya durmuş olarak.

Engin bir sevinç fışkırmıştı canevinden, hissetmişti; genç kızın bu kıyamının İslâm'a dirilişi olduğunu.

Anlamıştı onun iman ile şereflendiğini. Zeynep o an, müslüman cemaatından biriydi, bir mü'mindi.

— Senin namaz kıldığını görünce, ben de durdum namaza.

— Namaz kılmasını biliyor musun sen? diye sordu Zeynep.

— Evet, Fâtiha sûresini, rukûda "Subhanallahil azîm", secde de "Subhane Rabbiyel a'la" deneceğini bilirim.

— Birşeyler biliyorsun sen?

Kıvrıla kıvrıla bir hüzün çöreklendi Volkan'ın göz bebeklerine:

— Yaşantım dedi İslâm'dan hiçbir şey bilmediğim zannını mı vermişti sana?

Arkadaşının sesindeki acılığı farketmediğinden Zeynep:

— Evet, dedi açık yüreklilikle.

Volkan'a ağır geldi bu söz, beynine bir yumruk yemiş gibi afalladı.

— Haklısın, gayet tabiî haklısın diye mırıldandı kırık ve üzgün.

Zeynep gözlerini hayretle kırpıştırdı, bir mânâ verememişti Volkan'ın süklüm püklüm konuşmasına. Sordu:

— Ne oluyorsun Volkan?

— Bir şey olmuyorum, daha doğrusu olamıyorum, bütün mesele de burada!

Kendini açık kınayışından Zeynep anladı, Volkan bir iç hesaplaşması yapıyordu.

Genç kız ona dokunmadı, sessiz kaldı, kendi şen bakışlarını uzaklara dikti.

Nihayet ulaşmıştı kutlu bir sonuca, iki dinliliği terkederek, İslâm'ı seçmiş, tek ve en güzelde karar etmişti.

Güneş doğmuştu; bütün bir gece amansız bir düşman gibi üstüne abanan karanlıklardan kurtulmuş olmanın neşesiyle gülümsüyordu ufukta.

Gün boyu Zanzibar'la cilveleşerek hiç bıkmadan, sonra da gökyüzünü ateşe vererek bir sihir içinde kayboluverecek...

Erken saatte güneş ışınları yakıcı ve parlak, ışıl ışıl herşey. Ananas yüklü kamyonetler hızla geçiyor yoldan, arkalarına toz bulutları katarak.

Bir minibüs durmuş Serena'nın önünde, içi turist dolu. Çantasını, valizini eline alan arabadan iniyor, otele varmaya çalışıyor bir an önce.

Yaşlı bir kadın orta büyüklükteki bavulunu yere bırakmış, Zeyneb'e bakıyor dikkatle.

Bu yuvarlak çehre, kısa kesilmiş kumral kıvırcık saçlar Zeyneb'e yabancı gelmedi, tanıyordu onu bir yerlerden. Hafızasının kuyularına indi fakat onlara doğru yaklaşan kadını önceden nerede gördüğünü bulup çıkaramadı.

— Mağdalena, evet sizsiniz!

Yeşilköy Hava Alanında gördüğü kadının, Ebru Kırımlı'nın sesi.

— Dünya hiç öyle büyük değilmiş diyordu gülerek.

Genç kızdan bir cevap beklemeden konuşuyor:

— Mıknatıs gibi çektiniz bakışlarımı siz de star büyüsü var Mağdalena. Resimlerinizi burada çekelim, burada röportaj yapalım sizinle.

Rönesans dergisinin kapağında çıkacak ilk resminizle mankenlik teklifleri alırsınız.

Genç kız nazik bir red cevabı tasarlarken, Volkan'ın sinirden titreyen sesi darmadığın etti sakin havayı:

— Bakınız hanımefendi her kimseniz beni dinleyiniz, Mağdalena'nın ismi değişti Zeynep oldu, resim çektirmeyecek, röportaj yapmayacak, manken olmayacak, asla! asla!.. Volkan'ın kıpkırmızı yüzü, sesindeki bıçak keskinliği ve buyurganlık, yaşlı kadını ürkütmüştü; kavgadan çok korkardı, derhal arkasını döndü, çarpık bacakları birbirine dolanarak oradan uzaklaştı.

Zeynep bakmış kalmıştı olanlara:

— İyi misin Volkan? dedi kızgınlıkla ve hayretle.

Öfke taşıyordu genç kızın soluklarından.

Volkan sindi; kendini köşeye sıkıştırılmış bir kurt gibi hissediyordu. Fena halde korktuğuna uğramıştı, kızdırmıştı Zeyneb'i gene.

— Ben seni namaz kılarken Cennet kızına benzetmiştim Zeynep, diye mırıldandı özür dileyip hemen ardından kabahat işleyen bir çocuk mahcubiyetiyle, bu kadının teklifi çok ters geldi bana.

— O ani feveranının sebebini şimdi anladım, iyi hoş da biraz nazik hareket etsen ölür müsün?

Öfkelendiğinde anında başlıyorsun füze atışına.

— Bu özelliğim kalıtsal sanırım, ailede birçok kişi parlak bir alev oluverir kızınca.

— Kalıtsal veya değil vazgeçmen lazım gelen bir huy!

— Benim ani hareketlerime çocukluğumuzda da sinirlenirdin. Baharda barışık kalırdık uzun zaman.

Teneffüste okulun bahçesinden gelincik toplar getirirdim sana bebek yapardın onlardan.

Volkan küçük bir tereddüt geçirerek sustu, fakat sukûtu çok kısa sürdü:

— Hiç unutmadım Zeynep dedi o kırmızı elbiseli çiçek bebekleri. Zanzibar'dan ayrılacakları günün sabahında, Volkan ile olmak talihsizliği devam ederken bir de çocukluk hatıralarından konuşmak genç kızı hırçınlaştırdı, o gönül bağında Metehan'ın sözlerini dinliyordu gizliden gizliye.

Konuşmanın akışı değişmişti, korkuya kapıldı.

— Zerre miktarı hatırlamıyorum ben okul günlerimizi, dedi aksi bir suratla, okul anılarımın çoğu mezarda; yıpranmış, yazıları silinmiş, karıncaların dolaştığı bir taş dikili tepesinde. Genç kız kucağına düşen birkaç krısımas çiçeğini silkeledi, doğruldu.

Nairobi Dubai üzerinden gideceklerdi İstanbul'a. Saat 11.00'de ayrılmaları gerekiyordu Otel Serena'dan.

Zanzibar'da sıcaklık 35 derece idi. Fakat aylardan Aralıktı, İstanbul'da çok soğuk bir hava karşılayabilirdi onları. Valizleri uçağa verecekler, İstanbul'a gidince alabileceklerdi ancak. Kalın hırkasını valizden çıkarıp yanına alacaktı.

— Valizimi toplamaya gidiyorum ben, dedi.

Genç kızın sözlerine içerlediğinden ve kızdığından, kırgınlığını alt eden amansız bir öfke çullanmıştı Volkan'ın üstüne. Kolunu uzatıp bir krısımas dalı yakaladı, Zeyneb'i şaşkına çeviren bir şiddetle salladı. Bir an çiçek yağmuru altında kaldılar yan yana.

— Çok fazla farklı titreşimler içinde sayılmayız dedi Volkan duygularını sızdırmamaya muvaffak olduğu bir ses tonuyla.

Zaman zaman sen de solgun bir alev olursun.

Balkanlardan inen soğuk dalgası kar getirmişti İstanbul'a. Mevsimin sonunda mevsimin ilk karı yağmıştı. Gözler ağaçların tomurcuklanmasını gözetirken kupkuru çıplak dallar karla dolmuş, şaşkına dönmüştü herkes.

Kar Mart ayının ortasında başlamış ve beş gündür devam ediyordu hiç kimsenin hayretine aldırmadan.

Okullar tatil olmuştu. Karla beraber keskin soğuğu avuçlayan çocuklar, bağrışarak kardan adam yapma telaşına düşmüşlerdi kapı önlerinde. Kimbilir hangi çıkmaz sokak köşelerinde sırra kadem basıyordu çığlıkları.

Geceler çok muhteşem oluyordu; yoğun karanlıklar beyaz duvaklara bürünüyor, yer yer yanan elektrik ampullerinden püsküren ışıklar altında bir gelin gibi süzülüyordu imparatorluk kenti. Karın bir türlü ortadan kalkmayışına kargalar çok sinirlenmişti, uyanınca daha başlıyorlardı söylenmeye ağaçların kuytu dallarında.

Zeynep ile Melda, oturma odasında çay içiyorlardı, kar çiçeklerine bürünmüş ağaçları seyrederek.

Saat 1.00'de Risale-i Nur dersi çalışmaya oturmuş, iki saat hiç aralıksız çalışmışlardı. Nurgül Hanımın dersine gittiklerinde eve gelip öğrendiklerini tekrar ederlerdi aralarında.

Zeynep, çayına 2 kesme şeker attı:

— Sana göre evlilik nedir Melda? dedi, arkadaşının bu husustaki fikrini öğrenmek amacıyla.

Melda şekerin erimesi için küçük kaşığı çay bardağının dibinde çınlatıyordu.

— Bence evlilik diye cevap verdi, iki kişi arasında beraber oldukları müddetçe devam eden bir ortaklıktır.

— Bir memleketin yüz ölçümünü söyler gibisin.

Melda neşelendi:

— Beğenmedinse kendin tarif et canım.

— Duruma göre, karı-kocalığı, ana-babalığı, dostluğu ve arkadaşlığı, hepsini yaşamak bence.

Karı-kocalıkta sevmek, sevmemek, tatmin veya tatminsizlik özlemler, hesaplaşmalar birbirine karışır.

Ancak ana-babalık çok farklıdır, ana-babalık, mesuliyetsizliği, sorumluluklarda umursamazlığı hiç kaldırmaz, tam bir fedâkârlık gerektirir.

Kafasını sallayarak Melda arkadaşının sözlerini tasvib ederken:

— Evet aynı fikirdeyim, dedi.

— Karı-kocaların çoğu dedi Zeynep kişisel arzu ve menfaatlerine uygun gelmedi mi yuvalarını yıkıyorlar hiçbir engel tanımıyorlar, çocukları dahi bir mani teşkil etmiyor onlara. Halbuki psikologlar anne-baba sevgisi ve şefkatinin çocuklar açısından maddi ilgi kadar zorunlu bir ihtiyaç olduğunu belirtiyorlar ısrarla.

Anne-baba ayrılıkları giderilmesi mümkün olmayan hasarlar yapar çocukların ruhlarında.

— Çocukluğun kendine özgü psikolojik özellikleri vardır. Anne-baba onun küçük dünyasında en önemli unsur sayılır, çocuk bütünlüğünü onlarla tamamlar. Anne-baba ayrılırsa çocuğun hayat evreleri sancılı geçer. Şu boşanmalarda anne-babaları da büyük sıkıntılar bekler Zeynep.

— Onları da sıkıntıların beklemesi umurumda değil, ama çocukların ki umurumda.

Eskiden boşanmalar, erkeklerin kaba kuvvet gösterisine kalkmalarından ya da iki tarafın cahilliğinden kaynaklanıyormuş. Erkek ve kadın arasındaki yakın ilişkilerden dolayı, çağımızda bir sebep daha hortladı; evlilik dışı aşklar.

Hiçbir evli kadın ve erkek için geçerliliği mümkün olmayan yasak aşklar büyük boyutlara ulaştı. Çocukları varsa eğer bunun faturası onlara kesiliyor.

— Doğru, evli erkeğin bir başka kadını, evli kadının bir başka erkeği sevdiğini sıkça okuyoruz dergilerde. Umumiyetle üçlü ilişkiler sürmüyor boşanmayla noktalanıyor, bir sürü çocuk ortada kalıyor.

— Evli kadın, ya da evli erkek hevasının telkinleri ile görevinin zaruretleri, acele bir lezzet ile yarının kendisini bekleyen hesabı arasında karşılaştırma yapmıyor. Bu gibilerin çocukları varsa bırakıveriyorlar onu sokağa.

— Bir garip konuşuyorsun Zeynep. Herkes gibi yasak aşkları hoş görüyor olmam imkansız fakat kalbi sevgi ve cinsi arzu, insanın ihtiyarının dahilinde olmayan bir şeydir.

Evli bir erkek, bir başka kadını, evli kadın, bir başka erkeği sevince kendi eşlerinden boşanmakta buluyorlar çareyi.

— Hayır ayrılmamalılar!

— İslâm yaşanmadığından, dediğin gibi çokca vuku buluyor bu durumlar. Ne yapsın bu belaya düşenler söyler misin?

— Patlasınlar!

Melda ard arda sıraladı küçük gülüşlerini.

— Konuşmanın akışından senin böyle cevap vereceğini nerdeyse biliyordum Zeynep!

Sen ki soylu duyguları olan birisindir, anne-babalara bu konu da çok sert ve acımasızsın.

Zeynep bir iki yudum çay aldığı bardağını gürültüyle koydu tabağına, bağırmayı çağrıştıran bir sesle dedi ki:

— Benim babam, annemden, bir başka kadını sevdiği için ayrılmıştı unuttun mu?

Ağzına aldığı çay yudumunu Melda çabucak yuttu, patavatsızlığına kızdığından, dili yandı, öksürdü:

— Özür dilerim Zeynep dedi, seni incittiğime üzüldüm.

— Faketmez Melda, anne-babam daha önce incitmişti çünkü.

Sabah erken saatte çisil çisil bir yağmur yağmış, incilerle süslenmişti çimenler. Küçük su birikintileri misafir olmuştu toprağa. Pek severdi Nalan Hanım, ot kokusunu, çiçek kokusunu, yağmur kokusunu.

Bulutlar çekilmiş, saf bir mavilik iştah açıcı bir böğürtlen gibi gerilmişti gökyüzüne. İnsanın bakışlarını, Mars'a, Satürn'e, Pluton'a uzatmak geliyordu içinden.

Omuzlarına attığı hırkasını elleriyle tutarak Nalan Hanım bahçede geziniyordu.

Volkan'ın eve doğru geldiğini görünce bahçe kapısına yöneldi.

— Hayırdır inşaallah Volkan biz daha kahvaltımızı etmedik niye geldin?

— Önce hoş geldin? de teyze.

— Hoş geldin.

— Hoş bulduk. Dün Melda'yı almaya geldiğimde dizlerinin sızısından yakınmıştın, onu merak ettim.

— Allah! Allah! Benim dizlerim yıllardır ağırır oğlum hepiniz biliyorsunuz, bu özel ilgi nereden çıktı? Çok garip, inanmadım ama öyle görüneyim.

Burası ikinci adresin oldu, nasılsın bakayım?

Volkan müstehzi bir şekilde tebessüm etti, derin bir soluk aldı:

— Hayat gâilesi koşturup duruyoruz, dedi.

Volkan'ın tavrı ve sözü gayri ihtiyarî güldürdü teyze hanımı.

— Ne de zorlanıyorsun, ekmek elden, su gölden.

Volkan, bahçıvan hakkında kullanmıştı bu deyimi Zeynep Abant'a geldiğinde, bir zehir acılığı aktı kalbinden ağzına. Fazla bir farkı yoktu o adamdan.

— Hantal bir yaşam, dedi kendini kınayarak.

Şakacı tebessümü Nalan Hanımın yüzünde bir an mütereddid kaldı, yeğeninin ciddi olduğunu anlayınca toparlandı:

— Seni anlıyamıyorum, dedi.

Volkan sırtını ıslak bahçe kapısına dayadı, başını öne eğip cevap verdi:

— Anlamadığını biliyorum!

Teyze hanım teessüfle baktı, Volkan'ın yıkılmış insan duruşuna.

— Fakat, gençlik zamanını kötüye kullandığını, onu sorumsuzca harcayıp savurduğunu söyleyebilirim.

— Kendimi her açıdan çok gevşemiş hissediyorum teyze.

— Gençsin, akıllısın, sıhhatlisin, başarılı olmamana hiç bir sebep yok, kafanı kullan, hayatını talan etmekten kendini alıkoy oğlum.

Hayat her yerde daha zordur, gayret göstereceksin; tahsil hayatına devam etsen de bir işe atılsan da. Kendine bir yol çizmelisin, kalbinde yüksek bir ideal taşımalı, güzel bir maksada bağlanmalısın. Teyzesinin sözleri bir ısırgan otu gibi dağlıyordu Volkan'ın yüreğini:

— Bir şeyler yanlış gidiyor hayatımda teyze!

Yalnız Volkan'ın mı hayatında birşeyler yanlış gidiyordu? Yalnız o mu bir şeyleri yanlış yapıyordu.

Hayır! Bütün dünya insanı yanlışlıklar içindeydi... Herşey aptalca ve şaşkıncaydı...

Gençlerin gayesiz, ipsiz sapsız dolaşmalarına oldum olası katlanamazdı Nalan Hanım.

— Uçarı hayat ne kazandıracak sana oğlum?

Teyzesinin suali konuşmanın gidişatına uygundu fakat gene de şok etkisi yaptı Volkan'da, aşağılanmış hissetti kendini. Duygularını örtbas etmek için gürültülü bir şekilde uyduruktan güldü.

— Hava ve avucunu yalamak! diye cevap verdi.

Teyze hanım gülüşten tedirgin olarak sordu:

— Espiri mi yaptığını sanıyorsun?

Volkan'ın kızmasını engelleyen bir şefkat vardı teyzesinin sesinde ve onu silkeleyen birşeyler.

— Zerzeklik benim ki teyze, dedi yere düşen bakışlarını kaldırmadan.

— Tekrar ediyorum, kararlı bir tavır içine girmelisin. Hiç bir koşul altında cesaretin kırılmamalı, onu kaybetmemelisin.

Teyzesinin öğütleri iyi güzel de, bir hayat soluğu verememişti Volkan'ın tükenmekte olan direncine. Genç kız müthiş uzaklıklar koymuştu aralarına, bir bahane bulup teyzesine geldiğinde onu görmesi tesadüfe kalmıştı. Zeynep yanına bilhassa gelmiyor, kaçıyordu ondan, tek bir yonga bırakmıyordu Volkan'a.

Teyzesinden ayrılıp, arabasıyla babasının dükkânına giderken Volkan çok dalgındı. Ölümünü bekler gibi bekliyordu, Metehan ile Zeyneb'in nişanlanacakları haberini. Dükkânda müşteri yoktu, kardeşi yalnızdı, vitrin düzenliyordu. Panur:

— Destur oğlum dedi Volkan'a, suratın hayalet görmüş gibi.

Volkan cam tezgah üzerindeki takıları karıştırdı, birkaç tane olarak kardeşine uzattı:

— Bana birşey söyleme, dinleyecek halde değilim.

Kardeşinin uzattığı bilezikleri Panur itinayla aldı:

— Dokunmayın yağlı boya var!

Kardeşi, ricasını anlamamış mıydı yoksa sözlerine önem mi vermiyordu Volkan karar veremedi:

— Lütfen Panur gül bahçesinden gelmiyorum, moralim bozuk, iyi hissetmiyorum kendimi.

— Son zamanlarda senin iyi tarafını yakalamakta zorlanır olduk, dedi Panur.

— Haklısın.

— Sen de haklısın hadise var Zeynep ile aranda.

— Nasıl?

— Numarayı bırak oğlum, bana sökmez. Zeynep'ten bal gibi hoşlanıyorsun, fakat önemli olan onun senden hoşlanması.

— Biliyor musun aptalca konuşuyorsun?

— Ben mi?

— Evet canım!

— Niçinmiş?

— Az önceki sözlerinin hiçbir değeri yok da ondan. Ben gidiyorum işim var.

— Kaçmak suçu itiraf etmek derler çocuğum!

Kardeşini kandıramayacağını biliyordu Volkan, umutsuz bir taarruza geçti:

— Sen delirmişsin!

— Tepkilerin yapıcı değil, beğenmedim; konuşmaların buz banyosu etkisi yapıyor insanın üzerinde.

Zeyneb'e muamelen bu minvalden seyrediyorsa çok kötü, berbat! Hep imkansız aşkı yaşarsın. Zeynep sana daima uzak kalır. Zeynep'ten bahsetmek ferahlık estirmişti Volkan'ın sıkıntısına, kardeşinin alaylarına muhatap olmayı can-u gönülden göze aldı birden.

— Ben kendim ettim, kendim buldum oğlum, aptallığımdan düştüm bu hallere.

— Vavv!..

— Metehan'ın Kenya gezisine iştirak etmemeliydim.

— Vay anasını, Metehan da mı var işin içinde?

— Evet, Kenya'da yakınlaşma oldu aralarında Zeynep onu sevdi.

— Deme! Nerden biliyorsun?

— Kalbim emin.

Panur işini bitirmişti, bir bez alıp cam tezgâhı pırıl pırıl etti. Kenya'ya gideceği zaman kardeşini Atatürk Hava Limanı'na götürdüğünde tanışmıştı Metehan ile. Kadınların çok hoşlanacağı bir tipti, son derece kibardı, adeta kişisel bir manyetizma taşıyordu.

— Gerçekten dertli yaratıksın birader!

— Bendeki eşşek talihi. Zeyneb'e kendimi sevdirmek, serseri görünmemek için herşeyi yaptım, emeklerim boşa gitti.

— Buna inanmam kızın üstüne balıklama atlamışsındır, seni bilirim aslanın cesaretini taşırsın yüreğinde, gönül işlerinde tilkilik geçerlidir.

Volkan kolundaki saate baktı ikiyi geçiriyordu öğle namazı vakti çoktan girmişti.

— Sen sevgi hakkında ne bilirsin ki? dedi.

— Dikkatli ol ön yargılı olmaya başladın, son kız arkadaşımla altı aydır beraber çıkıyorum.

— Sevgi, flörtten çok ayrı bir şey.

— Farkını anlatta öğrenelim aslanım.

— O duygular yaşanıldığında anlaşılır, dinlemekle değil, sevgi onarılamayacak bir yara kalpte, karşılığını görmeyince.

Panur, kapının önüne çıktı, elindeki toz bezini dışarıya doğru silkeledi, katladı, dükkâna girip, çekmecelerden birine yerleştirdi. Kardeş sevgisi taşma noktasındaydı.

— Seni bu psikolojik durumundan kurtarmak, sana yardım etmek istiyorum ama dedi üzüntüyle, anlıyorum ki pek yapabileceğim birşey yok.

İki kadın ve bir genç kız durmuş, ışıltılı haris gözlerle vitrini seyrediyorlardı.

— Vitrini güzel bezedin, dedi Volkan, babamdan bir aferin alırsın.

— Babam herşeyi beğenmez biliyorsun, beğense dahi beğenmez görünür şımartmamak için.

— Eksi alacak davranışları bulunsa da babam sevdirdi sana bu mesleği. Kuzu kuzu gidip geliyorsun işe, zorlanmıyorsun kanımca.

— Zor bir meslek değil kuyumculuk, ama kolay sayılmaz. Sen tahsilini tamamla.

İniltili bir nefes koptu Volkan'ın hançeresinden, hayatındaki herşey arapsaçına dönmüştü. Şaşkınlığı yaşıyordu o.

— Metehan ile Zeynep bir arkadaşlık sürdürmüyorlar en azından öyle biliyoruz biz. Metehan Zeyneb'e talib olsaydı duyardık teyzemden, bir gariplik var bu işte dedi Panur, siz Kenya'dan döneli üç ay oldu oğlum.

— Umut etmeye devam etmem mi gerek?

— Galiba Volkan.

Volkan'ın bakışları babasının masasındaki küçük saate kaydı, üç olmuştu.

— Volkan dedi Panur, randevun mu var, niye sürekli saate bakıyorsun?

— Saatten haberin yok zannederim.

— Ne bileyim valla oğlum dedi Panur, saatle pek işim olmaz benim, akşama kadar pinekliyorum dükkanda gördüğün gibi. Sen niye sàtaşıyorsun saate?

— Öğle namazını kılmadım.

— Gözümle görüyorum yine inanamıyorum, ciddi ciddi namaz kılmaya devam ediyorsun.

— İslâm ile bütünleşmek bu dünyada her insan için çok önemli Panur. Son üç aydır İslâm ile ilgili yığınla kitap okudum. Müslümanlığı yaşamakla beraber düzenli bir hayat başlıyor; İslâm'ın beş esası hayata taşınıyor öncelikle.

Öfkene hâkim olacaksın, kalp kırmaktan çok çekineceksin, sövmek yasak. Birinin gıybetini etmek ve dinlemek haram, kibir, kendini beğenme kötü sıfatlardan. İnsan münasebetleri hak ve görev dengesi üzerine kurulu.

Müslümanın, toplumundaki herkese karşı davranışları, Yüce Allah'ın koyduğu sosyal ahlâk kaidelerine göre.

— Oğlum, allâme-i cihan olmuşsun sen!

— Yanılıyorsun, yıllarca tahsil görmedikçe, İslâm, insanı âlim etmez. Fethullah Gülen Hocaefendi bir ömrü verdi ilme.

İslâm'ın şekil verdiği İslâm şahsiyeti muhteşem. Her gece yatağına yattığında "Ben bugün Allah için ne yaptım?" diyerek yirmidört saatinin sevap-günah muhasebesini yapacaksın. Müthiş, harika bir motivasyon...

Panur hoşnutsuzlukla burnunu oynattı:

— Sen sıkça gider oldun Nurcuların toplantılarına dedi, onlara ısındın, bunlar onların lafları. Neticeyi kelâm Nurcu oldun.

Panur kardeşine çıkıştı:

— Nurculuk denilince ne anlıyorsun sen oğlum?

Kur'an-ı Kerim, gaybî gerçeklerle beraber insanın bireysel ve toplumsal gerçeklerini de içine almıştır, hiç bir insan onu bilmeden sonsuz ve ilâhi mutluluğa eremez.

Bütün bunları Kur'an-ı Kerim sözden oluşan bir nur ve nurdan meydana gelen bir söz şeklinde insanları hayrette bırakacak ve akıllara durgunluk verecek bir ifade tarzı ile anlatmış.

Kur'an-ı, insanoğullarına, yollarını gösterecek bir rehber olarak gönderen Allahu Teâlâ, O'nu bir nur olarak ifade etmiş. Nur ise çevresine ışık saçar ve doğru yolu gösterir. Kur'an-ı Kerim'in gösterdiği şekilde hayatlarına yön veren müslümanlar, "dirilik" ve "nûranilik"le vasıflandırılıyorlar.

— Yavaş ol çocuğum dedi Panur, beni ölü ve karanlıklar içinde kalıp ondan çıkmayan bir insan yaptın, kimliksiz biri.

Volkan'ın gülesi geldi kardeşinin mükemmel cevabına:

— Naklettiklerimden bu mânâyı çıkarabilmek, basiret, zekâ ve meseleyi tam kavrayışı gerektirir Panur dedi.

— Çılgınca yaşıyor olabilirim ama aptal değilim, ağabeyciğim.

— Bir âyet-i kerimede *"Bir nice evlerde ki, Allah-u Azim müşşan, o evlerin yükseltilmesine ve içlerinde mübarek isminin zikredilmesine izin vermiştir. O evlerde kendisi için sabahleyin ve akşam üstleri tesbihte bulunurlar.*

Birçok adamlar ki, onları ne bir ticaret ne de bir alım-satım Allah Teâlâ'nın zikrinden ve namazı hakkıyla kılmaktan ve zekâtı vermekten alıkoymaz. Onlar kalplerin ve gözlerin muztarip olacağı bir günden korkarlar." buyruluyor. Panur, bir başka temiz bez almış, onunla dükkânın içindeki küçük rafları silecekti, durdu, bezi omuzuna attı:

— Anlaşılan sen bu gün beni şaşırtmaya kararlısın, dedi, bütün bunları nasıl öğrendin?

Volkan'ın birikmiş hissiyatı bir cümle ile boşaldı dudaklarından.

— Nurcu guruplara katılıyorum, biliyorsun, onları ve anlattıklarını seviyorum.

— İştirak etmenin ötesinde, müdavimi olmuşsun, geç geldiğin geceler hep Nurcularla berabersin demek. Sen her dilediğin yere gidiyorsun bana gelince yasak, vay be! Ne güzel... Babamın sana gıkı çıkmıyor.

— İslâm kültürü alıyorum oğlum, ne diyebilir ki?

— İslâm kültürü ile kastettiğin nedir?

— Mihverini İslâm'ın teşkil ettiği kültür. Nurcuların, mahalle ve beldelerde bir tebliğ ve irşad ocağı olarak açtıkları dershaneler gerçekten etkili: Nur sûresinin meâlen okuduğum 36 ve 37'inci âyetlerinde sanki, İslâm'ın teâlisine hizmeti teessüs ettirenler ve onların mekân olarak seçtikleri yerler anlatılmaktadır.

— Kendini İslâm'a hizmete adamış olanlara imreniyorsun gibi konuşuyorsun buna inanmam.

— Anlattıklarıma çok uzak duruyorsun Panur, biraz yakına gel, azıcık yanaş, fıtratının sesini dinle gömdüğün yerden, inanman kolaylaşacak.

— Ne olacak inanırsam?

— Çıkıntılarını törpüleyerek konuşacaksın o zaman. İnsanın, gafleti gramajından kaybettikçe, Allah ile arasındaki yabancılık kalkıyor, Allah'ı zikredenler ve zikredilen mekânlar seviliyor. Hz. Musa, hakk dini tebliğ ve halkı irşad için Mısır'da evler açmış.

Peygamber Efendimizin döneminde, "Dârü'l - Erkam - Erkam'ın evi - İslâm dininin yayılma beşiği olmuştur. Çağımızda da "dershaneler" var. Nûr sûresindeki âyet-i kerimeler, her devre kapsayan muhtevasıyla sanki bu evler silsilesini işâret ediyor olarak görülüyor. Kutlu bir kervan yürüyor yer küresinde, yaşlılar, gençler, erkekler, kadınlar koşuşuyor ipek yoluna.

Bizi, cehâlete, nefsi arzulara, zorbalığa, fesâda çağıran batıl hayata arkamızı çeviremez miyiz? Panur.

— Ben neymişim be abi, herkes peşime takılıyor, Melda'dan sonra şimdi sen. Kardeşinin mermerleşmiş manevi hissiyatını kımıldatmak deveye hendek atlatmaktı.

— Yaşamın, başka birine ait bir hayatın parçalarıymış gibine gelmiyor mu? diye sordu Volkan, direkt konuşmayı tercih ederek.

— Hayır, ben sokağı seviyorum, serseri yaşam mutlu ediyor beni. Ne söylese, işitmemeye kararlı kulaklarla dinliyordu Panur.

— Yarın, çok geç olacak, dedi Volkan, kendi kendine konuşurcasına hafif bir sesle. Panur, omuzundan bezi hızla çekti, küpe kutularını silmeye girişti.

— Âhirette pişmanlık duyacağım öyle mi? dedi dil işgüzarlığıyla. Volkan'ın yanıtı kesin oldu.

— Evet.

— Alla'nı seversen bırak yakamı, su katma pişmiş aşlarıma, haydi güle güle, Kırgıstan'daki, Tanzanya'daki dershanelere. Güle güle sana oğlum namazı kaçıracaksın.

— Söyleyene değil, söyletene bak derler Panur, bir fırsat çıksa hangisine olsa gitme arzusu belirdi içimde. Ama iki dileğinden ancak namazı gerçekleştirebileceğim.

Kardeşi dükkândan çıkınca Panur, masaya koştu, telefonu önüne çekti, ahizeyi eline aldı, tuşlara bastı çabucak.

Karşıdan ahize kaldırılıp ses verilince çapkınca gülümsedi:

— Ben, Panur, nasılsın hayatım, bitanem.

İkindi vaktiydi; parça parça beyaz bulutlar gökyüzünde anbe an çeşitli zarif şekillere bürünerek, süzülüp gidiyorlardı uzaklara.

Güneş damların tepelerinden çekilmiş, batmaya yönelmişti, geçtiği yerlerde salt bir hüznü bırakarak.

Bir ay olmuştu Metehan'ın istediği müddet geçeli. Genç adamdan bir teşebbüs gelmeyince Zeynep meraklanmış ve telaşlanmıştı. Telefon ile konuşma başlatmamışlardı aralarında.

Gururu, telefon açıp bir haber almaya mani olduğundan, fabrikaya gelip bizzat bir konuşma zemini hazırlamayı plânlamıştı genç kız. Kenya'dan döndüklerinden beri fabrikaya gitmemişti, babasına da uğrayacak hatırını sorup gönlünü edecekti.

Ancak, Metehan iki gün önce iş sebebiyle Almanya'ya gitmişti, haftaya gelecekti. Babası öğlende fabrikadan ayrılmıştı, kimseye bir şey demeden.

— Bana kalırsa diyordu sekreter kız babanız iki saate kalmaz, gelir. Ben bankaya gidiyorum oturup bekleyin, sevinir sizi görünce.

Zeynep teklifi makul buldu, kaldı. Gazete okuyarak, dergileri karıştırarak, bazen pencereden bakınarak vakit dolduruyordu. Kapının koluna basıldığını duyunca, başını dergiden kaldırdı.

Kapı açılmış, küçük bir kız çocuğu giriyordu içeriye. Çocuk müteredditti, ne yapacağını kestiremiyor, kapının tokmağını bırakmıyor, devam ediyordu tutmaya.

Çok zayıf ve minik yüzlü biriydi; Zeynep acıdı, onun sıkılganlığını gidermek amacıyla özene bezene bir tebessüm gönderdi.

— Sen buraya kiminle geldin küçük hanım?

— Annemle.

— Senin ismin ne?

— Açelya.

— İsmin de kendin gibi güzel, kim koydu bu adı.

— Babam koydu.

— Hımm..., baban zevk sahibi demek.

— Babasına iltifat edilmesinden memnun olmuştu Açelya, elini kapının tokmağından çekti.

— Öyle, dedi bakışlarını ayakkabısının ucuna dikerek fevkalade bir gülüşle.

Gülmek çok yakışmıştı Açelya'ya.

— Sevimlisin de, dedi Zeynep bakışlarıyla küçük kızı okşayarak.

— Teşekkür ederim, abla.

Zeynep koltuktan kalktı, Açelya'nın gitmesini bekler bir tavırla ellerini masanın üzerinde yumru edip, durdu.

Açelya, yapılan hareketin sebebini anlayamadığından gitmek için bir hareket yapmadı, yalnız kapının aralığından dışarıya bakındı meraklı gözlerle.

Zeynep, belli etmemeye çalıştığı bir sabırsızlık sezinledi çocukta; yardım etmek düşüncesiyle sordu:

— Siz burada kime geldiniz Açelya?

— Babama.

— Babanın ismi ne?

— Metehan.

Zemin birden genç kızın ayaklarının altından çekildi, tropikal bir kasırgaya tutulmuş gibi oldu, nefes alamadı... Korkunç rüzgâr, ciğerlerini göğsünden sökmüş çıkarmış, dipsiz bir karanlığa fırlatmıştı. Müthiş, dayanılmaz bir sancı hissediyordu kalbinde. Genç kız sendeledi, bir an hiçbir şey görmedi, her taraf zift karasıydı...

Sonra farkına vardı, rûhî sadmenin şiddetinden gözlerini yummuş iki eliyle birden önündeki masaya tutunmuştu.

Sevdiği erkek evli bir adamdı demek ve bir çocuğu vardı... Genç kız ayaktaydı fakat o ölmek istiyordu... Ölmek... Hemen şimdi ölmek! Göz kapaklarını araladı, kapının yanındaki duvara yerleştirilmiş aynada perişan hayalini gördü.

Yüzü sararmış, bakışları matlaşmış, boyun damarları mosmor olmuştu, kahrolmuştu. Ama, küçük kızın sözünü ettiği kimse belki de başka Metehan'dı. Bir yığın umut kucaklayarak kaf dağına çıktı:

— Babanın soyadı Berk mi?

— Evet abla Berk, Metehan Berk.

Asla gerçekleşmeyecek bir hayale tutunmaktı onunki. Sorduğuna nâdim oldu, alnını ovuşturdu bastıra bastıra, deli sersemliğinden kurtulmak için.

Açelya güzel ablayı sevmişti; az önce gülen gözlerin donuk, ölü bakışlarına bir anlam veremiyordu.

— Abla neyiniz var? dedi.

Masum bir sual... Zeynep masum bir cevap bulamadı. Fakat yüreğini iğneli fıçıya daldırdı Açelya'nın kadife çağrışımlı ses tonu, çocuk bakışları. Kapının yakınında ürkek bir serçe yavrusu gibi duruşu...

Şefkati, kılı kırk yaran bir yargıç kesiliverdi vicdan mahkemesinde. Orta boylu, koyu kızıl renk saçları omuzlarına dökülmüş bir kadın, kapıdan başını uzatmış küçük kıza sesleniyordu.

— Ayça, ne arıyorsun burada kızım?

Gözü Zeyneb'e ilişince:

— Özür dilerim sizi farketmemiştim, umarım kızım sizi rahatsız etmemiştir, dedi.

Bu kadın da Metehan'ın karısıydı herhalde.

Göğsünü kaplayan heyecan yoğunlaşmış, yuvarlanarak gelip boğazını tıkadığından, genç kız cevap veremedi.

Bir korku filmi seyrediyor gibi gözleri dehşetle açılmıştı iri iri, çığlık çığlığaydı bakışları.

Metehan'ın karısı ile çocuğu yanyanaydı ve tam karşısındaydı. Ana-kız elele tutuşmuşlardı.

Evet de, Metehan'ın karısı Zeynep olacaktı... Genç adama o çocuk doğuracaktı... Bir kızları, bir oğulları olsun istemişti Zeynep.

Metehan oğlunun, Zeynep de kızının elinden tutacak, yürüyüşe çıkacaklardı caddelerde, parklarda gezineceklerdi.

Zeynep kızının saçlarını bukle bukle omuzlarından aşağı bırakacak, cicili bicili giydirip Metehan'ın çalıştığı yere getirecekti ona süpriz olarak.

Nerden çıkmıştı bu kadın; Zeyneb'in hayallerini mezara gömüyor, hayatını parçalıyor, kurşun sıkıyordu ard arda canevine. Hayır! Hayır! Olamaz, olmamalı bu derecesi çok fazla diye bağırıyordu yüreği.

Beklentileri, hakikatın ayakları altında sürünüyordu acınası bir sefillikle.

İnsanoğlu acaip, kuvvetli bir varlıktı, bir anda katledilen umutlara karşı isyanla açılmak isteyen ağzını kenetleyebiliyor, zemine çivilemeye muvaffak olabiliyordu kaçmak isteyen ayaklarını. Yere yıkılmadan ayakta durabiliyordu, hiçbir şey olmamışcasına sakin konuşabiliyordu.

— Sohbet ediyorduk, Açelya insanı sıkmayan bir çocuk, dedi Zeynep.

Genç kızın ayakta durmaya gücü kalmamıştı, bir paçavra yığınıymış gibi vücudunu sekretere ait koltuğa bıraktı.

Açelya annesini dışarıya doğru çekiştirdi:

— Babamın yanına gidelim anne, dedi.

— Baban burada değilmiş yavrum, nereye gideceksin? Bir yanlışlık ihtimaline karşı gidip odasına baktım, bomboş.

Genç kadının aklına, genç kıza Metehan'ı sormak geldi:

— Siz burada mı çalışıyorsunuz? dedi.

— Hayır.

Küçük kız mahzunlaşmıştı, annesinin elini iteledi:

— Bu abla babamı tanıyor, dedi dudaklarını kıvırarak.

Zeynep yanındaki koltuğu işaret etti:

— Buyrun oturun hanımefendi dedi, evet eşinizi tanıyorum, size yardımcı olmam mümkünse söyleyin çekinmeyin.

— Mesele çekinme değil.

Genç kadın Açelya'nın sırtını sıvazladı:

— Haydi yavrum, dedi sen dışarı çık biraz oralarda gezin.

— Açelya bitişiğimizdeki odaya geçsin dedi Zeynep, penceresi parka bakıyor, oynayan çocukları seyreder oradan. Küçük kız teklifi cazip bulmuştu, neşe ile sekti dışarıya, bir dakika sonra bir kapı kapanışı yankılandı ortalıkta.

Genç kadın masanın yanında bulunan boş tabureye ilişti, kalkmaya hemen hazır eğrelti bir oturuşla.

Metehan'ın eşi bakımlı bir kadındı, çok şık açık mavi bir

tayyör vardı sırtında. Kucağında tuttuğu çantası pek zarifti, pırıl pırıldı kahverengi deri ayakkabıları.

Kulaklarına küçük inci küpeler takmıştı, aynı inciden yapılmış tek bir sıra gerdanlık süslüyordu boynunu.

Bir eliyle gerdanlığını kavramış sağa, sola oynatıyor, tereddüt ediyordu konuşmakta.

— Açelya burdayken konuşmayı doğru bulmadım, biz babasıyla ayrılma noktasındayız, kızım bilmiyor, dedi kısık bir sesle.

Zeyneb'in kaşları hayretinden yukarı kalktı:

— Ama niçin? dedi aptalca bir şaşkınlıkla.

— Metehan aile hayatımızın ortalığa dökülmesinden hiç hoşlanmaz; anlatmam yakışık alır mı bilmem ki!

Fabrikanın kahvecisiyle görüştüm, önümüzdeki cumartesi günü gelecekmiş, altı gün var, biz bu kadar müddet kalamayız burada.

— Sizin geleceğinizi bilmiyor muydu?

— Hayır. Benim fikrim Açelya'yı buraya getirmek. Ben kocamın güvenini kaybettim, böylesine önemli bir aksaklık olunca da Metehan ile dialog kuramıyorum, tüm enerjimi buna yöneltmeme rağmen.

Aile hayatımızı mahvetti benim yaşam felsefemdeki dağınıklığım.

— Özür dilerim, dedi genç kız işitmek istemediği şeyleri duyması lazım geldiğinin sıkıntısıyla, anlayamadım söylediklerinizi.

— Şaşırtıcı bir hakikat, çetrefilli bir cümleyle açıklanırsa, tabii ki öyle olacak netice.

Koyu pembe ruj sürülmüş dolgun dudakların acı kaderinin ayrıntılarını anlatmasını beklerken, boynuna idam ipi geçirilmiş bir mahkûm gibiydi genç kız; çaresiz, zavallı ve mahzun.

Zeyneb'in sus-pus hali, konuşması için ısrar etmemesi güven duygusu vermişti genç kadına.

— En iyisi en başından anlatmak dedi, içinden gelen bir dürtüyle. Çantasını masaya bıraktı, eline bir kalem alıp parmakları arasında döndürerek devam etti konuşmasına.

Ben uzun müddet bekâr kaldım, evlendiğimde 27 yaşındaydım. İhtirastan uzak bilge bir aşk aramıştım o zamana gelinceye kadar.

Babamın mağazalarından birinde Müdire idim, işle aşkı dengede tutmayı tasarlardım ama kimseyi sevemedim bir türlü, aşk istemekle olmuyor.

Metehan ile bir arkadaş toplantısında tanıştık, birbirimizden hoşlandık ve evlendik.

İkimiz de aklı başında insanlardık, ilişkilerimiz sağlıklıydı, bir aile vizyonu oluşturmuştuk, memnunduk yaşantımızdan. Beraberliğimizin alt yapısını anlayış ve saygı oluşturuyordu.

Açelya nadide bir çiçek gibi açtı yuvamızda, hayatımıza coşku kattı, bizi renklendirdi, süsledi.

Senelik eşya kullanma ihtirasıma kızıyorsa da Metehan idare ediyordu beni, ben de onun seyahata olan tutkunluğunun üzerinde durmuyordum. Hiç kavga etmiyorduk.

Genç kadın, Metehan hakkında ideal bir koca portresi çiziyordu, idraki, Zeyneb'in mantık sınırını zorladı:

— Fakat dedi kınayarak gene de siz ayrılmaya teşebbüs etmişsiniz.

— Anlattığım şartlar altında boşanmaya kalkmam beni haksız kılıyor ama çok da rastgele ve keyfi bir ayrılma arzusunda bulunmadım. Bazı olaylar iredemin dışında gelişti. Akla uygun biçimde, tutarlı olarak açıklayamayacağım nedenler var.

— Ne ki onlar diye sordu Zeynep sabırsızlanarak.

— Dört sene önce babam vefat etti, bana ondan büyük bir servet kaldı. Zengin oldum, öyle zengin olmaktansa hiç olmasaydım daha iyiydi benim için.

Para zayıf insanı azdırıyor; gece hayatını sevdim, kumara alıştım, içki kullanmaya başladım.

Metehan mücadeleye girişti benimle bunları bırakmam için, günlük zevklerle yaşayan arkadaşlarımdan beni ayırmaya kalktı, tutumu bana ters geldi, ondan soğudum.

— Sadece kocanız mı, kim olsa öyle hareket ederdi dedi Zeynep.

— Evet doğru, şu var ki ben de ters tepki yaptı, kocamın olumsuz yanları dikkatimi çekmeye başladı, hatalarını ve kusurlarını gözümde büyütüyordum, öksürse sinirleniyordum. Kaliteli yaşamımızdan kopmuş, potansiyelimi kaybetmiş, azgın bir rüzgâra kapılmıştım. Bunalıma girdim, boşanacağım diye tuturdum, Açelya'yı alıp annemin evine gittim.

Açelya'yı babasız yaşamaya alıştırıyor, onu göstermiyordum kocama.

Annemin evinde tam bir sene kaldım. Metehan, kızımızı düşünüyor, kat'iyyen kabullenmiyordu ayrılmayı.

Ben mahkemeye müracaat edip bir takım haksız suçlamalarda bulununca kalbi kırıldı, benden yana umutsuz kaldı, beni yuvama dönmeye ikna etmekten.

Ankara'yı terketti, İstanbul'a geldi, burada işe girdi, buraya yerleşti.

— Ayrılma işlemleriniz ne oldu?

— Metehan Kenya'daydı son duruşma günü, ben de gitmedim, geri aldım müracaatımı, boşanmamız kaldı.

— Belki de Kenya'dayken boşanma işleminin olup bittiğini sanıyordu.

— Zannederim. Çok şaşırmış boşanmadığımızı öğrenince avukatından.

Zeynep bir, iki saniye düşünceli ve dalgın durdu. Şimdi anlıyordu, Amerika'dan geldiğinde Metehan'ın hava alanında küçük bir kızın oyununu şefkatle izleyişinin ve uzun müddet onunla samimi olmamasının sebeplerini.

Maziden hale dönerek, yüreğine yüklendi, kendini cesaretlendirdi:

— Siz neden vazgeçtiniz ayrılmaktan? dedi.

— Annemden borç aldığım yüklü bir parayı kadınlar arası yaptığımız bir kumarda kaybetmiştim. Annem benimleydi, dönüşte münakaşa ettik sinirimden fren yerine gaza basınca önümdeki arabaya çarptım.

Gözümüzü açtığımızda hastahanedeydik. Annemin ayağı kırıldı, kadın aylarca yattı, hâlen aksak yürür biraz. Benim beynimde bir damarım çatlamıştı iki kez anjio oldum. Açelya ucuz atlatmış bir sıyrıkla kurtulmuştu kazadan.

Kızım bu olaylardan sonra, daha çok arar oldu babasını. Sokakta babasına benzettiği adamların arkasından koşuyor, "baba!, babaa!.. diye bağırıyordu.

Metehan'ı sevmemem, yavrumu babasız bırakma hakkını veremezdi bana. Pek tabii Metehan gibi çocuğuyla yakından alâkalı bir babayı evladından ayırmak ta bir suçtu.

Hatamı anladım ama galiba çok geç!

Genç kadının sesi ağlamaklıydı, kilolarca kahır yüklüydü. Geriye doğru şiddetli bir baş hareketi yaparak devam etti konuşmasına:

— Ben kimseye şans getirmedim, kendime ve yavruma da. Boşuna zamanınızı aldım, hiç lüzumu yoktu bunları size anlatmamın.

Metehan ile görüşmeyince asabım bozuldu, deşarj olma ihtiyacı duydum. İçinizden "ne tuhaf kadın" diyorsunuzdur belki de! Odaya buyur ettiniz, dertlerimi dinlediniz, isminizi sormadım. Benim ki Berna.

Genç kızın dili, damağı, dudakları kurumuştu, zorlanarak:

— İsmim Zeynep, dedi.

— Zeynep mi?

Genç kadın bir yerine bıçak saplamışlar gibi yerinden sıçramış, şu dakikada görmüş gibi süzüyordu genç kızı.

Bakışlarındaki bitkinlik ve bıkkınlık uçmuş gitmiş, gittikçe kuvvetlenen bir endişe büyüyordu göz bebeklerinde.

— Zeynep mi?

— Zeynep.

— Amerika'dan mı geldiniz?

— Evet.

Genç kız kadının bakışlarındaki mânânın korkuya dönüşmesini izledi darlanarak.

— Siz... O... Osunuz dedi Berna Hanım kekeleyerek. Kapanın içine tıkılmış bir tilkinin yenik haliyle. Çok pişman görünüyordu anlattıklarına.

— Ne oluyorsunuz hanımefendi, ne demek istiyorsunuz? dedi genç kız.

— Metehan'ın bana bahsettiği Zeynep'siniz.

— Benim haberim yok böyle birşeyden.

— Bana rol yapmayın.

Genç kızın sinir sistemi darmadağın olmuş, her tarafı titriyordu asabiyetten:

— Rol yapmakla bir alâkam yok benim Berna Hanım, dedi.

— Daha fazlası var, siz Metehan'ın evlenmeyi düşündüğü kızsınız.

— İnanın ya da inanmayın o kısım size ait fakat kocanız bana evlenme teklif etmedi.

— Bunu hemen kabullenirim, Metehan birşeyden emin olmadan iş yapmaktan hoşlanmaz. Çekingenliği yüksek dozdadır.

Geriye dönüşüne imkan bulunmadığını söyledi bana telefonda. Amerika'dan gelen Zeynep isimli bir kızdan söz etti, onunla evleneceğinden bahsetti.

Kapıdan gıcırtı geliyor, dışarıdan Açelya sesleniyordu:

— Anne kapıyı açar mısın?

Genç kadın bir hamle yaptı, fakat küçük kız kapıyı açmayı becermiş içeri girmişti.

Kollarının arasında bir yığın kâğıt tutuyordu bir tanesinin olsun düşmemesine dikkat ederek:

— Yavrum dedi genç anne endişeyle, bu kâğıtlar ne?

— Babam için hazırladım, benim yazılarımı görünce çok sevinecek. Bir kısım kağıtlara "baba, baba" yazdım, bir kısmına "anne, anne" yazdım, bir tanesini de "baba, anne, baba, anne" ile doldurdum.

Açelya Zeyneb'in yakınına geldi, kâğıtların hepsini masaya bıraktı:

— Bakar mısınız abla dedi güzel yazmış mıyım?

Genç kız önüne düşen kağıdın üzerine eğildi, bakışlarını satırlarda gezdirdi; özenle anne, baba, anne, baba kelimeleri yazılmıştı.

— Beğendin mi abla?

— Tabii. Bunları görünce çok sevinecektir baban eminim.

Küçük kız dağılmış kağıtları itina ile tek tek topladı, üst üste koydu, bir düzen verdi onlara, sonra neşeyle dedi ki:

— Nereye gittiyse çabuk gelsin babam anne!

— Yavrum söyledim biraz önce, baban bugün fabrikaya gelmeyecekmiş, o haftaya görebileceğiz.

Genç kadın, kızının kumral buklelerinden birini parmağına doladı, bakışlarını Zeyneb'e çevirdi:

— Ama hiç göremeyebiliriz de diye ilave etti ancak genç kızın duyabileceği bir fısıltıyla.

Olup bitenlere şaşırmış kalmışken, bu sözlerin derin manası bir yıldırım gibi düştü genç kızın genlerine.

Damarlarında yeis aktı, kahra boğuldu.

Ağlamak istedi, kendisi için, Açelya için şu genç kadın için, Metehan için. Ama ağlayamadı, göz yaşı pınarları kurumuş, yıllarca bir damla yağmur görmemiş bir çöl olmuştu.

Beyni fokurduyordu. Bir kaktüsün gölgesine çekilmişti yorgun düşen ruhu yılgınlığı yorgan edinerek.

Zeynep parmaklarını birbirine geçirip gerdi, masanın üzerine bıraktı, bu kez ana-kızın, iki kişinin birden odadan çıkmasını bekledi.

Berna Hanım çantasını eline aldı, gitmeye hazırlandı:

— Daha ne diyeceğimi bilemiyorum, ancak en önemlisini anlattığımı zannediyorum. Şu da bir gerçek ki hâlâ söylemediğim çok şey var.

Zeynep aklından "benim de öyle" diye geçirdi.

Kaderleri onları aynı arzu da birleştirmişti, aynı adamla olmak istiyordu herbiri. Konuşmaya devam etseler, daha ne kadar çok sözleri vardı söylenecek.

Arka arkaya yapılan açıklamalar, yalnız duygularını altüst etmemiş aklını da karıştırmıştı. Gülümsüyordu genç kız ahmakça.

Berna Hanım da aptallaşmışa benziyordu; kızının bukleleriyle oynuyordu bilinçsizce.

— Beni umut sürükledi Ankara'dan buraya.

Genç kadın, Zeyneb'in zarif yüz hatlarını bir tablo seyreder gibi inceledi bir müddet. Allah onu özene bezene yaratmıştı.

Bakışlarını ümitsiz olarak çekti genç kızın üzerinden, ümitsiz olarak fısıldadı:

— Gelmeme değmezmiş!

Genç kadın farketmiyor muydu; yargı masasına uzanmış meseleleri can çekişiyordu. Genç kız başını kaldırmadan mırıldandı:

— Gelmenize değebilir!

Zeyneb'in taşkın sesi, genç kadını heyecanlandırdı, çabucak bu sözün açık mânâsını araştırdı kafasında.

Bu kız sadece pembe hayal dünyasında yaşamıyor, ayaklarını yere bastırmayı da biliyordu.

Genç kız orada, masanın gerisinde, camın önünde, bir panoya nakşedilmiş bir manolya gibi güzeldi.

Yürekleri ısıtan iklimlerin izleri geziniyordu gözlerinde.

Berna Hanım çantasını koltuğunun altına sıkıştırdı, kızının elini tuttu, gitmek için davrandı:

— Sizi vicdanınızla bırakarak ben ve Açelya hayatınızdan çekiliyoruz. Yarının iskeletini hakkanıyetle hareket ederek oluşturacağınıza inanıyorum.

Omuzlarına bırakılan sorumluluğun şiddeti, titretti Zeyneb'i:

— Düşündüğünüz sonucu almama rizikonuz da var, unutmayınız dedi birden kendinden korkarak.

Berna Hanım neler söylüyordu, Zeynep kendinden emin değildi, hiçbir şeyden emin değildi.

— Asil bir insan azmaz ve şaşmaz Zeynep, asil insanı vicdanı asla terketmez, ne bahasına olursa olsun.

Zeynep inadına üsteledi:

— Ummadığınız dağlara kar yağabilir, böylesine güvenli olmayınız, yanılabilirsiniz!

— Mutlaka öyle yanılma payım var ancak ben onu göze alıyorum. Genç kız başını kaldırdı, göz göze kaldılar.

Yeşil gözlerde sevda, siyah gözlerde bir annenin acınası yalvarışları dalgalanıyordu. Zeynep, genç kadını birden kendine çok yakın hissetti, dostça, soluk bir tebessüm gönderdi ona.

— Size güveniyorum, dedi Berna Hanım sıcak bir gülüşle.

— Gerçekten bana güveniyor musunuz, doğru mu bu?

— Evet, doğru Zeynep. Biz bu akşam Ankara'ya hareket ediyoruz.

Berna Hanım Açelya'nın kağıt tomarını işaret etti:

— Bunlar kalsın, içinde önemli bir kağıt olabilir, Açelya evde yenilerini yazar dedi.

— Babam katiyyen lüzumlu bir evrakı açıkta bırakmaz bunların hepsi not kağıtları, tasalanmayın.

— Babanız kim?

— Davud Aras.

— Tahmin etmeliydim, patronunun kızısınız. Zengin, güzel ve genç; fakat güvenim sarsılmadı, dedi genç kadın hiç tereddüt etmeden.

Açelya, elini annesinin avucundan çekti, kağıtları kucaklayıp Zeyneb'e uzattı:

— Lütfen abla dedi, bunları babama veriniz.

— Hiç endişen olmasın Açelya, dedi Zeynep, onlar babana ulaşacak.

Sekreter kız bankadan dönmüştü, selam vererek girdi odaya.

— Merhaba! diye mukabele etti genç kız, içinden sekreterin Berna Hanım ve Açelya'nın her tarafını mütecessiz bakışlarla tetkik etmesine kızarak.

Sekreter kız, Berna Hanım ve Açelya'nın önünden geçip gitmesine yol vermek için geriye çekilirken Zeyneb'e sordu:

— Birer soğuk gazoz içelim mi?

Bundan isabetli bir soğuk gazoz içme teklifi olamazdı.

Çalışkan, becerikli ama arkadaş ilişkilerinde çok patavatsız birisi olmakla tanınan sekreter kız tebrik edilmeye lâyık bir zamanlama seçmişti.

Ruhunun alev alev yanıp kavrulduğu şu anda bir bardak soğuk su veya bir bardak soğuk gazoz içmekten başka ne yapabilirdi?

Zaten ne yapabilirdi ki?

Sevmenin gecesi gündüzü yoktu. Yazı, kışı yoktu. Saniyesi, senesi yoktu. Bir ülkesi, kıt'ası yoktu. Köyü, kasabası yoktu.

Ama bunlardan hiçbirinin olmaması, zaman ve mekân tanımayıp dilediği gibi saltanat sürmesi haksızlıktı. Amansız ve devamlı abanışı canından bezdiriyordu insanı.

Onca gayretine rağmen Metehan'ı sevmekten vazgeçemediğinden dolayı Zeynep kendinden nefret ederek oturuyordu koltukta.

Kesinkes kararlıydı Metehan gelince ona soğuk davranacak, duygularını belli etmeyecek, Hz. Yusuf'un zindanına hapsedecekti kendini.

Sekretere telefon etmiş, Metehan'ın uçağının gece saat 11.00'de hava alanına indiğini öğrenmişti.

Bu sabah fabrikaya gelecek işe başlayacaktı normal olarak. Babası ile karşılaşmamak için onun geliş saatinden erken davranmış hiç kimseye görünmemeye çalışarak Metehan'ın odasına girmişti.

Zaman durmuş muydu, donmuş muydu? Dakikalar geçmek bilmiyor, Metehan gelmiyordu bir türlü.

Odanın soğuk yalnızlığı genç kızı üşütüyor, ürküntü veriyordu siyah deri kaplı koltuklar ve madeni masa.

Bir saniyecik olsun gözünün önünden gitmeyen Metehan'ın hayaline öfkelendi, bir tokat atıp, def'edesi geldi onu!

Beklemekten ve Metehan'ın hayaliyle olmaktan sabrının tükendiği anda Metehan kapının eşiğinde belirince şaşaladı, onu hiç tanımıyormuş gibi gözlerini kırpıştırdı, yabancı bir ifadeye büründü.

Metehan'ın bakışlarından sel coşkunluğuyla gür bir sevinç aktı, genç kıza doğru, onu odasında görmekten sebep.

— Selâm Zeynep.

— Selâm, dedi genç kız resmi bir sesle, vücudu düşmanını ısırmaya karar vermiş bir kobra gibi gerilmişti.

Genç adam, Zeyneb'in bakışlarındaki soğukluğu gördü, buz gibi havayı hissetti, kaşları çatıldı, yüzünde bir hoşnutsuzluk hasıl oldu.

Kapıyı kapattı, elindeki çantayı masaya bıraktı, kendi koltuğuna geçti.

— Buyrun oturun Zeynep, ayakta kalmayın.

Metehan'ın sözleri nazik, duruşu saygılıydı, fakat sevecenlik gitmişti sesinden.

— İçer miyiz, birer çay söyleyeyim mi?

Daha bir dakika duramayacaktı Zeynep:

— Bana, karından niye bahsetmediğini söylersen daha iyi edersin diye tısladı dudaklarını acıtırcasına geveleyerek.

Metehan, samimiyetle baktı genç kızın gözlerinin içine:

— Evli olup olmadığımı sen bana hiç sormadın Zeynep, dedi.

Genç kız sevdiği adamın başını önüne eğmesini yüzünün utançtan kıpkırmızı olmasını, kekeleyerek özür dilemesini beklemişti. Kendisi suçlu duruma düşünce, gururu isyanla alevlendi, sesinin dışarıdan duyulabilmesini göze alarak:

— Bana kendini niye sevdirdin? diye bağırdı, sorusunu Metehan'ın mı yoksa hayatın mı? suratına fırlattığını ayırdedemeden.

— Kimi seveceğimizi kader tayin eder, biz değil, bir gün Davud Aras isimli birinin kızını seveceğimi ben hiç bilemedim Zeynep. Ve asla düşünmemiştim kendimi ona sevdirmeyi.

Siz şimdi tutmuş beni yargılıyorsunuz.

— Öyle birşey yok!

— Niyetin o olmayabilir fakat sualinle beni sanık sandalyesine oturtuyorsun. Ben delikanlıyken de sevmeyi fobi edinmedim, yaz ve ilk baharla gelen hızlı aşklara asla kapılmadım, entellektüel oyalamalar aramadım hiçbir zaman. Benim altın kuralımdı, aşık olmamak.

Evlilik için hoşlanma duygusunu yeterli görürdüm, nitekim öyle oldu.

Sonra bir liseli kız gördüm Yeşilköy Hava Alanında, ipek parlaklığındaki sarı saçları tel tel uçuşuyordu en hafif rüzgârda.

Bahar yeşiliydi gözlerinin rengi. Bakışlarında masumiyet vardı, yağmursuz kalmış bir çiçek gibi mahzundu. Göz göze geldiğimiz an sevdim onu, kimseye aşık olmamak için aldığım karar savruldu, hiçliğe karıştı.

Aşkın kanunu olmadığını öğrendim otuzbeş yaşımdayken. Aşk zalim bir avcı; dilediğini vuruyor, acımasızca kurşunluyor insanı, koruyamadım kendimi, kaçamadım ondan.

Hedefe düşen bir bomba gibi, Metehan'ın sözleri genç kızın kalbinde zorla tutunan nefreti yok ediverdi.

Metehan'ın aşk ilânını hayran hayran dinliyor, hayran hayran ona bakıyor, çılgıncasına çarpıyordu kalbi.

Ayrılığın gölgeleri etraflarını sarmış halay çekiyor, ağıt yakıyordu.

Tarifsiz derin bir merhamet yayılmıştı damarlarına; Metehan'a acıyordu, kendisine acıyordu!..

Ne yazık ki aşık olmanın ve aşktan kurtulmanın reçetesi yoktu dünyada.

Sevdiği oyuncağı elinden alınmış bir çocukmuş gibi dudakları umutsuzca kıvrıldı, elleri titredi, iri göz yaşı taneleri düşmeye başladı pembecik yanaklarına, pembecik gamzelerine. Göz yaşları ona ihanet ediyor, gizlediği sırrını açığa vuruyordu. Metehan koltuğundan kalktı, Zeyneb'e doğru iki adım attı:

— Lütfen ağlama dedi, ellerini genç kıza uzatarak.

Zeynep, Metehan'ın kendisini tutacağını sandı, paniğe kapıldı.

— Sakın bana yaklaşmayın Metehan, dedi.

Yeterince soğuk ve duygusuz söyleyebilmiş miydi bu sözleri? Hayır! Kat'iyyen! Asla!

Genç adamın gözlerine bıraktığı bakışları tamamıyle inkâr ediyordu sözlerini.

Zeyneb'i soluksuz bırakan arzuların şavkı parlıyordu gözlerinde; başını Metehan'ın omuzuna dayamak orada öylece kalmak, genç adamın kalp atışlarının kendi kalp atışlarına katmak, ebediyyetlere kadar onunla beraber olmak için kanatlanmıştı ruhu.

Metehan'a böyle bakmamalı, susturmalıydı aşkının sessiz itiraflarını.

Zeynep vakur bir tavır takındı, omuzları çökmüş, zayıf iradeli biri olarak kalmamalıydı genç adamın anılarında.

Metehan yerine geçti oturdu, soluk bir sesle:

— Ümitsiz olmayalım Zeynep, dedi hayatta çıkmazlar hep vardır, biz de bırakalım kaygıları, rutinleri, alternatifler olmalı.

Genç adam dalgın konuşuyordu ve sayıklıyor gibiydi.

Odanın penceresi hafif aralıktı; keskin bir korna sesi geliyordu. Ardından şiddetle fren yapan bir arabanın tekerlek vızıltısı ve tok sesli bir erkeğin bağrıltısı duyuldu:

— Ulan diyordu dağda yürümüyorsun, şehir yollarında araba kullanıyorsun önüne baksana! Sersem herif.

Bir başka kaba ses cevap veriyordu:

— Ağzını topla, dağıtırım haa!.. Dişlerini tek tek yerden toplarsın.

— Sen kim oluyorsun ki bana sataşıyorsun itoğlu it!

Kavga edenlerden birinin teybi açık, Atilla Taş'ın sesi sokaktaki gürültüyü bastırıyordu:

— Gel bana, gül bana.
Gel bana, gel güzelim
Gel beraber gezelim
Zennube! Zennube.

Metehan'ın tüm dikkati müzikte. Şarkının sözleri genç adamın gönlüne akmış, oradan ruhuna ulaşmış, canını teninden ayırıyor... Ah! etmiyor, içini çekmiyor, hıçkırmıyor fakat gözlerinden yaşlar fışkırıyordu genç adamın.

Zeyneb'in kirpikleri gerildi, gözleri buğulandı. Nice geceler, beğendiği bir erkeğin onu sevmesini aşkından ağlamasını temenni etmişti. Beğendiği erkek onu sevmişti ve de aşkından ağlıyordu, ama hiç düşünmemişti bunun böylesine acı olacağını.

Ayrılıklarının nikâhı kıyılıyor, onlarsa çaresizliğin aman tanımaz pençesinde bir çeşit ölüm yaşıyorlardı.

— Çıkalım bu ülkeden Zeynep, dedi Metehan. Uzakdoğuya gidelim, Rusya'ya gidelim, nereye olursa gidelim, ayrılmayalım yeter ki!

Zeynep kafasını silkeleyerek, Metehan'ın gözyaşlarıyla ıslanmış yüzünden bakışlarını kopardı, güç buldu konuşmaya:

— Bizim sorunumuza çözüm getirmez kaçmak dedi. Küçük bir kız ağlayacak arkamızdan, kınayan bakışları üzerimizde gezinecek! Onun babasız büyümesi kalbimizde bir ukde olacak. Öteden beri sanıldığının tam tersi çocukluk çağına ait hiçbir şey unutulmaz, insan yaşamı boyunca onun izlerini taşır.

Aile yuvası çocuğun sığınağıdır, problemlerine karşı dinamik bir kaynaktır, onun mutluluk meş'alesidir.

Gerçekleri görmemezlikten gelemeyiz; o derece sefil olamayız. Sevginin yanıltıcı akışına bırakamayız kendimizi.

Aşkımız bize yasak koydu.

Bu hayat depresyonunun radikal çözümü ayrılık. Bütün bu söylediklerime ne diyorsun Metehan?

— Her insanın önünde eğileceği sözler Zeynep.

Aşk acıları da, hazlarla aynı şiddetle tattırıyor insana; çok zorlu günler bekliyor beni.

Zeyneb'i de bekliyordu o zorlu günler. Genç kız çenelerini sımsıkı birbirine geçirip kenetledi, bir tutam taşıyordu; dudakları kıpırdansa ızdırabını heceleyecek, ağzını açsa bu acıya dayanamayacağını haykıracak hiç usanmadan uluyacak saatlerce.

Metehan'ın bakışı, Zeyneb'i, Zeyneb'in bakışı Metehan'ı çağırdı ve gözgöze kaldılar.

İrem bağlarının bülbülleri susmuş ötmüyorlardı artık...

Hazan mevsimi. Bahçelerde güller solmuş, bir rüzgârla savrulmayı bekleşiyorlar dallarda ümitsizce...

Bütün güvercin yuvaları yere düşmüş, darmadağın...

Ayağa kalkarken Zeynep masaya tutundu düşmemek için.

Hançerini kaldırdı mutluluğuna:

— Kızın ile sana saadetler dilerim dedi, eşin ile de diye ilâve etti öldürücü darbeyi kalbine saplayarak.

Mutluluğunu kendi elleriyle katletmişti, ruhu kanıyor çok ızdırap çekiyordu, şu var ki hiç bir nedamet hissetmiyordu.

İnsanlığı, yüzlerine tükürtmemeye muvaffak olmuşlardı.

Genç kız bir hayalmiş gibi süzüldü genç adamın önünden başka birşey demeden.

Bir peri hafifliğiyle çıktı gitti odadan...

Her yerde hüzün vardı, her yerde simsiyah bir gece. Gökyüzünde ay yarımdı, bir görünüyor bir kayboluyordu kalın bulut tabakaları arasında.

Kuşlar hiç ötmüyor, sokaklarda köpekler havlamıyor, bir yaprak hışırdamıyor, bir böcek cırlamıyor, tek bir araba geçmiyordu yoldan.

Herşey, herkes derin bir sessizliğe gömülmüştü, uykuya yatmıştı gece...

Zeyneb'in göz kapakları inikti, fakat uyumasına mâni oluyordu ızdırabının uyumayan ve uyumak istemeyen gözleri.

— Dan... Dan...

Saat gece yarısı ikiyi vuruyordu.

Bir pelikan gibi yalnızdı genç kız gönül ufkunda. Hayalleri gümbür gümbür sisler arasında kaybolmuştu, umut güneşinin söndüğü yerlerde geziniyordu yattığı yerden.

Çok üzgündü, en hassas yerinden vurulmuştu, orkideler bükülüp kalmış, ağlaşıyordu sevda saksılarında.

Zeynep gözlerini açtı, koyu karanlık tavana dikti uykusuz bakışlarını. Kalbi çaresizlik içinde inliyor, nabzı “Metehan”, “Metehan” diye atıyordu hasretle.

Ruhu bir girdaba kapılmış, meş'um derin kuyulara yuvarlanıyor, çırpınıyor, tutunacak bir dal arıyor, bir kurtuluş...

Onların aşklarına bir çıkış yoktu. Bir yol yoktu. Ne kadar düşünse boştu...

Nefsi isyan bayrağını çekmiş, ona savaş açmıştı, avaz avaz bağırıyordu kulağına, acımasız bir hâkim edasıyle:

— Seni düşünmediler, sen de bir başkasanı düşünme!

Genç kız üzerinden örtüsünü attı, doğrulup yatağında oturdu. Ellerini tam bir teslimiyetle örtüsünün üzerine bıraktı.

Çocuk yaşlarında öğrenmişti bencillikten nefret etmesini, o nefretle yaşayarak gelmişti bu yaşa. Jeste karşı jest taleb eden sert ve soğuk nefsinden tiksindi ve utandı.

— Metehan ile birbirimizi seviyorsunuz, ikinizin de hakkı mutlu olmak, nihayetinde küçük bir çocuk unutur, alışır, diye nefsi devam etti konuşmaya.

Artık bağırmıyordu, sakinleşmişti, fısıldayarak kandırmaya uğraşıyordu, sinsiliği ve hainliği artmış olarak, dur durak bilmeden.

Neden böylesine sevmişti çılgın yüreği?

Nemrut'un İbrahim peygambere hazırladığı ateşin orta yerine Zeynep düşmüş, yanıyordu alev alev.

Genç kız inledi; Metehan'ı sevmekten vazgeçemiyor, aşkı kök salmaya devam ediyor, boy atıyor, büyüyor, bir tabuta koyup gömemiyordu onu maziye. Aşkı ve vicdanı kıyasıya dövüşüyordu kalp arenasında. Başı göğsüne yorgun sarktı. Tükenmiş, bitmişti. Vicdanının dişlemesinden, kan gölüne dönmüştü kalbi, acıyordu, tüyleri dikilmiş buz kesmişti vücudu. Çaresizliği yakarış oldu:

— Lütfen bana yardım et Allah'ım diye dua etti.

Ağlamaya ne zaman başladığının farkında değildi. Zeynep, ağladıkça ağlıyor, göz yaşları dinmiyordu bir türlü.

Yumuşak bir el kondu saçlarının üstüne. Müjde getiren bir güvercin teması bu. Genç kız irkilmedi, yatağının başucunda ayakta duranın kim olduğunu, saçlarında gezinen parmaklarının sahibini hemen tanımıştı bakmadan.

Aralık oda kapısından içeri girip, bir kelebek hafifliğiyle yanına gelen Melda'ydı. Zeyneb'in içini ısıtıyordu sıcak solukları.

Zeynep iki eliyle birden, arkadaşını kollarından tuttu, yanına çekti, karyolanın kenarına oturttu.

Zeynep, Melda'nın ağzından çıkacak sözlere susuzluk duyduğunu biliyordu ve onun sabırlı duruşunun ardındaki sabırsızlığını.

Merak etmenin azabında fazla bırakmadı arkadaşını, sormasına gerek kalmadan konuştu:

— Biraz özgürce hareket ediyorum, azıcık asiyim de belki ama bir şerefsizlik olmadı hayatımda, dejenere bir çılgınlık yaşamadım hiçbir vakit dedi, dudaklarından ağzına sızan göz yaşlarının tuzunu hissederken.

— Mutlak öyle dedi Melda şefkat tüten bir sesle.

Yüzünü, Zeyneb'in ay ışığının gölge oyunları yaptığı yüzüne yaklaştırdı:

— Ukâlâ, küstah ve vicdansız da hiç olmadın eminim bundan Zeynep, sen iyi bir kızsın, diye ekledi.

— Başım dik, yüreğim pek yürümek istiyorum hayat yollarında. Beni anlıyabiliyor musun?

— Anlamaya çalışıyorum.

Melda öylesine söylemişti, neyi anlamaya çalıştığını bilmeden.

Su içmeye kalkmış, mutfağa giderken duymuştu Zeyneb'in ağlama seslerini.

Teyzesini ve Zeyneb'i ziyaret etmek maksadıyle akşam üzeri gelmiş, ikisi birden ısrar edince yatıya kalmıştı.

Televizyonda Muazzez Abacı'nın konserini izlemişler, saat yarımda yatabilmişlerdi.

Zeyneb gece boyu normal görünmüştü gözüne, kederli bir halini hatırlamıyordu, sözlerine bir mânâ veremiyordu, ne demekti "Başım dik yüreğim pek yürümek istiyorum hayat yollarında.

Bunu özellikle neden belirtmişti? Zeynep:

— Ruhumun en kötü bir kargaşalıkta çırpındığı sırada yakaladın beni deyince uzandı, gece lambasını yaktı.

— Neye üzüldün Zeynep?

Genç kız araya bir yastık koyarak, sırtını karyolanın arkalığına dayadı:

— Bir aysberg çarpmasıyla parçalanan bir Titanic faciası yaşadım ben Melda dedi:

— Kanımca, Titanic, tarihte tek olma özelliğini koruyor.

— Doğru, benim başıma gelen ne ilk ne son!

Melda sabırsızlığa sıçradı:

— Hâlâ anlatmayacak mısın sana ne olduğunu Zeynep? dedi.

— Aşık oldum.

— Aman ne iyi.

— Sen, Melda sen nasıl oluyor karşı çıkmıyorsun?

— Komşunun bekar ve yakışıklı oğlunu plâtonik bir aşkla sevmişsen niye engel olacakmışım? İsmi neydi? hatırladım Oğuzhan'dı. Düz yolda tökezliyor Oğuzhan seni görünce, eminim sana hayran. Çocuk senede iki defa yaş günü tertipliyor senden sebep.

Eczacılığı bitiriyor, seni istetir evlenirsiniz.

Aman ne hoş, burada kalır, Amerika'ya dönmezsin.

— Keşke de öyle olsa Melda, mesele başka, bir çocuklu evli bir adamı sevdim ben.

Melda kaşlarını kaldırdı gözlerini açtı inanmazlıkla.

Hafzalası almamıştı büyük hatayı.

Zeynep bakışlarını hayret dolu bakışlardan çekti, kucağında topladı, sonra parmaklarını didikledi birer birer. Kalbi de dilini dürtüklüyordu konuşmaya devam etmesi için.

Elektrik ışığı göz bebeklerini ısırıyordu, parmağıyla düğmeye bastı gece lâmbasını söndürdü. Hafif ay ışıkları altında dili çözüldü, bazen içini çekerek, bazen durgunlaşarak Metehan ile aralarında geçen olayları anlattı, arkadaşının önüne serdi herşeyi.

Evet herşeyi...

— ..., dâima birini sevmeyi düşlemiştim, ama şimdi sevmek hep hayalerimde kalsaydı diyorum.

Yıllar göçüp gitseydi, âşık olmayı bekleseydim ebediyyen.

Zeyneb'in kuruyan gözleri tekrar ıslanmıştı.

Melda, hiç kıpırtısız dinlemişti arkadaşını fakat vücudu tutuşmuş gibi yanıyordu sıkıntısından, tomur tomurdu terler alnında.

Zeynep susmuştu. Melda'nın sukûtu çığlık oluverdi sözlerinde:

— Metehan ile evlenirsen metaor taşı Açelya'ya çarpacak, Metehan'ın hayatından çekilirsen sana kalacak olan acı, ızdırap, elem, keder, hasret!

— Düşünce ufkum puslandı, zihnim bir paçavra yığını Melda!

Metehan ile evlenmesi için ona yalvaran nefsi ümidini kesmemiş, yeni bir pusu kurmuş, kalbinin kapısını çalıyordu söz dinlemez bir hırçınlıkla.

Başka yerlere misafir olmak üzere Ay ışıkları çekilmiş karanlıkta kalmıştı oda.

Zeynep Abant'a gittiğinde balkondan bakınıyorken, karanlığın derinliğinde Metehan'ın gri gözleri belirmişti; şimdiyse karanlığın ortasına Açelya'nın kederli yüzü yerleşiyordu gittikçe büyüyerek.

Tarifsiz bir elem ve umutsuz bir bekleyiş ışıldıyordu masum bakışlarında. Rengi uçmuştu, ölüm fermanını dinliyordu!

Genç kız çabucak bakışlarını önüne döktü, küçük yavrunun hayaline bakmaya devam edemedi, takatı kesilmişti gözlerini yumdu ağır ağır. Kanlı gözyaşları damlıyordu yüreğine.

Boş bir mücadeleydi duygularının didişmesi, hiç sonuç alınamayacak bir çırpınıştı.

Evet, onlar için aşka çıkış yoktu.

Kalbini koparıp gitmek düşüyordu ona bu diyardan.

Hayat Zeyneb'e pek insafsız oyunlar oynuyordu; Amerika'ya geri dönecekken kalmıştı, oturmaya karar vermişken kaçacaktı. Çok boyutlu bir metaneti gerektirecekti buraları terketmek. Kırgın sesi ölüm acısı taşıyarak süzüldü:

— Önümüzdeki hafta sonunda Amerika'ya döneceğim Melda! Melda cevap vermedi.

Veremedi, ne diyebilirdi düğün yapılacak yerden cenaze çıkarken!

Saatin kuru ve duygusuz tiktakları kapı aralığından sızıp odaya saldırınca ikisi birden irkildi. Saat beş olmuştu. Sabah pencereye dayanmış, fecri kâzibi yolculuyordu fecri sadık.

— Sen olsan bu durumda ne yapardın Melda? diye sordu Zeynep.

Arkadaşının tüm tereddüt kalıntılarını kesip koparan bir ciddiyetle!

— Senin yaptığını dedi Melda. Genç kız, Zeyneb'e tam destek vermişti. Tuba ağacının rengarenk çiçek yüklü dalları sarkmıştı cennetten yer yüzüne. Yeşil yapraklar yelpazeleniyor serinlik üflüyordu genç kızın yangın meydanına dönen gönlüne. Alnını Tuba ağacının gövdesine dayadı:

— Teşekkür ederim Melda dedi.

Zeynep başını kaldırdı, ufukta güneşi aradı, batmış, son ışıkları havuzun sularında sönmüştü.

Dünya ilkbahar mevsimine has yumuşak karanlıklara gömülüyordu bir rüyayı yaşayarak.

Geceleri açan çiçeklerin baygın kokusu doldurmuştu bahçeyi.

Nalan Hanım bir eliyle çay bardağını diğer eliyle çay tabağını tutarak geldi, torununun yanındaki boş sandalyeye yerleşti. Çayından birkaç yudum aldı, bardağı tabakla beraber önlerindeki küçük masaya bıraktı. Mahzun ve çekinerek sordu:

— Nasılsın Zeynep?

Genç kız becerebildiğince sâkin bir sesle cevap verdi:

— İyi olmaya çalışıyorum babaanne.

— Umudumuzu yitirmemeliyiz hayatta, bir kapı kapanır, Allah bin kapı açar. Gerçekçi olmalıyız daima. Geleceğe doğru, yepyeni bir sahife açmalısın.

Nalan Hanım duraksadı, son cümlesini beğenmemişti çok klasikti, gelişigüzel söylemişti, derme çatma laf olsun kabilinden öğüt veriyordu işte.

Şaşkınlığını üstünden bir atabilse, aklını duygularının önüne çıkarabilse inandırıcı ve çok makul bir sürü teselli edici sözler bulacak. Fakat nerede?

Düşündükçe gözünde büyüyorda büyüyordu Zeyneb'in anlattıkları. Melda öğle yemeğinden sonra gitmişti. Torunu onun ardından Amerika'ya dönme kararını bildirirmiş mecburen konuya girmiş, olup bitenden haberdar etmişti onu.

İkindi vakti gelen haberli misafirlerini, ağırlayıp göndermekte basbayağı zorlanmıştı. Kafasında şaşkınlık sepeti varken bir insanın konuşması, oturması kalkması kolay olmuyordu.

— Bu yaşıma geldim böyle bir olay işitmedim.

— Şimdi işitmiş oldun babaanne!

— Orası öyle. Çok acaip bir iş! Metehan aylarca, karısıyla mücadele ediyor, yuvasını dağıtmamaya çaba sarfediyor, ayrılmayı kabullendiğinde evlat hatırına karısı biraraya gelmeye kalkışıyor.

Boşandıklarından dolayı anne-babasını affedemeyen sen, onlarınkine benzer bir olayı yaşıyorsun.

Durum, içinden hiç kimsenin yara-bere almadan çıkamayacağı bir cehennem atmosferi.

Hadiseyi öğrendiğimden beri bir suçlu aramaktan kafamın içi allak bullak!

— Mesele bitti, kapandı babaanne Metehan yuvasına döndü suçlu bulsan ne olacak, ne farkedecek?

Babasına verilmek üzere Açelya'nın bende emanet yazılı kağıtları vardı, dün onları gönderdim Melda ile fabrikaya, Metehan ayrılmış işten, Ankara'ya gitmiş, kızının kağıtları eline ulaşamadı, yavrusuna kendi gitti.

Boğazına dayanan yumru gider umuduyla Nalan Hanım, arka arkaya çayından aldı, acelesinden elbisesine damlattı birazını. Hırsla ovuşturdu kumaşı, her şey ters gidiyordu, bilhassa Zeyneb'in Amerika'ya gitmeye karar vermesi yok muydu kahrediyordu yaşlı kadını. Kalktı, sandalyesini tuttu iyice yaklaştırdı torununun sandalyesine.

— Seni kutlarım dedi, bir yuvayı yıkılmaktan kurtardın.

Nisan yağmurlarını bekleyen çiçekler gibi gönlünün aşka açık olduğu bir yaşta sevmen kötü rastlantı ne edelim?

— Beni her şey zamansız yakalar babaanne.

— Nankör olmayalım; bir insanın dünyadaki en saadetli hadisesini yaşadın elhamdülillah.

— Çok şükür babaanne.

Ayrılık kelimesi bir kor parçası olmuştu yaşlı kadının can evinde göğsünden ağrı geliyordu için için.

— Döneceğine dair bana söz ver yavrum dedi, günün birinde muhakkak geri geleceğini bilmeye muhtacım, yoksa dayanamam bu ayrılığa!

— Türkiye güzel bir ülke, topraklarında yüzlerce uygarlık yaşanmış ve benim doğduğum belde, vatanım babaanne, gönül yuvam, elbette döneceğim.

Bu sözler Nalan Hanımın ayrılık acısıyla yanan yüreğine ilkbahar yağmuru gibi indi; küçük bir umut yeşertti, gırtlağındaki yumru kayboldu.

— İnsana talih de bela da seyrek gelir yavrum, her gün aşındırmaz onlar kapımızın eşiğini. Akıllı insan şansı şükürle karşılar, belayı sabırla def'eder, üzüntüler küçük ölümler olsa da.

Hayatının Metehan ile olan bölümüne çizgi çekeceksin başka çıkar yolu yok bu işin.

Sadece Metehan ile olan kısmına mı, genç kız geçmişinin hepsine sırt çevirmeliydi. Fakat hatıraları söz dinlemiyor, ayrıntılarıyla beraber koşuyorlardı peşinden.

— Gerçeklerle, hayallerim sarmaşık gibi birbirine dolandı, onları ayırd edemez oldum babaanne, bir Semiramis masalı yaşadım.

— Bugünler geçecek.

— Ama delipte geçecek, ben dudaklarımı mutluluğa dayamışken, zehir içtim kadehler dolusu!

Torunun sözleri zakkum acısıydı, sesi titriyordu.

Nalan Hanımın gözleri eleme belendi; hiç kıpırtısız, dondu kaldı bir müddet.

Zeynep babaannesini üzmek istememişti ama üzmüştü, gönlünü hoş etmeyi düşünüyorken onu acılara gark etmişti.

Uzandı, başını babaannesinin göğsünde dayadı bir küçük çocuk sığınışıyla:

— Çok ta kederlenme babaanneciğim, Hz. İsa "Hayatını bulan, hayatını kaybeder, benim uğruma hayatını kaybeden, hayatını bulacaktır" der. Rabbim benimle, Kur'an'ım benimle, Amerika'ya müslüman olarak gidiyorum. Bu güzel bir bedel, haydi gül biraz. Yemin ederim babaanne, Allah kısmet ederse geri geleceğim bir gün. Hayatta yaşamayı en az istediğim yer üvey babamın yanı. Beni anlıyorsun değil mi babaanne?

— Korkarım anlıyorum.

— Seninle beraber kalmak üzere döneceğim Türkiye'ye. Annem hamile biliyorsun, çocuğu olunca rahatlayabilir aile hayatında.

Araba sesleri artmıştı, akşam olmuş, birçok insan evine dönüyordu. Zeyneb'in hatırına annesi geldi; vicdanında canını yakan bir sızı hissetti; ağır davranıyordu ona Amerika'ya geleceğini bildirmekte. Huyları birbirine zıt, yolları farklı olsa da annesiyle aralarında kapsamlı bir his dünyası, güçlü bir bağ vardı.

Babaannesi mutfağa geçip akşam yemeğini hazırlamaya koyulduğunda cep telefonunu açtı numaraları tuşladı.

Telefon çalıyor fakat açılmıyordu. Annesi erken kalkardı ve evde olurdu sabahları. Bir hafta önce konuşmuşlardı, her hangi bir yere gitmekten söz etmemişti.

Koltuğa çöktü, kolunu masaya dayadı, kalbinde belirmeye başlayan menfi ihtimaller ayaklarını dermansız kılmıştı, gözle görülür şekilde titriyordu telefonu tutan eli.

Annesi ani bir kaza geçirip hastahaneye kaldırılmış olabilir miydi mesela? Ya ölmüşse?

Bu ihtimal üzerine yoğunlaşıp gözleri buğulanırken annesinin uykulu sesi çarptı kulağına. Derin bir soluk alıp kendini rahatlattı.

Amerika'ya gideceğine sevinmiyordu ama annesine haberi sevinçle verdi:

— Bugün salı, önümüzdeki hafta cuma günü saat 11.00'de New York'tayım anne! dedi.

Sofia'nın mahmur sesi neş'e oldu:

— Canım! Mağdalena nihayet dönüyorsun darling!

— Anne lütfen Zeynep de bana.

Sofia kızını özlemişti, onun her arzusunu yerine getirmeye hazırdı. Onu sevindiren kızına cömert davrandı:

— Peki Zeynep, sonunda ait olduğun yere dönüyorsun, önemli olan geri gelmen.

— Anneciğim bir mesele var, ait olduğun yere derken Hıristiyanlığı mı kastediyorsun?

— O da söz konusu.

— Ben din olarak İslâm'da karar kıldım.

Beynine inen balyozdan Sofia sarsıldı, damarları kopuştu vücudunda, bütün kasları titredi. Dişlerini sıktı:

— Bunu değiştirme şansımın olduğunu zannetmiyorum kızım, dedi.

— Evet, hiç yok anne!

Sofia ciğerlerinden çıkan bir haykırışı dudaklarında çiçek açmış sevince kattı:

— Okey yavrum, okey, dedi.

Araba Atatürk Hava Limanı önündeki otopark yerine girip durdu, Zeynep kapıyı açtı, dışarı çıktı. Arabanın içine uzanarak koltuğa koymuş bulunduğu valizini sapından tuttu, çekti aldı. Eğildi; ön tarafın açık penceresinden şoföre seslendi:

— Orhan ağabey, dedi çok teşekkür ederim. Sizin inmenize gerek yok, iyi günler.

Şoför "siz bilirsiniz" mânâsında başını sallarken:

— Size de hayırlı yolculuklar diye cevap verdi. Fabrikanın şoförü arabayı çalıştırırken Zeynep giriş kapısına doğru yürüdü, yalnız kalmanın rahatlığı ve omuzlarına oturmuş mahzunluğun yüküyle.

Evet, mahzunluğun yüküyle...

Ancak birkaç adım atmıştı ki Metehan'ı gördü, bir elinde bir buket kırmızı gül tutuyordu, diğer eliyle de yere düşmüş kızını kaldırıyordu.

Yanlarına mı gitse, acaba görmemezlikten gelerek çekip gitse miydi, Zeynep? Kararsızdı. Metehan'ın koyulaşmış gri gözlerinin kartal bakışlarına hedef olunca gerek kalmadı düşünmesine. Kaçış kapıları kapanmıştı, geri dönmek isteyen ayaklarıyla kavga ederek baba ile kızının yanına yaklaştı.

— Buyrun bunlar sizin Zeynep Aras, Amerika'ya güle güle gidiniz.

Metehan'ın sağ eliyle uzatıp sunduğu güller gene kırmızıydı, gene tazeydi, gene aynı bolluktaydı.

Tek bir ayrıcalığı vardı, bu kez dikenler kalbine batmış, kana bulamıştı her tarafını.

— Teşekkür ederim, dedi son nefesini veren ölümcül bir hasta gibi zorlanarak.

Açelya önce Zeyneb'e baktı, sonra babasına çevirdi küs bakışlarını:

— Baba, ama gülleri ben verecektim Zeynep ablaya öyle anlaşmıştık evde. Küçük kız arkasına döndü, değil mi anne? diye sordu.

Zeynep utandı kıpkırmızı oldu, dalgınlığından farkedememişti Berna Hanımı.

— Merhaba Zeynep.

Bu dostça hitap, genç kadının sesindeki sıcaklık, büyülü bir üfürük gibi esti genç kızın gönül yarasının üstünde. Terli titrek elini uzattı, candan bir arkadaşıymış gibi tokalaştı genç kadınla.

— Hoşça kalın dedi, kalbi elinden fazla titrerken.

Zeynep bir an bakışlarını annenin gözlerinde eğledi, koyu siyah gözlerde teşekkür vardı, şefkat kıvılcımları uçuşuyordu. Ayrılık hepsinin dudaklarına dayamıştı kadehini, herkesi nasiplendiriyordu acıdan.

Ayrılık yarı ölmek mi? Hayır, hayır, o ölümü tam yaşamaktı gönülde. Genç kız salt matemi nefesliyor, gözyaşları gözpınarlarını dibekliyordu hiç fasılasız.

Gözlerini sımsıkı yumarak, gözyaşlarını gerisin geri göndermeye çabaladı; bir anneyi rahata erdirmişti, bir babayı yavrusuna kavuşturmuştu, bir küçük çocuğa mutluluk vermişti, olur muydu ağlamak! Gülmeliydi... Hüzünle kıvrılmış dudaklarının ucundan acınası bir tebessüm sarktı, başını hafifçe genç adama çevirip bakışlarını karşısındaki duvara çiviledi.

— Siz de hoşça kalın Metehan bey, dedi.

Böyle vedalaşmak olur muydu? Yüzünü Metehan'a döndürdü, aşkını haykıran yeşil bakışlarını, alev alev yanan gri gözlere teslim etti. Bir daha karşılıklı duramayacak, birbirlerini asla göremeyeceklerdi. Berrak ve saf bir sevgiyi aksettiren gölgede palmiye, güneşte bahar yeşili bir renk alan gözlere bir öpüş kondurmak isteği duydu Metehan. Genç kızın ince uzun parmaklarını avuçları arasına alıp, Zeyneb'i teselli etmek için delicesine çırpınıyordu kalbi.

Dünyada yapayalnız kalmış bir çocuk tavrıyle Zeyneb'in hafif yana eğik duran başını kendi göğsüne dayamak, onu orada tutmak arzusu tutuşmuştu bütün damarlarında.

Fiziksel olarak birbirlerine hiç dokunmamışlardı fakat vedalaşırken sessiz hıçkırıklarla sarmaş dolaş olmuştu aşkları. Genç kız yüreğini yerinden koparır gibi, ayırdı bakışlarını genç adamın gözlerinden.

Metehan, önünde duran Açelya'nın cılız omuzlarını avuçladı, sıktı, bir tutam kuvvet aldı.

Edward VII, Amerikalı Bayan Simson'a olan sevgisinden dolayı İngiltere tahtını terketmişti. "O da ne ki, ben biricik yavrumdan ayrılmayı göze almıştım, dedi içinden, genç kıza mıhlanmış gibi bakmaya devam ederken.

Zeynep valizini yere bıraktı, bileğini süsleyen ince altın zinciri çıkarıp küçük yavrunun koluna taktı.

— Küçük bir hediye Açelya dedi arada sırada beni hatırla emi?

Açelya hediyeye çok sevinmişti, kolunu yukarı kaldırıp bileğine bol gelen zinciri muhafaza etmeye çalıştı:

— Çok teşekkür ablacığım, sizi hiç unutmayacağım dedi, gayet şen.

Berna Hanım bir adım atarak, kocasının çok yakınında durdu:

— Biz de unutmayacağız Zeynep, ben ve Metehan, dedi.

Berna Hanım ağlıyor, iri yuvarlak gözyaşı damlaları peşpeşe iniyordu genç kadının alımlı, pembe allık sürülü elmacık kemiklerinden. Zayıf veya kuvvetli görünmenin ne önemi vardı, kader hükmünü icra ediyordu.

Dünya, genç kızın umurundan çıktı, koyverdi kendini hıçkırıklara. Omuzları sarsıla sarsıla ağlıyordu hayatın onlara ettiğine, mahcubiyet duymuyordu, bir utanma da hissetmiyordu hiç! Açelya bileziğini şıngırdatırken, babasının yüzüne gönderdi bakışlarını çabucak. Babasının göz pınarları ıpıslaktı.

— Baba ağlıyor musun? dedi hayretle, döndü, kollarını annesinin beline doladı, sordu:

— Üçünüz, ağlıyorsunuz niçin ama?

Genç kadın uzun tırnaklı, kırmızı ojeli parmaklarını Açelya'nın saçlarının arasına soktu, onları karıştırdı, okşadı:

— Küçük bir kızın mutlu olması için yavrum, dedi kahır kokan bir sesle:

— Kuvadis –nereye– Zeynep?

Şen, şakrak sorusuyla Volkan sokulmuştu aniden aralarına. Arkasına koca bir sırt çantası asmıştı. Şu Volkan belki ahirette de şaşırtacaktı genç kızı böyle.

Zeynep sıkıntıyla yutkundu, huzursuzca kıpırdandı, Volkan bir şaka ile karşılık vermesini bekliyordu muhakkak, ancak hiç imkansızdı bu şu an. Dili düğümlenmiş, çeneleri kenetlenmiş, duyguları donmuştu. Değil söz söylemeye dudaklarını kıpırdatmaya hali yoktu, başını sallamakla yetindi mânâsızca. Metehan, kaderin önünde diz çöküp, ona boyun eğişin sersemliği içindeydi, elini bir robot soğukluğuyla uzattı Volkan'a.

Zeynep, sevdiği adamın, Volkan'ı karısı ve kızıyla tanıştırmasını izledi, hiç bir hareket yapmadan, bomboş gözlerle.

Volkan önce Berna Hanımı, sonra Metehan'ı, nihayet Zeyneb'i süzdü dikkatli bakışlarıyla. Yüzlerinde parıldayan gözyaşı bulaşıkları kalbini sızlattı.

Sırtından çantasını aldı, hızla yere çaldı:

— Hepinizin suratı asık dedi pattadanak, bin yıl yaşanmayacak, hayatı bu kadar ciddiye almanız niye?

Metehan beceriksizce tebessüm etti:

— Biz hayatı değil, hayat bizi ciddiye aldı, dedi.

Volkan acıtmadan, küçük kızın etsiz yanağını makasladı parmaklarıyla.

— Herşey olması lazım geldiği gibi gerçekleşti şükredelim.

Açelya, söylenen sözün ne demeye geldiğini anlamamıştı ama Volkan'ı iyi kalpli bir kovboya benzetmiş, hoşlanmıştı ondan. Kocaman şişkin, sarı renk çantası filimlerde gördüğü gibiydi.

— Siz nereye gidiyorsunuz ağabey? diye sordu, taşkın bir merakla.

— Amerika'ya Açelya Hanım. A..me..ri..ka'ya.

Günler ve geceler, aylar boyu aynı monotonlukla gelip geçiyorken bazen birkaç saatte ne çok olay yaşayabiliyordu insanoğlu.

— Çarpıcı, yürek yakıcı, ruh diriltici hadiseler içiçe giriyordu karmançorman.

— Bu bir süpriz oldu Volkan dedi Metehan ellerini pantolonunun cebine koyarken.

Şimşek hızıyla alayımsı bir ışık parlayıp geçti Volkan'ın gözlerinden.

— Size bir süpriz, Zeynep için şok, dedi.

Çantasını yerden aldı, kollarını askı yerlerinden geçirerek sırtına yerleştirdi. Aceleyle anlattı; tahsiline Amerika'da devam edecekti, Pakistanlı birkaç müslümanın tuttuğu bir dairede kalacak, Türkiye'ye yaz tatillerinde gelecekti. Ani kararını aile içinde herkes tavsib etmişti.

Teyzesiyle vedalaşmaya Zeynep evden ayrıldıktan sonra gitmişti. Zavallı kadın sevincinden Volkan'ın boynuna sarılarak ağlamıştı. Torunu yalnız olarak yapmayacaktı o uzun Amerika yolculuğunu. Zeyneb'in babası da memnun olmuş, gözleri yaşarmıştı Volkan'ı yolcularken. Zeynep ile Metehan arasında geçen meseleleri, telefonla anlatmıştı teyzesi, Volkan hiç söz etmedi bundan.

Uzun müddet Amerika'da kalacak birinin bir tek sırt çantası olmasını yadırgamıştı Berna Hanım.

— Valiziniz yok mu? diye sordu.

— Arkadaşlarımdan biri benimle geliyor Amerika'ya okumaya, valizim onun yanında, dedi Volkan.

— Ailelerinizin hava alanına gelmesine ambargo koydunuz herhalde dedi genç kadın, bazı insan ortalığı telaşa vermeyi sevmez yolculuklarda.

— Gelişlerde ve gidişlerde hava alanında yalnız olmanın mucidi Zeynep, ben davullu zurnalı karşılama ve uğurlamayı severim, dedi Volkan.

Açelya kıkırdadı:

— Baba, dedi bu ağabey çok komik.

Metehan menfi manada başını salladı:

— Göründüğü kadar değil kızım.

Melodik bir ses yankılanıyordu bekleme salonunda.

— Ağabey, dedi Volkan, Amerika yolcuları pasaport kontrolüne çağrıldı.

Zeynep salona girmiş, bankoya doğru yürüyordu.

Volkan adımlarını hızlandırdı:

— Dua et ağabey dedi bir gıdımlık umutla atılıyorum Amerika macerasına.

— Yolunu bilene aşılmayacak hiçbir güçlük yoktur Volkan.

Metehan içeriye girmekte acele eden Volkan'a doğru hamle yaptı.

— Zeyneb'i kolla.

— Onu asla yalnız bırakmayacağım hiç merak etmeyin.

Cam bölmenin önüne gelince Volkan başını geriye çevirdi:

— Ancak bir aptal iki kez koyun kaçırır ağabey diye seslendi, bağrını sevince açarak, adımını içeriye attı.

Metehan çevresine bakındı, karısı ve kızı kalabalığa karışmış, elele uzaklaşıyorlardı terminalden.

Genç adam cam bölmeye yanaştı, ızdırapla baktı iki gencin arkasından. Yaprak yeşili gözleri, sarı parlak saçları, çocuksu bir ma'sumiyet nakşedilmiş oval yüzü unutmayacaktı hiçbir zaman.

Zeynep hiç kimsenin söndüremeyeceği bir ateş tutuşturmuştu gönlünde, ebediyetlere uzanacaktı yanışı.

Genç kızı sevmeye zincirlenmişti yaşam boyu! Aşkı sürgüne mahkûm etmişti onu.

Zeynep gençti, çok gençti. Birgün hayatında tatlı bir rüzgâr eser, ateşini söndürür, küllerini savururdu onca güzel anıları hiç ederek. Yalnızlık korkunç, unutulmak çok acıydı... Hasret onlardan beterdi... Genç adamın sırtından soğuk ter söküldü, yüreği ağladı, gözleri ağladı, beyni ağladı, hayatı ağladı.

Evet ağladı.

Omuzları sarsıla sarsıla ağladı. Hıçkırıkları, kalabalığın uğultusunu hançerliyor, dönüp ona bakıyordu yakınından geçenler...

Babası arkalarından hemen gelmeyince Açelya meraklanmış geri dönmüştü. Elini kalbinin üstüne koydu:

— Babacığım ağlıyorsun! dedi gam yüklü bir fısıltıyla.

Metehan eğildi, Açelya'yı kucaklayıp kolları arasına aldı, sıkıca sarıldı.

Kirpiklerinin arasından son göz yaşı damlaları süzülürken:

— Ama sen ağlamayacaksın yavrum, diye bağırdı.

Mevsim sonbahardı. Gece saatlerce yağmur yağmış, sabaha doğru çıkan şiddetli bir fırtına bahçelere, bağlara baskın yaparak yağmalamıştı herşeyi.

Ağaçlardan kopup, toprağa düşmüş yapraklar üstüste yığılarak küçük tepeler yapmış, çamurlara bulanmıştı, saplarıyla beraber yere serilmiş çiçekler. Zeliha Valide, "Ne kadar güzel gözlerin var, saçların da ne kadar parlak" diyerek Hz. Yusuf'u methettiğinde "Hepsi toprak olacak" buyurmuştu. Evet, her canlı toprağa karışacaktı... Tabiat bunun örneklerini veriyordu her sene. Çıplak dallara konmuş güvercinler, hiç ötmüyor, boyunlarını kısmış, yaprak ve çiçek cesetlerine bakıyorlardı korkuyla. Öğlende bulutlar gökyüzünün batı tarafında tekrar toplanmış fakat yağmur yağdırmaya karar vermeyip, aralarında kavga ederek ayrılmışlardı İstanbul'un üstünden.

Zeynep ile Volkan'ın, Kadıköy Evlendirme Dairesinde nikâhlarının kıyılacağı saatlerde, hava açık olduğundan kalabalık bir davetli gurubu hazır bulunabilmişti salonda. Gelenler iki gencin seçtikleri hayat biçimine saygı göstererek, kadınlar Zeyneb'i, erkekler Volkan'ı tebrik etmişti, nikâh bitiminde. Nalan Hanım ve Handan Hanım bir an olsun bakışlarını ayıramamışlardı iki güzel genç insandan.

İki kanadından yaralı kuşunun, bir yuvası olmuştu, Nalan Hanımın şükretmekten kıpır kıpırdı dudakları, Zeynep ve Volkan bir sene ara ile Ohio Üniversitesini bitirmişler, Amerika'da iken karar vermişlerdi evlenmeye.

Sofia, tanıdıkça Volkan'a daha çok ısınmış, kızının onunla yuva kurma kararını engin bir memnunlukla karşılamıştı. Kucak dolusu çiçeklerle, ipek mendil savurarak yolcu etmişti onları Kennedy Hava Alanı'ndan, Türkiye'ye. İkinci eşinden olan oğlu James de el sallamıştı, üvey ablasına.

Davud Aras, kızına ve damadına birer iş verip onları fabrikasında çalıştırmayı planlamışsa da İslâm'a hizmet için Kırgıstan'a gitmeyi tercih etmelerine ses etmemişti. Varsın olsundu ailede dindarlar, dindarlıktan kimseye kötülük gelmezdi.

Zeynep, gözlerinin rengini aksettiren uzun, yeşil renkte bir cilbab giymişti nikâhında. Aynı renkteki başörtüsünü, her yanına yaklaştıklarında erkek kardeşleri Emre ve Emrah çekiştirmiş:

— Abla, Kırgistan'a gitme, İstanbul'da kal diye diretmişlerdi. Zaman kardeşlerin arasındaki bağı kuvvetlendirmiş, sevmişlerdi birbirlerini:

Zeynep onları yanaklarından öpmüş ve teselli etmişti:

— Ramazan bayramında geleceğiz çocuklar, o zaman sizinle olacağım.

Evlendirme dairesinden çıkıp, bir gece olsun evde ya da bir otelde kalmadan aynı gün Kırgistan'a hareket etme fikri Zeyneb'indi. Aile fertlerinin sessiz yadırgamalarını, görmezlikten gelmiş, muzip tebessümünü onların gözlerine hatıra bırakarak vedalaşmıştı hepsiyle ayrı ayrı.

Biricik gönül dostu Melda, gözlerinden ılık yaşlar akarken, gene de gülerek uğurlamıştı:

— Yengeciğim yolunuz açık olsun.

Onları Atatürk Hava Limanı'na Panur getirmişti. İki kardeşin vedalaşmaları çok samimi candan bir hava içinde cereyan etmiş, Panur ağlamaklı olmuş.

— Oğlum, "Haydi güle güle Kırgistan'a" diye ben sana şaka

etmiştim sen amma da ciddiye aldın, resmen gidiyorsun demişti, buruk bir çehreyle.

Volkan cevap vermişti Zeyneb'in gözlerinin içine bakarak:

— Bu bize kaderimizin düğün hediyesi Panur, ilk sinyali sen vermiştin. İkindi güneşinin gizemli solgun ışık huzmesinden bir demet Zeyneb'in başının üzerine düşmüş, bir hale içine almış güzel yüzünü. Müthiş bir aura oluşmuş.

— Başında ışınlardan yapılmış bir tac taşıyor...

Bir güzellik işte...

Bir hüsün işte...

Bir müslüman kadını işte... İki yanağına pembe güller düşmüş cennetten... Yüzünü çevirmese Panur bakışlarını koparamayacak yengesinden:

İslâm'a sevda düşüyor yüreğine, hasret pranga oluyor ayaklarında, hissiyatı allak bullak:

— Kazandınız, kutlarım sizi diyor, can nüvesinden gelen bir coşkuyla. Orada biraz daha kalsa ikisinin dizlerine sarılacak, hıçkıracak...

— Hoşça kalın, diyerek telaşla kaçıyor yanlarından.

Evet telaşla kaçıyor...

Ağaçlarda kalan son narları ve birkaç ayvayı didiklemekten bitkin düşmüş kuşlar, sarı gül rengini almış semada, mecalsiz kanat çırpınışlarıyle dönüyorlardı yuvalarına.

Güneş istirahata çekilmiş, dar sokaklarda yalnızlık geziniyor sere serpe, elem, kapıları çalıyor sessiz sessiz, hüzün yaslanmış kapalı pencerelere. Fakat terminalde elektrikleri yakmışlar, her tarafta tam bir curcuna, ışık ve ses şenliği:

Salon uçak saatinin gelmesini bekleyen yolcularla dolu. Dükkânların vitrinleri pırıl pırıl, müşteri bekleşiyorlar gülümseyerek.

— Yüz kişi davet etmiştik, dedi Volkan tahminen iki yüz kişi geldi. Sen çok yoruldun, uçağa binince bir güzel uyur, dinlenirsin.

Valizlerle ilgili işlemleri bitirmişler, oturacak bir yer araştırıyorlardı elele tutunmuş, gezinerek.

— Yolumuz uzun, uçakta okursun, sana birkaç dergi alayım mı? diye sordu Volkan.

— Fena olmaz, dedi Zeynep.

Bir küçük kitap bayiinin önüne geldiklerinde durdular. Volkan, dükkânın açık kapısından içeri girdi, Zeynep dışarıda kaldı, kapının az ötesine çekilerek gelip geçenleri seyre koyuldu.

Pantalon ve merserize bluz giyinmiş, çantaları omuzlarında asılı, üç genç kız geçti aralarında gülüşerek.

Bir yerlere gitme heyecanı içindeydiler besbelli.

Suratı asık küçük bir erkek çocuk yere çömelmiş tekerlekleri bozuk bir küçük kamyoneti yere sürterek kendi kendine oynuyordu.

Uzun boylu bir adam Zeyneb'e yakın bir mesafede durmuştu, vitrindeki kitapları gözden geçiriyordu. Sırtında küçük kareli kahverengi takım elbise vardı, düğmeleri açık olan ceketinin arasından görünen gömleği bembeyazdı.

Göğsünün üzerine düşen eşarbının uçlarını omuzlarından aşırıp arkasına atarken Zeynep yabancının yüzünü görmeye çalıştı. Adamın karizmatik havası merak estiriyordu insanda.

Alıcı medyumluk yeteneği varmış gibi yabancı birden yüzünü döndü Zeyneb'e. Adamla göz göze gelince Zeyneb'in zihninde geçmiş ve hal karıştı, an oldu.

Metehan'ın gri gözleri ile Zeyneb'in yeşil gözleri karşı karşıyaydı, zaman akıp gitmemiş, altı sene geçmemişti aradan... Damarlarındaki kanı çekildi Zeyneb'in, âdeta dondu. Genç adamınsa gözleri açılmıştı iri iri, fakat ancak bir saniye sürdü şaşkınlığı.

— Zeynep, diye fısıldadı, anılarına düşen heyelanla hücreleri titrerken. Çabucak başını dükkâna çevirdi, Volkan'ı gördü kasaya para ödüyordu. Bir zehir acılığı yayıldı ağzına. Bakışlarını Zeyneb'in ellerinde gezdirdi, orta parmağına takılı pırlanta evlilik yüzüğü göz kamaştıracak şekilde ışıldıyordu. Şule şule bir kıskançlık sardı benliğini, ızdırap kapısının tokmağına dokundu sesle:

— Evlendiniz mi?

Zeynep utandı, yanaklarını al bastı, başı döndü sorudan:

— Evet, dedi bir çocuk mahcupluğuyla.

Pervanenin, ateşin etrafında dönerek yanıp kül olmaktan aldığı bir hazla Metehan sordu:

— Ne zaman evlendiniz?

Zeyneb'in heyecanı kabardı, göğüs kafesini zorladı, boğazında bir değil bin düğüm oluştu:

— Bugün dedi, nasıl olupta cevap verebildiğine hayret ederek. Metehan Zeyneb'e, Zeyneb camdan içeriye Volkan'a bakıyordu. Genç kadın şaşkınlığından sıyrılmış, her yanını telaş sarmıştı; kocasının onları görüp üzülmesinden korkuyordu.

Metehan anladı; Zeyneb'in gönül gülşeninde bir başka bülbül şakıyordu artık. Gül ona naz ediyordu sarayından, bir o yana bir bu yana salınarak...

Sevilip unutmak, sevip, dinmek ve durulmak bilmeyen bir sevda çekmek vardı, bir ömür boyu bu dünyada.

Zaman susmuş, hatıralar tebessüm ediyordu... Aşk gülünü soldurmamaya kararlıydı yüreği ebediyetlere kadar...

— Size mutluluklar dilerim, dedi Metehan gözyaşlarını gizleyerek. Ve birden arkasını döndü kalabalık içine daldı, pişmanlıktan azâde bir yanışla...

Dr. Sevim Asımgil

Sevda Geri Dön

Sevda, bir bebek kadar nazlı, bir çiçek kadar nazik. Binbir özenle korunan bir çiçek. Ama çevresinden kendisine uzatılan altın tas içindeki zehiri içer.

"Sevda Geri Dön"ü çok seveceksiniz.

Dr. Sevim Asımgil

Diana

İnsan, arzularının esiri olursa,
gözü hiçbir şey görmez.
Hiçbir nasihat ona tesir etmez.
Diana, esir olmuş arzuların
sembolü.. İbretle okuyacağınız
güzel bir roman..